吉村達也

鬼死骸村の殺人

実業之日本社

実業之日本社文庫

鬼死骸村の殺人／目次

『鬼死骸村の殺人』関連地図

プロローグ　鬼が踊る夜

バスは朝比奈耕作《あさひなこうさく》ひとりを降ろすと、秋の色合いが深まる夕暮れの旧道を、ゆっくりと一ノ関《いちせき》駅方面へと走り去っていった。

朝比奈の身体《からだ》をしばし包んでいた白い排気ガスが徐々に薄れてゆくと、バス停の看板の文字がくっきりと見えてきた。

《JRバス東北　鬼死骸《おにしがい》》

朝比奈は何度も何度もその文字を見つめたが、見まちがいではなかった。ほんとうにバス停の名前が鬼死骸と書かれてある。

そして、このJRバス停の看板と並んで、宮城交通栗原バス停の看板も立っていたが、こちらの名前も「鬼死骸」だ。二つの鬼死骸バス停が、民家の脇に立っていた。

いま朝比奈が乗ってきたのは、JRではなく宮城交通のほうのバスだった。

（思ったより一ノ関駅に近かったんだな……）

朝比奈は、肩から落ちかかったリュックをずりあげながら、あたりを見回した。

鬼死骸という名前から、もっともっと鄙《ひな》びた山間にある村のイメージを抱いていたため、東北新幹線の一ノ関駅で降り、南へ向かうバスに乗った朝比奈は、すぐには目的地に着かないだろうと思って、ウォークマンで音楽を聴きながらぼんやり外の景色に見入っていた。

ところが、だいぶ先まで行ってから乗り過ごしたことに気づき、逆方向のバスに乗り換えてやっとここまで戻ってきたのだった。

実際には、鬼死骸のバス停は一ノ関駅から南へわずか四キロの距離にあった。岩手県の南端、ほとんど宮城県と接するあたりである。

停留所は国道4号線の旧道沿いにあって、ほとんどの車がバイパスのほうへ流れるため交通量は多くなく、バス路線のわりには日中の車の行き来もまばらだった。

景色はじつに素朴《そぼく》である。

西のほうへ目を転じると、収穫を終えた稲の束がまとめられた田んぼが広がり、そばを通る線路を、ときおり長い編成の貨物列車がゴトゴトと物静かな音を立てて通過する。その間カンコン、カンコンと鳴りつづける遮断機《しゃだんき》の音も、どこかのどかさと、一抹《いちまつ》の哀愁をも感じさせた。

だが――

旧・鬼死骸村の農地にぽつりと存在する鬼石

バス停の名前は、あくまで不気味に『鬼死骸』である。

ひととおりの景色を眺《なが》めてから、朝比奈は腕時計に目をやった。

時刻は午後五時十七分になろうとしていた。

秋の日はつるべ落とし、の表現どおり、あっというまに西の空から夕焼けの色が狭《せば》まってゆき、ブルーブラックのインクを流したような闇《やみ》が、東のほうからじわじわと天空ぜんたいに広がっていった。

まだ十月の初めとはいえ、さすがに東北だけあって空気は驚くほど冷たい。朝比奈は、身支度《みじたく》が甘かったことを後悔した。

「これだけ待たせたんだから、帰った

んだろうな」

朝比奈の口から独り言が洩《も》れた。

本来ならば、迎えがきているはずだった。

しかし、朝比奈がバスを乗り過ごしたおかげで、到着は大幅に遅れてしまった。困ったことに待ち合わせの相手は、住所こそわかっていたが電話番号は不明なので、連絡のとりようがなかった。

(まずいな、初対面のファンをすっぽかしちゃったか)

カフェオレ色に染めた髪をかき上げながら、朝比奈は軽いため息をついた。

そして、ジャケットの胸ポケットに入れておいた手紙を取り出し、それを改めて広げてみた。ファンの中学生から届いた手紙である。そこには、いかにもローティーンらしい稚拙《ちせつ》な文字が並んでいた。

《朝比奈さん、鬼だ、鬼が出た‼

信じようと信じまいと、これは事実です。ぼくの住む鬼死骸村に鬼が現れたんです。

それも一匹だけではなく、十三匹もです。

それは先週金曜日の夜中のことでした。二時AMすぎだったと思いますけど、ぼくの家のそばの田んぼの中にあるすごく大きな石を囲んで、ヨッホッホ、ウォッホッホと奇妙な声をあげながら鬼の群れが踊っているのを、ぼくは見てしまったんです！　ほんとですよ、朝比奈さん。絶対これは作り話じゃないんですから。

　夜中、勉強部屋の窓から偶然それを目撃したぼくは、すごくびっくりしたけど、とにかく家を抜け出して（うちの親や姉貴やおじいちゃんはぐっすり眠っていたので、ぼくが抜け出したことには気づかなかった）、その近くまで大急ぎで走っていきました。そして、木の陰にそっと隠れて見ていたんです。

　青鬼もいれば赤鬼もいました。それだけじゃなくて、黒鬼や白鬼や黄鬼もいました。もちろんそれは人間ですけど、でも鬼のお面をかぶっているんじゃありません。顔を青や赤や黒や白や黄色に塗りたくって、髪の毛も同じ色に染めて（もしかするとカツラかもしれません）そこに角《つの》を生やして、歯《は》には牙みたいなものを取り付けているんですよ。そうなんです、二本の牙がニュッと唇《くちびる》からはみ出しているんです。

　女の鬼も五、六匹いました。おっぱいが揺れているんで、そうだとわかりました。つまり、みんな上半身は裸なんですよね。そしてその身体も同じ色に塗って、同じ色のマントみたいな布切れをつけて踊っているんです。それは、ぼくが前にテレビで見たナントカという全身白塗りで舞踏をやる前衛の劇団を思い出させました。あれのカラー版で鬼の格好《かっこう》をしていると思ってください。

　その色とりどりの鬼たちが囲んで踊っているのは、「鬼石《おにいし》」と地元で呼ばれている、すごく有名な石なんです。石といっても、人がその上に横になってじゅうぶん寝られる大きさです。岩ですよね、実際には。

この鬼石は、鬼死骸のバス停から少し北へ行った田んぼの中にあります。こんなに平べったくて大きな岩がなぜ田んぼの中にぽつんとあるのか不思議なんですけど、その石の上に鬼の死骸が横たえられていたという伝説があって、それでぼくたち地元の人間はこれを「鬼石」と呼んでいるのです。

たしかにこれは鬼の死体を寝かせておくベッドみたいに見えます。そして「鬼死骸村」の名前もこの鬼石にまつわる伝説から付けられたという話もあります。

鬼石の上には、ざっと数えてみただけでも百本のロウソクが立てられていました。そのロウソクの炎が不気味にゆらゆらと揺れて、周りで鬼の踊る顔が伸びたり縮んだりみえて、ほんと怖かったです。

真っ暗な田んぼの中では、それだけの明かりでは何をやっているのかよくわからないのですが、たまに旧道を走ってくる車のヘッドライトが、鬼の踊りを照らし出したりするんですよ。運転していた人たちはみんなびっくりしたんじゃないかな。中には急ブレーキをかけて止まった車もいました。けれども、踊っていた鬼が全員グワッて感じでいっせいにふり向いたら驚いてまた急発進していきました。

十三匹の鬼たちは鬼石の周りをぐるぐる回って踊りながら交替でひとりずつ、いや一匹ずつっていうのかな、石の上にあおむけに寝そべるんです。そしてほかの鬼たちがそれを取り囲んで、わけのわからない呪文を唱えるという、妖《あや》しげなお祓《はら》いの儀式が繰り返されました。

ぼくはその様子を震《ふる》えながら見ていました。カメラをもってくればよかったと思ったけど、取りに戻る余裕はありませんでした。

そして三十分ほどすると、鬼たちは踊りをやめて、最後に全員で夜空に向かってウォーッという叫び声をあげ、それから一匹ずつが鬼石の上に立てられていたたくさんのロウソクを順番に消していきました。

やがてあたりが元の暗闇《くらやみ》に戻ると、鬼たちは田んぼの中をものすごい勢いで走りだして、遠くへ去っていきました。

なんだかぼくは腰が抜けたようになって、しばらくはそこから動くことができませんでした。

これはおとといの出来事ですが、鬼たちが鬼石の周りに集まって踊っているのを見たのは、いまのところその一度きりです。

でも、ぼくが見た晩に、同じ場面を見たという運転手の人の話もうわさとして広まっていますから、決してこれはぼくの錯覚《さっかく》じゃないんです。それに翌朝その場所へ行ってみると、鬼石の周りの田んぼはめちゃくちゃに踏み荒らされていて、持ち主がカンカンに怒っていました。

だから、悪い夢かと思ったけれど、やっぱりあれはほんとうの出来事なんです。ただ、なんとなく人に言うのが怖くて、これまで友だちにも親にも言っていません。朝比奈さんにこうやって手紙で打ち明けるのが初めてです。

朝比奈さん、ぼくはあなたの推理小説の大ファンです。ですからお願いをしたいのです。いちど、この不思議な鬼の儀式が行なわれた鬼死骸村を取材にきてもらえませんか。そして、この鬼たちの正体は何なのか推理してもらえませんか。

お手紙くだされればぜひご案内します。面白《おもしろ》かったら小説の材料にしてください。

場所は岩手県の一関《いちのせき》市です。岩手県といっても一関は南のほうですし、東北新幹線を使えば東京からでもそんなに遠くはありません。三時間はかからないですから。

一ノ関駅に着いたら（駅名にはなぜかカタカナの『ノ』が入ります）、そこからJRのバスか宮城交通のバスに乗ってください。そして鬼死骸の停留所で降りれば、ぼくのうちは歩いてもすぐです。

あ、そうそう、ぼくは何の抵抗もなく鬼死骸という名前を書いていますけれど、朝比奈さんはびっくりされたでしょうね。

鬼死骸村。

これは架空の地名ではありません。ほんとうにそういう場所が、この日本にあるのです。ただし、いまは「鬼死骸」という名前のバス停だけが残っていて、「鬼死骸村」という村じたいはもうありません。

それから、集落とか字《あざ》とかの名前としての「鬼死骸」もありません。だから、どんなに詳《くわ》しい地図を探しても鬼死骸という名前は出てきません。ただひとつバス停にだけ、この不気味な名前が残されているのです。

だけど朝比奈さん、繰り返しますけど、鬼死骸村という名前の村はほんとうにあったのです。廃藩置県《はいはんちけん》（歴史の授業で習ったばかり！）が行なわれたあとも、ぼくの家があるあたりは水沢県（まだ岩手県とは呼ばれていなかったそうです）鬼死骸村という住所がちゃんとあったのです。そして明治八年に、この鬼死骸村は隣り村と合併《がっぺい》してその名前が消えてしまいました。

もしこちらへこられたら、一関市役所へ行って資料を調べてみてください。ちゃんと鬼死骸村のことが載っていますから》

ファンの中学生から送られてきたこの手紙が、出版社の港書房《みなとしょぼう》を経由して朝比奈のもとに届けられたのは、いまから三週間ほど前、九月の中旬のことだった。

消印じたいは八月末日になっていたから、少年は鬼の儀式を目撃してすぐに朝比奈に手紙を書いたのだろうが、出版社気付《きづけ》となっていたため、回送に時間がかかってしまったのだ。

差出人の住所は岩手県一関市、以下きちんと記されているし、名前も川路健太《かわじけんた》（中二）と書いてある。字こそ稚拙だが、いたずらの手紙という雰囲気はまったくなかった。

推理作家をやっていると、自分の住んでいる場所の近くにこんなミステリアスなスポットがあるので作品に使ってみませんか、というファンからの手紙がよく届く。その多くは、伝承伝説あるいは名所旧跡などをまじめに紹介してくれるものだったが、中には——テレビの影響なのか——「特派員は見た！」などという過激なタイトルで不可思議なオカルト現象の目撃談を書いてくる手紙もあった。

朝比奈も作り事の冗談にまでつきあうヒマはなかったが、一関市から寄せられたこの手紙については、かなり興味を引かれるものがあった。

夜中に十三匹の鬼が集まり、蠟燭《ろうそく》の炎の中で踊っていた、という部分は、正直言って信用しがたいものがあった。また、仮に描写された場面が事実だとしても「朝比奈さん、鬼が出た！」と興奮するまでのことはないだろうと思った。

八月終わりの出来事だから、きっと学生などが夏休み最後のバカ騒ぎをしているのを、たまたま目撃したにすぎないのではないか。

それよりも朝比奈が関心を抱いたのは、鬼死骸村という名前だった。

日本にはいろいろ変わった名前の土地があるけれども、手紙に書いてあるように「鬼死骸村」という名の村が実在していたとなれば、これはもう珍名の極《きわ》め付《つ》けといってよかった。

しかも、現在完全にその名が消滅しているならともかく、いまもなおバス停には「鬼死骸」の名を残しているという。

この手紙を受けてすぐに、朝比奈は一関市役所に電話を入れてかんたんな確認をとった。そして、中学生が書いてきた「鬼死骸村」に関することについては、すべて事実であると判明した。明治の初めまで鬼死骸村はたしかに存在していたし、いまも鬼死骸という名のバス停があるというのだ。

それで朝比奈は川路健太少年に手紙を書き、現地を訪れることを約束した。

そして、この日の何時何分の新幹線で一ノ関駅に着いて、到着後すぐに鬼死骸方面行きのバスに乗るというところまでスケジュールを細かく伝えておいたのだが、それに対する少年の返事がこなかったのがやや気掛かりだった。

やはり鬼の儀式は少年のまったくの作り話で、実際に朝比奈がくることになってあわてているのではないかという気もしたが、いずれにしても、このおどろおどろしい地名には興味があったので、朝比奈は執筆の合間を縫《ぬ》って旧・鬼死骸村への旅を実行することにした。

それが十月の八日だった。

東京はいつまでも夏の名残《なごり》を引きずっているような暑い日がつづいていたが、東北では、緑に代わってベージュ色が自然の中の主役を占める季節になっていた。バス停を降りてすぐに感じた空気の冷たさも、分単位でさらに急降下をはじめていた。

残照に輝いていた秋空は、もう八割がた紫色のベールに覆《おお》われていて、あとわずかで完全に日が暮れてしまうところだった。

川路健太少年の住所はわかっていたが、ここにきてみると、電柱などにきちんとした住居表示があるわけでもなし、いったいどちらの方角に進めばよいのか見当もつかなかった。

これからどうしたものかと軽いため息をつきながら、朝比奈は読んでいた少年からの手紙を折《お》り畳《たた》んで、また胸ポケットにしまった。そして独り言を洩らす。

「まいったなあ」

そのとき——

「あなたが朝比奈耕作さんですか」

と、しわがれた声が聞こえてきた。

とっさに朝比奈は周囲を見回した。が、人の姿はまったく見当たらない。

「朝比奈さん……ですな」

再度、声がたずねてくる。明らかに老人の声だった。東北訛《なま》りはあるが、それほど目立つものではない。しかし、やはり姿は見えない。

まさかこういう名前の場所だからといって、幽霊が出たわけでもあるまいとは思った。が、しかし、声はすれども姿は見えず、といった状況なのだ。

鬼死骸と書かれた停留所の看板にまた視線を戻しながら、朝比奈はゾクッと身を震《ふる》わせた。

秋風がバス停そばの立ち枯れした雑草を揺らし、その冷たい風が朝比奈の首筋にも這《は》いあがってくる。

「こちらです、私はこちらにおります」

ようやく声が自分の後ろの方角から聞こえてくることがわかって、朝比奈はふり返った。

まだ人影はない。だが、バスを降りてすぐには気づかなかったものが視野に入ってきた。バス停から十数メートル後方に下がった、道路から少し引っ込んだところに、木造の小さな待合所があったのだ。

その側壁は背丈《せたけ》の高い雑草に覆われていて、朝比奈のいる場所からは目をこらさないと、その存在すらよくわからないほどだった。声はそこから聞こえてくるものらしい。

朝比奈は、片方の肩に掛けたリュックのベルトに手をかけ、そちらに向かってゆっくりと歩き出した。

待合所の上部には恐ろしいほど古ぼけたトタン板の看板が打ちつけてあったが、かつてはきれいに塗装されていたはずの白いペンキは、長いあいだ日光や風雨にさらされてボロボロに剝《は》げ落ち、灰色をした金属の地がいたるところでむき出しになっていた。

そしてよく見ると、いまはかすれて読みづらくなっているが、そのトタン板に次の文字が大きく記されていることがわかった。

《鬼死骸停留所》

歌舞伎《かぶき》などに使われる勘亭流《かんていりゅう》の書体に雰囲気《ふんいき》の似た、独特のダイナミックな文字でそう書いてあった。かつてその文字の墨色が鮮《あざ》やかだったころは、鬼死骸という字句がそうとう人目を引いたはずである。だが、いまはぼんやりしていれば、そこに文字が書いてあることすら判別がつかないほどだった。

そのうらぶれた木造待合所の奥のベンチに、ポツンとひとりで老人が座っていた。

カーキ色の長袖シャツとベージュのズボンを穿《は》いた老人は、長年農作業に従事していたためか、顔は赤銅色《しゃくどういろ》に日焼けしており、短く刈り込んだゴマ塩頭から透《す》けて見える地肌も同じ色に染まっていた。

そして、飴色《あめいろ》の杖《つえ》に両手を載《の》せ、その重ねた両手の上に自分のアゴを載せるような格好で、じっと朝比奈のほうを見つめていた。

かなり歯が抜けているせいか、口元には巾着袋《きんちゃくぶくろ》を絞ったような形に皺《しわ》が寄っている。

そして、目は落ち窪《くぼ》んで小さい。だが、そこから覗《のぞ》く瞳《ひとみ》は驚くほどつぶらで澄んでいた。

「朝比奈……耕作さん……ですな」

もぐもぐと口を動かしながら、また老人がたずねてきた。

「はい、ぼくがそうですが」

と朝比奈が答えると、老人は言った。

「お待ちしておりました。私が川路です」

「あなたが？」

びっくりして朝比奈はきき返した。

鬼死骸村に鬼が出た、という手紙を寄せてきた川路健太の文面は、言葉遣《づか》いにしても筆跡にしてもどうみても子供のものだったし、封筒の裏に記された名前の下には、わざわざ（中二）とまで記してあったはずだ。

ところが、目の前にいる老人はどうみても七十を超えている。ひょっとしたら八十代に入っているのかもしれなかった。

「あなたが川路健太君……さん……なんですか」

「いや、あれは孫です」

「ああ、そうですか」

自分の早とちりに朝比奈は苦笑した。

「ぼくはてっきりあなたがあの手紙をお書きになったんだと思いました。あ、とにかくきょうは約束の時間に大幅に遅れてすみませんでした。鬼死骸のバス停が一ノ関の駅からこれほど近くにあるとは思ってもみなかったものですから、ついうっかり乗り過ごしてしまって」

「いや、それはかまいません」

川路健太の祖父という老人は、だいぶ歯の欠けた口を見せながらしわがれ声で答えた。

「どうせ私は、もう時間に追われる暮らしとは無縁になりましたのでな」

「でも、ここでずっと待っていていただいたんでしょう。こんなに暗くなるまで」

「ええ」

　老人は、杖に支えられた手の甲の上で、アゴを引くように動かした。

「それはほんとうにご迷惑をおかけしてすみませんでした。お身体、だいじょうぶですか。かなり冷え込んできましたし」

「いや、それは平気です」

「で、健太君は？」

「……」

「待ちくたびれて家に戻られたんですよね」

　しびれを切らせて帰ってしまった孫の代理で、この祖父がずっと待ってくれていたものと思った朝比奈はそうたずねたのだが、老人はなかなか返事をしなかった。

「あの……だいぶ遅れたから健太君は怒っているんでしょうか」

「健太は」

　ようやく口を開いた老人のつぶらな瞳に、突然じわっと涙が浮かんできた。

「健太は……」

　老人のしわがれ声に震えがまじりはじめた。

「朝比奈さんの大ファンでした」

（でした？）

その過去形の使い方に、朝比奈は不吉なものを感じた。

「あの子があなたの探偵小説をよく読んでおったのを、私も知っておりました」

「川路さん」

朝比奈は、リュックのベルトが肩からずり落ちたのもかまわず、老人の隣に急いで腰掛けた。そして相手の肩をつかみ、勢い込んでたずねた。

「健太君に何かあったんですか」

「あれは、死にました」

「死んだ？」

朝比奈は声を張り上げた。

「死んだって……それはいつです」

「九月の最初の土曜日に……六日になりますかな」

「いまから一ヵ月以上も前に？」

朝比奈は愕然《がくぜん》となった。

川路健太少年からの手紙を港書房経由で受け取ったのが九月の中旬だったから、そのときにはもう少年は、この世に存在していなかったことになる。それでは朝比奈が手紙を出したところで返事もこないわけだった。

しかも死んだのが九月六日となると、「朝比奈さん、鬼だ、鬼が出た‼」という書き出しの手紙を健太が投函してから、わずか六日後だ。そしてそれは、謎めいた鬼の舞踏会を少年が目撃してからも間もない出来事だということになる。

「おじいさん」

朝比奈は顔色を変えてたたみかけた。

「健太君はいったいなぜ死んだのですか。病気ですか、それとも交通事故ですか」

その問いかけに、老人はゆっくりと顔を左右に振った。

そして言った。

「殺されました……鬼に……」

第一章　鬼の牙

1

「わあ、きれーい」

「おお、すごいなあ」

　夜の函館山《はこだてやま》の頂上に着くと、誰もがそれしか日本語を知らないかのように、同じ言葉を叫ぶ。

　観光客たちの目は、すべて同じ方向に——眼下に広がる函館市の街明かりに向けられている。夜景を見ずして函館を見たというなかれ、とまで称《たた》えられるすばらしい光の海である。

　牛が臥《ふ》せっているように見えるので臥牛山《がぎゅうざん》とも呼ばれる函館山は、標高三三四メートル。山といっても東京タワーとほとんど変わらない高さしかないからこそ、その頂上から市街地を眺《なが》め下ろすと、宝石の粒をちりばめたような、精緻《せいち》な織りの光のカーペットを目にすることができる。

山頂が高すぎないから、きらめきが大ざっぱでなく細やかなのだ。「光の洪水《こうずい》」という荒っぽい表現では言い尽くせない、非常に繊細《せんさい》な輝きがある。

夜でさえ、ある程度の視力があれば、備え付けの望遠鏡など使わなくても、肉眼で個々の建物が確認できるほどだった。

たとえばもっとも手前に見える、ライトアップされた函館ハリストス正教会などは、緑色のエキゾチックな屋根から窓のひとつひとつに至るまでが、手に取るように見えた。

あるいは直線距離にしておよそ十キロ離れたところにある五稜郭《ごりょうかく》タワー——日本人どうしが殺し合った最終戦争のひとつ「箱館《はこだて》戦争」の舞台となった五稜郭を見下ろす観光タワーの存在も、まっすぐ延びる道路の果てに、くっきりとその形を確認することができた。

函館の夜景が絶賛されるのは、その細やかさだけではない。函館山は「山」というよりも、形成過程からいえば、もともとは島だった。その島が、函館半島と呼ばれる、くびれた形の帯で北海道の陸地と繋《つな》がっている「陸繋島《りくけいとう》」である。

そのくびれた部分がちょうど函館市の中心部にあたるため、陸繋島の形どおりに光の扇《おうぎ》が広がって見えるのだ。これが、函館山の夜景が「光の扇」と称賛されるゆえん

陸繋島であることがハッキリわかる函館山からの夜景

だった。

さらに――

ふつうの山ではなく、一種の島だからこそ、この山頂に立つと、山の上に登ったというよりも、海に浮かぶ島の高台に立った感覚になる。

周囲に遮《さえぎ》るものは何もなく、三百六十度の視野が開け、函館市街と反対側には、日中ならば津軽《つがる》海峡を隔てた本州の山並みが見える。

そして海が荒れていない日には、イカ釣り船の灯《とも》す漁火が、驚くほどの明るさをもって暗い海を背景に輝いているのが眺められた。

陸の輝きと海の輝き――その両方を楽しめるのが函館山ならではの夜景の醍醐味《だいごみ》だった。

十二月初旬の函館は、もちろん寒い。そして夜になれば、寒いなどという表現ではすまされなかった。

その晩は雪は降っていなかったし、山は雪化粧《ゆきげしょう》と表現するにはまだ雪の量がじゅうぶんではなかったが、しかしいくら暖冬とはいっても北海道である。おまけに山頂には、肌を刺すような寒風が遮る物もなくまともに吹きつけてくる。

函館は北緯四十一度に位置する。これはローマとほぼ同緯度。そう考えると、ずいぶん暖かな場所のように思えるが、地中海気候の影響を受けているイタリアは比較の対象にはならない。緯度だけでいえば、函館は北京《ペキン》や平壌《ピョンヤン》よりもなお北にある。

それでも初冬の函館山へ「百万ドルの夜景見物」に訪れる観光客には、最初から厳しい寒さなどは関係がなかった。みんなそれを承知で函館にやってきたのだから。

いまは午後の五時すぎ。

冬の五時は――しかも緯度の高い函館では――もはや夕方というよりも完全な夜だった。だから、夜景の輝きはすでにまばゆいばかりになっていた。

函館に泊まるパックツアーの団体客は、ほとんどがこの時間帯に山に登ってきて、そして夜景を満喫したのちに宿に戻って風呂と夕食をとるという段取りになっている。

だから、日没間もない函館山山頂の駐車場は大混雑をきたしていた。

きょうは日曜の夜である。混雑という点では土曜日の夜のほうがまさっていたが、それでも山頂付近の道路は、駐車場に入り切れないマイカーや観光バスがびっしり連なって、一歩も先に進めない状態になっていた。

麓《ふもと》から大型ロープウェイが三分で頂上まで客を運ぶシステムもあるが、たまたまこの日は整備上の都合で運行が休止になっており、それが山頂への道路の混雑に輪をかけていた。

「そろそろ下りなくてだいじょうぶ……ですか？」

市街地を見下ろす展望台に群がる人の波の中で、赤いコートを着た稲場亜紀子《いなばあきこ》は腕時計を見てたずねた。

最初のひとことは馴《な》れ馴れしく、しかしすぐに二人の立場というものを思い出して、「ですか」と敬語の語尾をつけ加えた。

それが、非日常から日常へと戻らなければならない、短い旅の終わりの到来を告げていた。

「いや、もう少しいられると思うよ」

同じように腕時計を見て、増岡史也《ますおかふみや》が言った。

「ここから飛行場までは、レンタカーを返す時間を入れても一時間みておけばじゅうぶんだろう」

二人が東京へ戻るのは、夜七時十分発のＪＡＬの最終便だった。

「でも……」

亜紀子はつぶやいた。

「道路がすごく混雑しているみたいだし」

「上りだけだよ」

コートの襟元《えりもと》に巻いたマフラーの幅を広げながら、増岡は言った。

「下るほうはスムーズに流れている。……それとも、寒い？」

「ええ、ちょっと」

「どれ、貸してごらん」

増岡は、亜紀子の片手をギュッと握ると、それを自分のコートのポケットに突っ込んだ。

「こうやれば温かくなる。ぼくはね、手が温かいんだよ。手が温かい人間は心が冷たいというけれど、あれは迷信だな」

と言って、増岡は白い息を吐きながら、ふふっと笑った。

実際、増岡の手は燃えるように熱かった。

暖冬の東京からやってきたので、亜紀子はついうっかり手袋というものを準備することに頭がいかなかったのだが、この一泊二日の旅で、増岡はことあるごとにこうや

湯の川温泉から眺める函館山

って亜紀子の手を握って温めてくれたのだった。

（でも、こんなところを会社の人に見られたらどうしよう）

急に周りの群衆の存在が気になって、亜紀子は増岡のポケットから手を引き抜きたくなった。

駐車場にずらりと並ぶ観光バスは、おそらく首都圏からの観光客もずいぶん運んできただろう。その中に、亜紀子と増岡が勤める会社の人間が絶対にいないという保証はない。

もちろん、きょうは日曜日の夜だから、サラリーマン人間は今夜も函館に泊まるなどというのんびりしたことはできない。しかし、夜景が売り物の函館ツアーでは、最終便の飛行機に間に

明治40年の大火で集会所を失った函館区民のために
新たに建てられた公会堂（昭和57年に修復）

合うようにして、ギリギリまで山頂での夜景見物を行なうコースもあるのだ。そこに顔見知りの人間が参加している可能性をゼロとする根拠はなかった。

いままでは、レンタカーを借りての二人きりのドライブ旅行だったし、行く先々にも、それほど団体ツアーの姿が目立たなかったから、人目というものを気にする必要がなかったが、旅の終わりの、最後の最後にきて、誰かに会うのではないかという恐怖が、亜紀子の胸をとらえた。

不倫《ふりん》——

その二文字を思い浮かべても、どうしても自分のことだとは考えられなかった。しかし間違いなく、いま亜紀子は直属の上司と不倫の旅をしているの

ここが日本であることを忘れさせるトラピスチヌ修道院

だ。

函館市街の夜景を見下ろす亜紀子の目は、カーブに沿ってつらなる光のカーペットの右奥――けさまでいた湯《ゆ》の川《かわ》温泉の街明かりを追い求めていた。

この函館山から函館空港へ戻るには、また湯の川温泉の脇を通ることになる。きっとそのときに、亜紀子だけでなく、増岡もゆうべのことを思い出すだろう。そして、彼の場合はもっと深みへはまっていくことを望むに違いない。亜紀子の気持ちとはまったく反対に……。

「楽しかったね、この旅行」

亜紀子の片手をポケットの中で握ったまま、増岡が言った。

彼の吐いた白い息が、自然と自分の口の中に入っていくのを眺めながら、

アイヌ語で槍を持って魚がくるのを待つという名が付けられていた立待岬

亜紀子は息を吸って、それから短く返事をした。

「はい」

ついさっきまでは——この函館山の麓にある旧函館区公会堂などを見物していたときまでは、「はい」などという改まった返事とは無縁の、それこそ学生の恋人どうしのような会話をしていたのに、また部下と上司の関係に戻っていた。

「北海道はいいな」

増岡がつぶやいた。

「ほんとうに北海道はいい。春にきても、夏にきても、秋にきても、冬にきても、北海道はいい」

タナカ精器という精密機械会社の営業一課長の立場にある増岡は、出張で

標識に「大沼」とあるが、この湖は「小沼」。
向こうに見えるのが特徴的な頂を持つ駒ヶ岳

何度も北海道にきている。直属の部下である亜紀子は、増岡が北海道の出張から帰ってくると、決まって営業一課のみんなにと言って、トラピスチヌ修道院のバター飴《あめ》をおみやげに手渡された。

しかし、まさか増岡と二人きりのプライベート旅行で、その修道院を訪れようとは考えてもみなかった。

日本にいることを忘れさせるようなトラピスチヌ修道院の中を腕を組んで歩きながら、亜紀子は、神様の見ているところでこんなことをしたら、いつかはひどいバチがあたるのではないか、と思ったりもした。

「ねえ、亜紀子」

増岡のほうは、まだ恋人気分のまま

の呼び方で話しかけてきた。

「こんどの旅で、どこがいちばんよかった」

「どこも……ぜんぶ」

と答えながら、亜紀子の頭の中では、昨日の夕暮れに訪れた立待岬《たちまちみさき》が思い起こされていた。広々とした海に輝く夕日のきらめきを。

死んじゃおうかな、と思ったのはそのときだった。こんなことばかり繰り返していくしか幸せの方法を見つけられないのなら、死んじゃおうかな、と。

立待岬の展望台の柵《さく》を越えれば、その先は断崖《だんがい》だった。スポーツ万能で、高いところからの飛び込みも得意な亜紀子だが、下がプールでなくて岩場ならば、もちろん即死は免《まぬか》れない。

無残に砕《くだ》けた自分の姿がまぶたの裏にちらついて、寒さのせいではなく、そのとき亜紀子は全身に鳥肌が立つのを覚えた。

もちろん、そんな彼女の心の動きを、増岡は知らないだろう。

土曜日の朝いちばんの飛行機で東京を発《た》って函館に飛んできた二人は、増岡の運転するレンタカーでまず大沼公園へ向かった。

先端をキュンと面白い形にとがらせた駒ヶ岳を眺めながら、いまこの湖に入ったら、心臓マヒを起こして死んじゃうだろうな、と、そこでも同じようなことを思った。

かつての倉庫群も、いまやクルーザーの停泊する港を控えるレトロムードのショッピングエリアに変身（金森倉庫群）

大沼の周りをぐるりと回る周回道路をドライブしているときに、偶然、道端に出てきたキタキツネに出会った。

大喜びで、すぐに手持ちのクラッカーをあげたり、写真を撮ったりしながらも、亜紀子の視野の片隅には、いまにも凍りつきそうな湖がちらついていた。「わあ、かわいい」とキタキツネの姿にはしゃいだ声をあげながら、心の中では「あの冷たい湖に飛び込んで死んじゃおうかな」と別の自分がつぶやいていた。

繰り返し繰り返し、死が脳裏をよぎるのは、決して不倫に対する罪悪感からではなかった。もっと別に理由があるのだ。

ただし、不倫そのものにまったく後

ろめたさがないかといえば、そんなことはなかった。

昨日、函館ベイエリアに並ぶ赤いレンガづくりの金森《かなもり》倉庫群を改装したショッピングモールに入ったときのことだ。その中はクリスマス一色だった。

きらめくイルミネーションの飾り付けを眺めながら、増岡は亜紀子に、クリスマスプレゼントには何がほしい、と笑顔できいてきた。

それに答えようとして亜紀子が口を開きかけたとき、両親に連れられた小さな女の子が、二人のちょうど目の前で大きな声を張り上げた。

「ねえ、ことしはサンタさん、なにをもってきてくれるのかなあ」

増岡の表情からサッと笑顔が消えるのがわかった。子供のことを思い出したのだ。

ことし四十歳になる増岡と妻の間には、二人の子供がいることを亜紀子は聞かされていた。男の子と女の子だ。年齢までは詳《くわ》しく知らないが、ときおりきく話の様子から、小学校のまだ低学年であるらしいことがわかっていた。

もちろん、そんな幼い子供たちには、父親のやっていることなどわからないだろうし、わかったところで、それが持つ深い意味は理解できるはずもないだろう。

しかし、子供を喜ばせてやるべきクリスマスの夜に、増岡はすでに亜紀子と泊まるためのホテルを横浜に予約していた。

そんなことでいいのだろうか、と亜紀子は、目の前の家族連れを見ながら、そして

五稜郭タワーから望む五稜郭の一部

クリスマス用のデコレーションがあふれるショッピングモールを眺めながら思った。

それに、なるべくなら思い出したくはないが、増岡の妻という存在もあった。

彼の妻とは、一昨年の夏、一度だけ顔を合わせたことがあった。増岡夫妻の仲人《なこうど》を務めたこともあるという、年配の常務の葬儀の席だった。

そのときはまだ、亜紀子は増岡と特別な関係に陥《おちい》っていなかった。だから、何のうしろめたさもなく、課長の部下として、夫人に挨拶《あいさつ》をすることができた。

場所が場所だけに、さすがに笑顔をみせることはなかったが、感じのいい人だった。

喪服《もふく》姿だからそう思ったのではないが、派手なことの嫌いな、つつましやかな生き方が似合いそうな人だった。二人の子供にとっても、きっとやさしいお母さんにちがいないと思った。

そういった印象があったから、亜紀子は、増岡の妻を思い出すと胸が痛んだ。

（あの人なら、きっといつまでも私たちの関係を気づかずにいるかもしれない）

自分の夫を疑うなど、みじんも思わないタイプの奥さんだった。おそらくこの週末の夫の不在も、出張だという説明を頭から信じているはずだ。

人を裏切るということはつらかった。自分はこれまで裏切られてばかりの連続だったから、亜紀子はよけいに、裏切られる立場に追い込んでしまった増岡の妻に対する後ろめたさが募《つの》った。

だが、それでもいまの亜紀子には、不倫以外に女としての愛の歓《よろこ》びを得る手段がなかった。

なぜならば……。

「ぼくはねえ」

増岡の言葉で、亜紀子の思考が中断した。

「今回のコースでは、やっぱり五稜郭がいちばん印象に残ったよ」

増岡は、一泊二日の旅をふり返ってそう言った。

「ごらん、あそこにライトアップされた五稜郭タワーが見えるよ」

増岡の人差指に沿って、亜紀子は光のカーペットの上を目で追った。

函館市内をまっすぐに貫く通りの果てに、ぽつんと屹立《きつりつ》するタワーがたしかに見えた。星形をした五稜郭の形を眺め下ろすために、築城百周年を記念して建てられたものだった。

討幕《とうばく》運動の警戒にあたるために京都で結成された新撰組《しんせんぐみ》隊長近藤勇《こんどういさみ》の右腕として副長に就任した土方歳三《ひじかたとしぞう》が、明治元年の鳥羽伏見《とばふしみ》の戦いに敗れてから官軍に追い立てられ、宇都宮から会津へ、会津から仙台へと敗走し、最終的にこもったのが箱館（函館）五稜郭だった。

討幕を旗印に薩長が主軸となって結成された明治新政府軍に対して、軍艦の引き渡しを拒み、全艦隊を率いて箱館にやってきた榎本武揚《えのもとたけあき》は、五稜郭を最後の砦《とりで》として、新国家「蝦夷《えぞ》共和国」の樹立を目指した。

そして、この地を舞台に新政府軍との間に展開された壮絶な箱館戦争が、日本人どうしが殺し合う最後の戦いのひとつとなった。

ちなみに、土方歳三はこの戦いで流れ弾に当たって散ったが、首領であった榎本武揚は新政府軍に降伏し、のちに特赦《とくしゃ》を受けて、明治政府の北海道開拓使を命じられた。

そしてさらに明治七年には、海軍中将に任ぜられ、いまの北方領土問題の端緒ともいうべき樺太千島《からふとちしま》交換条約を特命全権公使としてロシアと結んだ。その後、天津《てんしん》条約締結にも関わり、ついには明治政府の逓信《ていしん》大臣、文部大臣、外務大臣、農商務省大臣を歴任するにいたり、子爵《ししゃく》の位まで授与されたうえで、明治四十一年、七十二歳の天寿をまっとうした。

この榎本の輝かしい後半生があるために、対照的に若くして散った土方歳三は、なおのこと悲劇のヒーローに祭り上げられるのだった。

そして増岡史也が、土方に傾倒していることは、亜紀子もたびたび聞かされていた。

「ぼくは土方歳三こそ、真の男だと思う」

函館の夜景に目をやったまま、増岡は言った。

「なぜならば、彼は、自分の信念に基づいて日本人が日本人を殺し合う戦さに参加した人間だからだ」

その口調に合わせて、彼のポケットの中で握りしめられていた亜紀子の片手に、さらにギュッと強い力が加わった。

驚いて、亜紀子は増岡の横顔を見た。

「同じ民族どうしが殺し合うことは、いまも世界のいたるところで起こっているが、日本ではそのような出来事はもうない。ここで起きた箱館戦争などを最後に、組織だった形で日本人どうしが戦うことはもうなくなった。けれども、それでほんとうによいのだろうか」

増岡の表情から笑《え》みが消え、そこにはいつのまにか異様な気迫が漂っていた。

「ぼくはときどき思うんだよ。同じ日本人だからって、どうして一つの国にまとまっていなければいけないのかな、ってね」

「どういうことですか」

亜紀子は、あいまいな笑いを浮かべてたずね返した。少しでも笑顔を作ることで、妙に気負い込んだ増岡の様子を和《やわ》らげようとして。

だが、彼の横顔から笑みは消えたままだった。

「たとえばいまの政治をどう思う?」

そんな質問は、上司と部下との関係においても出てこなかった種類のものだった。

「こんな日本で、亜紀子は我慢できるかい」

「うーん」

困った声しか出てこない。

亜紀子は、もっともっと日常的な問題に追われていたから——つまり、増岡との不倫をどうするかということだが——そんな大上段《だいじょうだん》に構えた政治問題など、頭の片隅にも浮かべたことがなかった。

「いま、日本人は思想的に明らかに二つに分かれはじめていると思う」

そんな話題をここで持ち出すのはやめてほしい、と皮膚感覚で亜紀子はそう思った。なんだか増岡の見てはいけない部分を見てしまいそうな気がしたから。

しかし増岡は、観光地にはまるで不似合いの、演説でもぶつような調子でつづけた。

「まず一方に、現状の政治体制に不満も洩《も》らすし政治家への批判もするけれど、それでも日本のことだから放っておいても最悪の事態は招かずに何とかなるだろうと甘い見通しを立て、自分からは何も行動も起こさないという連中がいる。これがいまの日本では多数派だ。

それからもう一方に、このままでは日本は破滅するという焦燥感《しょうそうかん》に煽《あお》られ、なんとか大胆な改革運動を展開しなければと考えている人間がいる。残念ながら、これは少数派だけれど。

しかし、このまま何の手も打たずに進んでいったら、ぼくは二十一世紀の早いうちに日本という国家は完全に崩壊《ほうかい》すると思う」

「……」

亜紀子はあいづちが打てない。

もしかすると増岡は「そうよね」というぐらいの軽い同意を求めているのかもしれなかったが、宝石箱を引っくり返したような光の絨毯《じゅうたん》を眺めながら、こんな無粋《ぶすい》な話題に熱弁をはじめた増岡が、急に腹立たしいものに感じられてきた。

「亜紀子、きみも一つの企業で働いている人間ならば、いま日本経済が陥っているどん底の不況が一時的なものでないことを理解しているはずだ」

亜紀子の気持ちも知らずに、増岡はつづけた。

「タナカ精器という会社一社だけが頑張ってもムダなのは当然として、我々が属する精密機械工業の業界が力をそろえて努力したところで、この日本の危機的状況はどうにかなるものではない。

なぜかといえば、傲慢《ごうまん》であることしか生きがいを見いだせない無能な政治家と、人間性を失い頭脳も硬直化した無能な官僚とを完全に排除するため、アメリカは、日本の経済占領作戦を本格的に展開しはじめたからだ」

「あの、課長」

おもわず亜紀子は遮《さえぎ》る言葉を出した。

せっかく好きになった人の、イヤな一面をこれ以上見たくはなかった。人は旅に出ると本質がよくわかるというが、今回の函館ミニ旅行では、ここまでのところ増岡のいい部分ばかりが目についていた。だから、そのままの幸福な気分でこの旅を終えたかったのだ。

亜紀子は、いま増岡がはじめたような、大上段に構えて物を論じる男が好きでなかった。サラリーマンには、こうしたタイプの人間が山ほどいる。とくにアルコールが入ると、世相を憂《うれ》えるこの手の持論を饒舌《じょうぜつ》に語り出す男たちが大勢いる。

そういう上司や同僚を見るたびに、亜紀子はうんざりした気分になった。大所高所《たいしょこうしょ》に立った物の見方が好きな人間は、じつは目の前の日常から逃避しているだけだったりすることが多いからだ。

だから、一見するとスケールの大きな人間に見えそうな男が、個人的につきあってみると、自分の臆病《おくびょう》さを隠すたんなるホラ吹きであったりする場合がよくある。

そういう裏切られ方を、亜紀子はこれまでに何度もしてきた。だから、もうその手の男はたくさんだった。そして、増岡史也までがそのタイプであってほしくはなかった。

「ぼくはひどい焦燥感にかられている」

髪の毛をかなり短めに刈り込み、よく日焼けした増岡は、ビジネスマンというよりもスポーツチームのコーチといった雰囲気《ふんいき》があったが、彼はその健康的な容貌《ようぼう》に似合わぬ苦悩のため息を洩らした。

「この日本には許せる人間と許せない人間の二種類がいる。そして、ぼくにとって許せないタイプの人間が国家の中枢《ちゅうすう》に居座っていることがガマンならない。そして、そいつらがこの日本をダメにしていくのを黙って指をくわえて見てもいられない。

もしもいまが幕末か明治の初めだったら、完全に戦争が起きているよ。日本を二分する戦争がね。あの時代だったら、周囲の人間を不愉快かつ不幸にさせることしかできない政治家たちが、ここまで無傷のまま放置されていると思うかい」

「課長、私……」

「この土地で行なわれた日本人どうしの殺し合いである箱館戦争を調べていくたびにね、ぼくは思うんだ」

亜紀子がなんとか話題を変えようとするのを無視して、増岡はつづけた。

「同じ民族というだけの理由で一つの国家にまとまろうとすることのほうが無理があるんじゃないか、とね。むしろ民族内淘汰《とうた》のような闘争が起きるほうが、国にとっては健全なことではないかとさえ、ぼくは思ってしまう。

ぼくは仕事でこの函館にくるたびに、妙に燃えるんだよなあ。この函館山の頂上に上って周囲を見回すと、国を憂える気分が高揚してくるのを感じてしまうんだ、土方歳三のように。

……ところが女房のやつときたら」

そして増岡は、亜紀子のほうに向き直ると、急に芝居じみた笑顔を浮かべ、白い息を彼女の顔に吐きかけながら言った。

「こういう話をしても、まったく理解を示してくれない。いや。意見が違うなら違うでいいんだ。でも、その議論すらできないんだな、治恵《はるえ》とは」

そのとき初めて亜紀子は、増岡の妻の名前がハルエというものであることを知った。まだ字はわからないが、ハルエという語感を得たことで、かつて役員の葬儀の場で短い挨拶だけ交わしたことのある増岡の妻のイメージが、突然、血の通ったものとなって頭の中で動き出してきた。

2

不思議だった。

ハルエという名前を増岡がつぶやいたとたん、たった一度交錯《こうさく》しただけの彼の妻の立体映像が、驚くべき生々しさをもって蠢《うごめ》きはじめ、色白でやさしそうな彼女の顔立ちの中で、ただ一点、右のこめかみに蛇のような静脈が青々と浮かんでいたことまでが鮮《あざ》やかに蘇《よみがえ》ってきた。

亜紀子はその現象にひどくびっくりした。自分がそんな細かなところまで無意識のうちに観察していたとはまったく気づいていなかったし、その無意識下の観察記録がちゃんと自分の記憶に蓄《たくわ》えられていたことにも愕然《がくぜん》とさせられた。

増岡の妻との出会いがあったのは一昨年の夏、亜紀子は二十五、増岡は三十八だった。当時はまだ増岡と亜紀子は、たんなる上司と部下の関係でしかなかったが、その一カ月後に、二人は不倫の関係に陥った。

(もしあのお葬式の場で課長の奥さんと出会っていなければ)

亜紀子は、ふと考えた。

(私は、いまのような状況に自分を追い込んでいなかったかもしれない)

清楚《せいそ》――

とにかく増岡の妻の第一印象はそれだった。色白で細面《ほそおもて》で、体格もきゃしゃで物静かな美しい人だった。

二人の子供がいるにもかかわらず、生活感あふれる『主婦』という呼び名のイメージはかけらもなく、秋の窓辺で紅茶を飲みながら読書に耽《ふけ》るのが似合いの素敵な人だった。

だから、盗《と》ってやろう、と思ったのだ。

仮に増岡の妻が、生活にくたびれた感じの女だったり、肝《きも》っ玉《たま》かあさんと呼びたくなるような人だったら、おそらく自分は増岡に対してここまでの恋愛感情は抱かなかっただろう、と亜紀子は思った。

妻の清楚な姿が、その夫である増岡のイメージをプラス方向に増幅させ、そして亜紀子を『鬼』にしたのだ。

鬼——

そう、いつのころからか、亜紀子は自分の心の中に『鬼』と呼ぶべき部分が横たわっていることを意識しはじめていた。

それはひとことで言えば、こうありたいと思う自分像と正反対に位置するものだった。

とくに若い人間なら誰しもそうかもしれないが、亜紀子は自分の性格の中にプラス要素とマイナス要素の両方が混在していることを決して認めようとはしなかった。いい部分だけに目をむけ、悪い部分からは目をそらしつづけてきた。

純真で、素直で、明朗で、そして思いやりにあふれる人間といった理想的なイメージを、亜紀子はいつも自分に課そうとしてきたし、その対極にある策略家で、屈折していて、陰鬱《いんうつ》で、そして他人の不幸を願うような非常にいやらしい性格要素を徹底的に軽蔑《けいべつ》し、忌《い》み嫌っていた。

一方で亜紀子は、自分の同僚や上司——とくに同性である女性に対して、そのマイナスイメージをやたらと強く感じるところがあった。他人の不愉快な面ばかりが目につく傾向が強かったのだ。

ところがある時期から、亜紀子は自分の中にもそうした陰の部分があることに気づくようになった。

恐ろしい発見だった。

なぜだかわからないが、亜紀子は幸せそうな恋をしている女性を見ると、その女性を泣かせてみたいと思ってしまう。しかも、実際にその局面を演出したくて、自分から相手に不幸を仕掛けていくような部分があった。それも無意識にだ。

具体的にはこうだ。亜紀子は成人してから増岡と出会うまで、何人かの男性と恋人としてつきあってきたが、そのことごとくが、交際中の女性から奪いとる形だった。相手の男性に恋人がいるという条件でないと燃えないのだ。

だが、いざその彼を奪い取り、彼の恋人だった女性を泣かせてしまうと、急にそこで気持ちが冷《さ》めてしまう。そして日を置かずして、自分から別れの言葉を切り出している。あっけにとられる彼を前にして……。

いつもその繰り返しだった。

自分に意地悪な心理分析をすれば、まさしく他人の不幸を演出したいだけの恋だとも言えたが、亜紀子自身には、恋をしているときには、決して計算ずくの悪意などはないつもりだった。けれども気がついてみると、結果としてすごくイヤな役回りの女を演じている。

女としてそんな燃え方しかできない自分に、亜紀子は嫌気《いやけ》がさすと同時に、恐ろしさを覚えていた。何か自分の中に違う自分が住んでいるような気がして仕方がないのだ。

しかし、それでも増岡と出会うまでの相手は、すべて独身の若者だったから、男を恋人から奪い、そして別れる、という繰り返しだけですんでいた。

後で知ったところによれば、亜紀子と別れたのちにまた元の恋人とよりを戻した男も一人や二人ではなかった。

だが、こんどは違った。亜紀子の心に住むもうひとりの自分が、ついに初めて家庭をもった男をターゲットにしたのだ。

妻子ある男性との恋——なんという陳腐《ちんぷ》な言い回しだろう。増岡と会うまでの亜紀子は、ずっとそう思っていた。

同年齢の友人で、父親ほども年の離れた男と不倫の恋に溺《おぼ》れている者も何人かいたけれど、亜紀子からすれば、家庭をもった男というのは『お古《ふる》』にすぎないという感覚があった。あまりにも生活臭がこびりついていて、男としての魅力に欠けるだけでなく、奥さんや子供という存在が身体の隅々まで入り込んでいて薄汚いとさえ思っていた。

ところが、上司と部下という関係で増岡と接しているうちに、ビジネスマンらしからぬスポーティな彼の雰囲気に、亜紀子は徐々に惹《ひ》かれはじめ、いつしか上司に対する好意を越えた感情を抱くようになった。

増岡には、中年男にありがちな生活感が希薄だった。決してハンサムではないのだが、物腰がソフトで、しかし同時に男としての逞《たくま》しさも兼ね備えていた。若い男にはない厚みというものが、彼には感じられたのだ。

増岡のほうもそんな彼女の思いを察知したのか、稲場亜紀子という女性を部下としてではなく、明らかに恋愛の対象としてみている態度を明確にしてきた。不倫の扉を開けるには、あとは何かのきっかけを待つだけ、という状態までくるのにそう時間はかからなかった。

しかし、その最後の扉を開けることが亜紀子にはなかなかできなかった。増岡の妻がどんな女性であるか、まだ自分の目で確かめていなかったからである。もしも魅力のない女性が彼の妻ならば、一気に気持ちが冷めてしまうのは見えていた。

だが、葬儀の場で増岡の妻と儀礼的な挨拶を交わしたとき、亜紀子の心の中で鬼がつぶやいた。

(こんなに素敵な人なら、不幸にさせがいがあるわ)

そして二人の不倫は幕を開けた。

しかし亜紀子は、増岡の妻の名前や年齢など具体的なプロフィールは知らないでいたほうがいいと思った。その心理をうまく説明することはできないのだが、彼女の美貌を見たとき、本能的なコンプレックスを感じたせいかもしれなかった。

タナカ精器では、総務部人事課が毎年四月に全社員に配る『社員名簿』というものがある。これには社員の氏名、住所、電話番号だけでなく、配偶者の名前が記される欄もあった。

神経質な組合側からは、配偶者名の記入欄まで設けているのは仕事と直接関係のないプライバシーの侵害にあたる、との批判も寄せられていたが、この社員名簿の形式を会社側が変えるつもりはないらしく、いまに至るまで配偶者付きの社員一覧表のスタイルは変わらない。

亜紀子は、たとえば社内の人間に年賀状を書く場合などにこの社員名簿を使うのだが、そのさい増岡の連絡先が掲載されている『マ』の欄にくると、あらかじめ用意しておいた細長い紙で配偶者欄のところを隠して目を通すといった神経質な行動をとった。

彼女の名前は見たくなかったのだ。

そうまでして意識の外に置いておこうとした増岡の妻の名前が、いま突然、ハルエという音で亜紀子の頭にインプットされた。

ドキンと心臓が高鳴った。

あの穏《おだ》やかな美貌をもつ夫人の怨念《おんねん》のようなものが、するりと鼓膜から脳の中に入り込んできた気がした。

「亜紀子、子供を作ったら女房というものは精神的な成長が止まってしまうものなんだろうか」

増岡の声が白い息となって、亜紀子の目の前に広がった。その息のおかげで、函館山から眺める光の海が、一瞬だけだがぼやけた。

「ぼくは成長しない女は嫌いだ」

「……」

「わかるかな、ぼくの言っていることが」

「いいえ」

首を横に振りながら、稲場亜紀子は無意識のうちに足踏みをはじめた。それは半分は吹きつける寒風のせいでもあったが、半分は早くこの話題を打ち切りたいという気持ちから出たものだった。

「十二年前に結婚を決めたとき、治恵は女子大を卒業後ある企業の秘書課に勤めてまだ二年しか経っていなかった」

そのときが二十四、五とすれば、いまは三十六、七か、と亜紀子は頭の中で計算していた。二十七歳の亜紀子よりざっと十ほど年上である。

自分とのその年齢差が、また亜紀子は気にかかった。自分のほうが十も若いという優越感ではなく、むしろ増岡の妻より十年も人生経験が足りないのだという劣等感のほうが先にきた。

「そのときの治恵は、無限の可能性に満ちていた、とぼくは思う」

亜紀子がその場で足踏みをしていることがわかっているはずなのに、増岡は一方的につづけた。

「彼女は秘書として勤務しているときに英語の勉強を熱心につづけていた。そして近いうちに外資系の会社に転職し、将来はアメリカで仕事をしたいという希望に満ちていた。ところがどうだ、いまの治恵ときたら、気にすることは子供の教育ばかり。ぼくは子供は勉強ができるより逞しく育ってくれることが一番だと思っているのに、治恵は子供たちが三歳のころから進学塾へ通わせて、そして二人とも大学まで一貫教育の有名私立校ってやつに入れた。ぼくはただのサラリーマンだっていうのにだぜ」

増岡は、さっきよりももっと大きな白い息を吐いた。

「一方で治恵は、自分の英語の勉強はぴたりとやめてしまった。じゃあ何かほかの勉強をしているかといえば、何もしない。女房の頭の中にあるのは、子供の将来のことばかりだ。わかる、亜紀子？　こっちはサラリーマンとして毎日社会で揉《も》まれ、年とともに確実に人間として成長を遂げているというのに、女房は秘書として勤めていたときのあの輝きはどこへやらで、いまやただの教育ママだ。……たしかに治恵は、三十七になったいまも美人だとは思う」

三十七か……と、亜紀子はデータを刻む。やっぱり私とまるまる十年違うのね、と。

「学生のころ着物のモデルをやっていたこともあるぐらいで、彼女は古典的な和風美人だと思うよ。そしてその美しさは、二人の子供を産んだいまも、あまり変わりはない。そのことを羨《うらや》ましがる連中も多い。だけどね、ぼくがパートナーに求めたいのはお人形さんみたいな美しさでもなければ、かいがいしく身の回りの世話をやいてくれることでもない。

同じレベルで――いいかい、亜紀子――同じレベルで政治のこと、経済のこと、社会のこと、そして未来のことを話し合えるような関係なんだ。つまりその……なんていったらいいのか、仲間というか同志というか、それでいて恋人というか」

どうしよう、と亜紀子は思った。

初めて二人だけでこんなに遠くまで出かけた不倫旅行の、その最後の最後という場面で、相手の男の思いもよらぬ不快な部分がむき出しになった。

彼は妻の変貌ぶりを批判しているが、そもそも増岡という男と結婚したからこそ、彼女は英語の勉強もやめざるをえず、そして増岡が望んで二人の子供を作ったからこそ、子供中心の生活にならざるをえなかったのではないか。

そのことに少しも目を向けずに、女房は女房はと矢継《やつ》ぎ早《ばや》に批判を繰り出す彼の態度に、亜紀子は嫌悪感《けんおかん》さえ催《もよお》しはじめた。

女房、という響きもおぞましかった。

もしも増岡がいまの妻と離婚し、亜紀子と再婚したら、亜紀子のことも他人に対して「女房は」と呼ぶのだろうか。

神経過敏なのかもしれなかったが、亜紀子は妻を女房と呼ぶような男は好きになれなかった。もちろん自分もそう呼ばれたくなかった。

(この人とはもう深入りをしないほうがいい)

そういう声が頭の片隅で響く一方で、

(でも、別れるのはあの奥さんに一度勝ってからにしたい)

という、もうひとりの自分の声も響いた。

鬼――

またたく光の海を見下ろしている亜紀子の視界の中で、鬼という文字が突然浮かんでボッと燃え上がった。まさに鬼火《おにび》といってよい青白い光を放ちながら。

(私の中の鬼の部分が、どうしてもあの奥さんをいじめたがっている)

亜紀子は心の中でつぶやいた。

(あのきれいでおしとやかな奥さんを一度思い切り泣かせてみたいと、私の中の鬼が願っている)

「なあ、亜紀子」

突然、増岡が亜紀子の肩を抱いて引き寄せた。

グレーのコートと赤いコートを隔《へだ》てて身体が触れ合った。だが、ついさきほどまでのような、彼の肉体を意識できる密着感はなく、身体に覚えたのは、たんなる厚手の布切れの感触だけだった。

「結婚しよう」

耳元で増岡がささやいた。

あまりにも陳腐《ちんぷ》だ、と反射的に亜紀子は思った。函館山の夜景を眺めながらのプロポーズが悪いというのではない。もしも彼が大言壮語《たいげんそうご》や妻の悪口を抜きにして、ストレートに切り出してくれていれば、光の海が涙ににじむぐらい感動して首をタテに振っていたかもしれない。

けれども、増岡の話に強い嫌悪感を覚えていたときのプロポーズというのは、タイミングとしては最悪だった。展望台から眼下の光景を見下ろした直後のあのロマンチックな感動はどこかへ吹き飛び、扇形に広がる宝石の絨毯が急に色褪《いろあ》せてみえた。

亜紀子は、プロポーズの答えを声にも態度にも出さずにいた。

すると増岡は、それは亜紀子の恥じらいとでも思ったのだろう、にっこり笑うとこんなふうにつけ加えた。

「唐突《とうとつ》なのはわかっている。でも、ある意味では、ぼくのこの申し出がきみにとって決して唐突なものでないこともわかっている」

なんだか函館山でロケをやっているテレビドラマのワンシーンみたい、と醒《さ》めた自分がつぶやいていた。それぐらい増岡の言葉は芝居じみて空虚なものに響いた。

「返事はいまでなくてもいい。ただ、ぼくの言葉を真剣に受け止めておいてほしいんだ。もしもきみがイエスと言ってくれたら、ぼくは一年以内に離婚の段取りを整える。約束するよ、亜紀子」

この人は何を身勝手なことを言っているのだろう、と亜紀子はあぜんとした。

彼の口から結婚の話が飛び出してみると、それはあまりにも非現実的なものであることがわかった。まず第一に、彼の二人の子供のことだ。

いまでさえ、サラリーマンの増岡にとっては有名私立校に息子と娘を通わせていることが負担だというのに、これで離婚したらどうなるのか。彼は妻への慰謝料のほかに、養育費としてじゅうぶんな金額を子供のために毎月払っていけるのだろうか。

もしもそれが不可能ならば、子供たちはせっかく入った有名私立校を中途退学して公立に転校せざるをえなくなる。友だちと離ればなれになって、だ。

自分の不倫のために幼い子供たちを泣かせるなんて、いくらなんでもそんなことは亜紀子にはできなかった。増岡の妻に対する屈折した敵愾心《てきがいしん》があるのは事実だが、彼の子供たちに対しては何の敵意もない。亜紀子の心に棲《す》んでいる「鬼」の部分は、そこまで冷酷非情ではなかった。

もうひとつの問題は、亜紀子との不倫のために本気で増岡が離婚に踏み切ったら、そんな彼の行動を会社の上層部が許容するはずがない、ということだった。二人の関係は、まさしく全社的なバッシングを受けることになるだろう。

その状況を回避するために亜紀子はかんたんに会社を辞《や》めることができるかもしれないが、増岡はどうなのか。社内での人間的な信頼は崩れ、ひょっとすると出世という意味では大減点となるかもしれない。場合によってはタナカ精器を辞めざるをえなくなるだろう。

そして、次の職を見つけるために苦労しながら、一方では慰謝料や養育費の支払いに四苦八苦する。そんな転落の人生を増岡とともに歩むなんて、考えただけでもゾッとした。

男は目先の愛欲のために大胆な夢を描くかもしれないが、女はつねにその夢を現実面で検証する。そして亜紀子は、たちどころにノーという答えを出した。

増岡との不倫ごっこは、やはりただちに打ち切るべきなのだ。

だが——

突然、増岡はポケットから何かを取り出すと、それを亜紀子の首にかけた。

「なに、これ」

金の鎖《くさり》がついたペンダントだということはわかったが、亜紀子は胸元にさげられたその実体がすぐにはわからなかった。

象牙色《ぞうげいろ》をした長さ五センチほどの、何か動物の牙《きば》のようなものに思えた。それに金色のチェーンが取り付けられているのだ。

「なんですか……これ」

亜紀子は二本の指でそれをつまみあげながら、増岡にたずねた。

「牙だよ」

短く増岡が答えた。

「鬼の牙だ」

3

「鬼の……牙？」

鬼、という言葉が、亜紀子の心臓をドクンと一回大きく揺すぶった。

「鬼って……どういうことですか」

「そのうち詳しく教えてあげる」

増岡は笑った。

「でも、これ、なにか特別な意味があるんですか」

「ある」

「どんな?」

「それをはずしたら、きみは死ぬ」

「え……」

思わず亜紀子が絶句すると、増岡は笑い声を立てた。そしてつけ加えた。

「あはは、だいじょうぶだよ。べつにお風呂に入ったり寝るときにはずすぶんには何も起こらない。でも、この鬼の牙を忌《い》み嫌《きら》って、二度と身につけるものかという気持ちではずしたら、鬼の祟《たた》りが起きるんだよ」

「そういうのって……」

あえぎながら、亜紀子は言った。

「そういうのって、困ります、私」

「なんで」

「イヤなんです。おまじないとか呪いとか、そういう迷信みたいなものは私……」

と言って、亜紀子は首にまとわりつく細いチェーンに手をかけ、ペンダントをはずそうとした。

「ああ、待った。そんなことをしちゃダメだ。祟るぞ、亜紀子。ほんとうに祟る」

意外なほど真剣な表情で、増岡がストップをかけた。その場違いなほど大きな声に、周囲の観光客が二人のほうをふり向いたほどだった。

「いったんそれをかけてしまったら、きみは鬼を深く信仰しなければならない。そういう真摯《しんし》な気持ちになってから初めて、必要に応じて鬼の牙をはずしてもいいことになっているんだ」

「課長、どういうつもりで私にこんなことをなさるんですか」

「ぼくと同じ心でいてほしいからだよ」

「課長と同じ心？」

「そう、人間は誰でも心に鬼を抱いている」

信じられないことに増岡史也は、亜紀子が日ごろ感じているのと同じことを、まったく同じ言葉を使って表現した。

「その鬼の心をコントロールするために、このお守りがある。もしも人が鬼の心を抑制できなければ、その人物はさまざまな罪を犯すことになるだろう。わかるかな亜紀子、誰もが心にもっている邪悪なもうひとりの自分――それをぼくたちは鬼と呼んでいるのだ、その鬼を鎮《しず》めておくことこそが、平和な暮らしにはいちばん必要なんだ。ぼくの将来の妻として、亜紀子にはその哲学を、そしてその信仰をわかってほしい」

「よくわからないです、私」

亜紀子の声は半分裏返っていた。猛烈な嫌悪感と、じわじわ湧《わ》いてきた恐怖とで……。

「私、ほんとうにそういう世界ってダメなんです。信仰とかそういうのって」

「これをごらん」

逃げ腰になる亜紀子に、増岡は、いきなり自分のコートのボタンをいくつかはずし、セーターの襟元から片手を突っ込んで、何かを引っ張り出した。

同じものが出てきた。金色の鎖につながれた象牙色の牙である。

「ぼくもこうやってしているんだよ、鬼の牙を」

「でも私、課長がそんなものをしているところなんて、いままで……」

「そのとおり、見せたことはなかった」

増岡は大きくうなずいた。

「亜紀子といっしょにバスルームに入るときも、亜紀子といっしょにベッドに入るときも、ぼくはこの鬼の牙ははずしておいた。いきなり見せて気持ち悪がられるのも困るからね」

「これは……宗教なんですか」

「宗教と思ってもらってもいい」

「そういう新興宗教に、課長は入っているということなんですか」

「いやべつにそうではない。これはあくまで個人的な思想だから」

「でも、課長はいま『ぼくたち』っておっしゃったじゃないですか」

「ん？」

「それをぼくたちは鬼と呼んでいる、っておっしゃったじゃないですか。ぼくたちって、誰《だれ》のことなんですか」

亜紀子に問い詰められ、一瞬、増岡史也の頰《ほお》が緊張で引きつった。

初冬の北海道の夜風が強烈に吹きつけているというのに、彼の顔にサッと血が上ったのを亜紀子は見逃さなかった。失言をしたという後悔が彼の心に走ったのは明らかだった。

が、ほんの数秒の間をおいてから、増岡はまた笑顔を取り戻して言った。

「ぼくはいつも亜紀子のことを考えているから、それで無意識のうちに『ぼくたち』という複数形が口をついて出たのかもしれない。もしもぼくがそう言ったんだったら、それは単純な言い間違いだよ」

そうではない、と亜紀子は思った。

増岡は、複数の人間とともに『鬼の信仰』を抱いているのだ。では、その仲間とはいったいどういう人物なのか。そしてそのグループはいったい何人なのか。

「細かいことはどうでもいい」

亜紀子の顔に浮かんだ逡巡《しゅんじゅん》の色をみてとったのか、増岡は彼女が何かを言い返す前に封じ込むようにたたみかけた。

「とにかく、この鬼の牙のペンダントをかけたことで、きみとぼくは一心同体になった。今回の旅の最大の目的は、じつはここにあったんだ。亜紀子、ぼくの気持ちをわかってくれるね。つまりこれは、鬼の力を借りてきみを拘束《こうそく》してしまいたい、という気持ちの現れでもある」

「でも」

「愛している、亜紀子」

それだけ言うと増岡は、周囲に大勢の観光客がいるのもかまわず、強い勢いで稲場亜紀子を引き寄せ、彼女の唇に自分の唇を重ねた。

あまりの突然の行動に、亜紀子は抵抗する間もなかった。唐突すぎて目を閉じるという動作もできない。丸く目を見開いたまま増岡の唇を受ける彼女の視野に、好奇心をあらわにした周囲の観光客の顔が飛び込んできた。

その視線に気づいて、亜紀子はあわてて増岡の身体を放そうとした。が、猛烈な彼の腕力に抱きすくめられて、身動きひとつできない。

「やめて」

増岡の唇に押しつけられた自分の唇を必死に動かして、亜紀子は声を洩らした。

「課長……やめて」

と、増岡が嚙《か》んだ。

亜紀子の唇を嚙んだ。

「いたいっ」

反射的に亜紀子は、増岡の胸を突いた。

こんどは彼が力を抜いて身体を離した。

そしてすぐに亜紀子は、自分の唇に指を添えた。その指が、ぬるりとしたものに触れた。

赤い血だった。増岡によって下唇を嚙まれて、そこから意外なほどたっぷりあふれ出た血が、亜紀子の指先を赤く濡《ぬ》らしていた。

「課長……」

非難を込めた目で増岡を睨《にら》みながらそうつぶやいたとたん、亜紀子の口の中に鉄錆《てつさび》の味が広がり、同時に血の滴《しずく》が、首から下げた鬼の牙のペンダントにぽたりと落ちた。

あわてて亜紀子はハンカチで唇を押さえた。

なぜかわからないが涙があふれ出た。言葉の代わりに嗚咽《おえつ》が喉の奥から洩れて出た。

そんな亜紀子を見て、増岡は平然とたずねてきた。

「どうしてだい？　亜紀子、どうして泣いているの。おかしな子だなあ」

にっこり笑う彼の前歯に、亜紀子の血がべっとり付いていた。

4

「ねえ亜紀子、どうしたの。ボーッと考え事なんかしちゃって」

同僚の新庄真由美《しんじょうまゆみ》が話しかけてきても、稲場亜紀子はすぐには答えなかった。

冬のボーナスが出た日の昼下がり——

いつものように亜紀子は、社内でいちばん仲のいい同期入社の真由美と連れ立って食事に出たが、注文した品を半分以上も残し、そのあと二人で立ち寄ったカフェテラスでも、窓際の席でほおづえをつきながら冬枯れの街角にじっと目をやったまま、口を開こうとしなかった。

それでたまりかねて真由美が声をかけてきたのだった。

「ボーナスが出た日にそんな暗い顔している人間なんて、誰もいないよ」

「………」

「まあ、この不景気だし、どうせ私たち一般事務職の女の子なんかにはロクな金額は出してくれないけど、でもボーナスはボーナスだからね。もうちょっと気分が明るくなるんじゃないの、普通は」

「普通じゃないの、私の気分は」

ようやくそう言うと、稲場亜紀子は寒々とした外の景色から目を離し、コーヒーカップを取り上げると、形ばかりに口をつけて、すぐにまたそれを置いた。

「失恋？」

と、真由美がきく。

「でも、失恋するには恋人の存在が必要だけど、このところアキにそういう話は聞かないしね」

その言葉に、亜紀子はかすかな苦笑を唇の端に浮かべた。

増岡と不倫関係に陥る前までは、亜紀子は自分の恋愛体験をほとんど包み隠さず真由美に語っていた。だから真由美は、亜紀子が略奪型の恋愛しかできないことを知っている。

そうした自分の心理までストレートに打ち明けられたというのも、ひとつにはこれまでの恋愛が、いくら略奪型といっても独身どうしの関係であり、しかも相手の男性は会社関係の人間ではなかったからだった。

けれども相手が社内の人間で、しかも直属の上司で、おまけに不倫となると、いくら親友といえども安易に告白できる筋合いの話ではなかった。

新庄真由美は総務部人事課に配属されているので、会社の人間関係の裏情報に詳しいところがある。いままでは、そうした彼女が語る『ここだけの話』をおもしろがって聞いていた亜紀子だったが、さすがに自分が増岡課長と不倫をはじめてからは、逆にこの親友の存在をいちばん警戒していた。

亜紀子は——心の中に抱えているもうひとりの自分は別として——見た目は華奢《きゃしゃ》でしゃべり方も物静かなのに対し、真由美は大柄で声も態度も大きいと周囲にからかわれているキャラクターだった。

亜紀子はそんな真由美と気が合って、彼女を無二の親友だと思っていたが、自分が極秘の不倫をしはじめてからは、真由美の存在が少しだけ煙《けむ》たくなってきたところがあった。

「ねえ、アキってば、ほんとにどうしたのよ」

再度真由美にうながされたとき、亜紀子は、周囲に会社の人間がいないことを確かめてから、小声でぽつんとつぶやいた。

「私、会社、辞めちゃおうかなって思ってる」

「え？」

真由美が目を丸くした。

「会社を辞めるう？」

「しっ……小さな声にしてよ」

反射的に、亜紀子は唇に人差指をあてた。

こういうときに声の大きな友だちは困る、と思った。真由美は、興奮するとすぐに声のボリューム調節を忘れてしまうのだ。これでよく人事の仕事が務まると思いたくなるほどだった。

「会社を辞めるって、じゃなに、結婚？」

「ううん、そうじゃない、そうじゃない」

あわてて手を振りながら、まずい方向へ話を進めてしまったかな、と亜紀子は一瞬後悔した。

会社を辞めようかと思っているというのは口から出まかせではない。あの函館旅行以来、亜紀子は増岡に対する気持ちが急速に冷めてきた。そしてそれとは反対に、増岡のほうは、これまでにない頻度《ひんど》で亜紀子の身体を求めてきたし、結婚の二文字を繰り返し繰り返し口にした。

それに抵抗しきれず引きずられていく自分が許せなくて、増岡との関係を断ち切るには、もう自分のほうから会社を辞めるしかないと、なかば決心を固めていたのは事実だった。

しかし、その退社の決意を結婚によるものと真由美に早とちりされたら、またまた話はややこしくなる。そこでいらぬ興味をもたれて詮索《せんさく》がはじまることが、いちばん亜紀子にとって困るのだ。

「とにかく私、人生をやり直したくなっちゃって」

「なによ、それー」

えーっという感じで身を引きながら、新庄真由美は亜紀子の顔をまじまじと見つめた。

「なんでアキが人生のやり直しをこの段階でしなくちゃならないのよ」

「とにかく……ちょっとね」

「何がとにかくよ」

真由美はしつこかった。しかも、いくら亜紀子が頼んでも少しも声が小さくならない。

「まさか中年のオジさんみたいに不景気を悲観して転職しようっていうんじゃないんでしょ。アキんちは、田舎《いなか》に豪邸があるんだし」

たしかに真由美の言うとおり、岩手県に近い宮城県気仙沼《けせんぬま》市に住む亜紀子の父親は、地主としてかなりの土地を持っていたし、海産物販売チェーンのオーナーでもあった。

だから地元ではお金持ちのお嬢様ということになるのかもしれないが、なにしろ家業を最優先に考えている亜紀子の父親は、その財産は三人もいる亜紀子の兄たちに優先的に分配しそうな雰囲気だった。

ただ、亜紀子はそんなことにはあまり興味がなく、それに親の財産がほしくて生まれ故郷に縛《しば》られるよりは、新しい生活を求めて大都会に出たほうがいいと思い、そして大学からずっと東京で暮らしてきたのだった。

「私ね……」

一瞬だけ郷里にいる両親の顔を頭の片隅に思い浮かべてから、亜紀子は言った。

「なんでもいいから手に職をつけたいの」

「どういうこと？」

「私たちみたいな、いわゆるＯＬの立場って、ひとりで何かができる才能を持っているわけじゃないでしょ。けっきょく会社から与えられた事務処理を、言われるままにこなしていくだけ」

「まあね」

「そして、三十近くなると『まだ嫁にいかないの』みたいなことを言われて、それでも居残っていたら、けっきょく『稲場さん』じゃなくて『稲場女史』とか、『アキちゃん』じゃなくて『お亜紀さん』っていうふうに呼ばれて、なんだかお局《つぼね》さま扱いになるでしょう。そういう自分の将来が見えてきたら、なんだか急にむなしくなって」

「へーえ」

心から驚いたというため息を、新庄真由美は洩らした。

「それで?」

「それで、って?」

「だから、亜紀子は何か手に職をつけて独立しようと思ってるわけ」

「うん」

「具体的には」

「いまはなにもないけどね」

と言って、亜紀子はまた一口だけコーヒーをすする。そして、少し首をかしげながら言った。

「ただ、こういう方面に進めたらいいな、と思うものはあるの」

「なによ」

「小説を書くこと」

「作家?」

「うん」

「稲場亜紀子、作家デビューをめざす、ってわけ?」

真由美はますますびっくりした顔になった。

「私、昔から本は好きだったし、とくに小説を読むことが大好きだったし」

そこできょう初めて、亜紀子は微笑のようなものを浮かべた。

「ほんとはね、大学のころは将来は作家になれたらいいな、って真剣に思っていた時期がある」

「でもさー、作家っていってもさー」

前のめりになりながら、真由美が言った。

「世間のイメージとは違って、売れなかったら悲惨らしいよ。私の家のそばに、やっぱり作家っていう六十ぐらいのオジさんが住んでるんだけど、家傾いてるもん、ボロボロで。作家って、家を作るって書くのに、家が壊れそう。そういう感じの暮らししてるんだよ」

真由美の表現に、おもわず亜紀子は声を立てて笑った。『作家』は『家を作る』と書くのだという着想は、亜紀子の頭ではとうてい思いつきそうになかった。そういう視点のユニークさが、真由美にはあった。

真由美は五年前に最愛の姉を事故で亡《な》くしていたが、そんな暗さはほとんど感じさせなかった。

「でもね、真由美」

笑いを徐々に抑えながら、亜紀子は言った。

「作家として成功するか失敗するかというより、まずは作家としてデビューできるかどうか、というほうが問題でしょ」

「そりゃそうだよね。で、コネあるの、アキは」

またこれだ、と亜紀子は苦笑した。まったく真由美の発想は、亜紀子のそれとはことごとく順番が違っていた。

「そういうのはぜんぜんないわ」

「じゃ、ダメじゃん。世の中、作家になりたい人間はいっぱいいるんだよ。そのワン・オブ・ゼムとしてがんばってみるというつもり?」

「うん」

「ってことは、新人賞か何かに応募するとか?」

「私、ミステリーが好きなのよ」

「それは知ってたけど、たしかなんたっけ、あの作家……えーと、朝比奈コースケとかいう推理作家」

「朝比奈耕作」

「ああ、そうそう、その作家のファンなんでしょ、亜紀子は」

「うん」

「だけど、推理小説のファンでいることと推理小説を書く才能があることとは別だよ」

「それはわかっているけど、でもそういうものにトライしてみたいの。自分ひとりだけの力がどこまで通用するものか、試してみたいのよ」

「じゃ、それが奇跡的に成功して、推理作家・稲場亜紀子のデビューが決まったら、会社を辞めようっていう計画なんだ」

「…………」

「ちょっとー」

すぐに返事をしなかった亜紀子を見て、真由美は眉《まゆ》をひそめた。

「まさかあなた、先のメドもつかないのに会社を先に辞めるっていうんじゃないでしょうね」

「そうなっちゃうかもしれない」

「それって本気？」

「まだ誰にも言わないでよ」

「言わない、言わない。もちろん言わない。でも、あまりにも突然すぎるじゃないよ。推理小説の新人賞に応募するために会社を辞めます、なんて、ワールドカップの応援に行くために会社を辞めるのと同じぐらい唐突だよ」

「かもしれない」

「ねえ、アッキーてば」

少し呼び方を変えて、真由美がたずねてきた。

「ほんとは何かあったんでしょ」

「ないよ」

「ウソ、絶対何かあった」

決めつけるように真由美は亜紀子を睨《にら》んだ。

「そうじゃなきゃ、急に会社を辞めることなんて考えないもん。推理小説の賞に応募したかったら、勤めながらだってじゅうぶんできるはずだもん。ね、ね、アッキー」

ぐんと前のめりになって――しかし、声のボリュームはあいかわらず大きいまま、真由美が言った。

「言いにくいことがあるんだったら言っちゃいなさいよ。悩みをちゃんときいてあげるから。やっぱり失恋?」

「………」

「ひょっとして社内? ね、そうなの? ウチの誰かとつきあってるの」

「ねえ、真由美」

このままこの会話を進展させてはならないと思った亜紀子は、そこで急な思いつきを口にした。

「どうせだったら二人でペアを組んで推理作家になってみない?」

「は」

真由美はきょとんとした。

「私ね、とにかく平凡なOL生活に飽《あ》き飽きしてきたの」

それは事実だった。その言葉に嘘《うそ》はない。仕事がおもしろければ、ひょっとすると増岡にあらぬ感情を抱くヒマなどなかったかもしれないのだ。

いまの生活環境を一変させるために、何か新しいことに取り組みたい。そしてそれが推理作家としてのデビューだという論理の展開は、亜紀子にとっては決して唐突なものではなかった。

ややこしい人間関係の中でくたびれていくよりも、好きな分野の小説を書いて暮らしていけたら、それはずっと幸せなことかもしれないと思った。

「だからね」

亜紀子はつづけた。

「パーッと気分転換したくなっちゃって。それで、推理作家デビュー計画を考えついた、ってわけ。その計画に、真由美にもつきあってほしいの」

「つきあって、って？」

「だからいま言ったでしょ。二人でコンビを組んで推理小説に応募してみるのよ。女の子二人のペアって、けっこう話題性じゅうぶんでしょ。たぶん私の知っているかぎりでは、プロでもそういう例はないと思うから」

「ふうん、じゃ『ドラえもん』の藤子不二雄《ふじこふじお》の女版ってことかあ」

そこでエラリー・クイーンの名前が出ないところが真由美だな、と亜紀子は内心で苦笑した。

しかし、真由美の追及をはぐらかすつもりで口にしたとっさの思いつきにしては、OL二人のコンビによる推理作家誕生、という図式は悪くはないと思った。

いまや世の中、話題性がいちばんなのだ。真由美とのコンビで応募したら、出版社のほうも、その他大勢の中からきっと目をかけてくれるような気がした。

それに、亜紀子にしても真由美にしても、見た目はそんなに悪いほうじゃない。というよりも、男にもてるほうだと言ってよいだろう。だからこそ、亜紀子は略奪型の恋愛に勝利してきたのだし、真由美は真由美で、彼女らしい調子で同時に複数の男性とつきあっているようである。

ビジュアル重視の世の中にあって、そこそこ可愛いかんじのこの二人でコンビを組んでデビューすれば、取材にきてくれる新聞や雑誌も多いだろうし、その勢いを駆って小説の売上も伸びていくのではないだろうか。

こういう考え方がプロの目から見て甘すぎるかどうか、それはわからない。でも、自分ひとりで推理作家デビューをねらうよりは、はるかに成功の確率が高いような気がしてきた。

「なんか、おもしろそうな気がしてきたな」

真由美は言った。

「それでうまくいったら、私も会社辞めちゃって、アキといっしょに優雅なベストセラー作家生活が待っているというわけね」

「そうよ」

真由美の関心が脇にそれたことにホッとしながら、亜紀子はうなずいた。

「オッケー、のるわ、その話に」

真由美は大きくうなずいた。

「でも、私って推理小説なんかぜんぜん読んだことないんだよ。それでもいいの？」

「書くのは私がやるから、真由美はアイデアを出してくれたらいいわ」

「トリックのー？　そんなのできないよ」

「ううん、そうじゃなくて人間ドラマの部分のアイデアを出してくれたら」

「ああ、不倫物語とか？」

また話がまずいほうに戻りそうになった。

「うん、そういうのでもいいけど、もっと真由美向きの仕事としては、ロケハンかな」

「ロケハンって」

「テレビや映画で舞台となる場所を決めるロケハンっていうのがあるでしょう。あれと同じで、推理小説もどこを舞台にするかが、けっこう重要な要素だと思うの」

「なるほどー。ご当地ものとか、そういうヤツね」

「うん」

「じゃ、京都なんかどう?」

「それは書いている人がいっぱいいるし……。まだ誰も小説にしたことがないような場所がいいんじゃないかな」

亜紀子は、できるかぎりミステリーのことだけに焦点を絞っていくように話を進めた。

「なるほどね、まだ小説の舞台としてあまり書かれていないところね」

「うん。そして、もしもいい場所を見つけたら、そこに二人で取材旅行に行くのよ」

「あ、いいね、いいね、それ」

腰を浮かせる感じで、真由美がはしゃいだ。

「平凡な観光旅行ではなくて、取材旅行ってところがカッコイイな」

「でしょ。だから真由美、どこかいいロケ地を探しといて」

「私さあ、いちど函館山の夜景って見てみたかったんだけど」

またドキンと亜紀子の心臓が高鳴った。どうしてこんなふうに話題が増岡のことに戻っていくのか。

「ほら、このあいだアキのところの増岡課長が函館に出張に行ったでしょう。そのおみやげでトラピスなんとか修道院のバター飴を総務にも配ってくれたのよ。それでふと、ああそうだ、函館山の百万ドルの夜景っていうのをいちど見てみたいなあ、って思ってたわけ」

まったく真由美はよけいなことを思い出してくれる、と亜紀子は心の中で舌打ちした。

彼女の言うとおり、営業一課長の増岡は北海道エリアを担当するチーフでもあり、ひんぱんに出張で函館方面を訪れ、そのたびにトラピスチヌ修道院のバター飴をおみやげとして社内に配るのを習慣にしていた。

「函館はだめよ」

そっけなく感じられるほどの強い調子で、亜紀子は否定した。

「あそこもいくらでも舞台にされているから新鮮味はないわ。それに京都とか函館っていうのは、既成の作家が書くためにある場所だという気がするの。私たちは新人なんだから、手垢《てあか》のついた場所を取り上げたら、それだけで落とされちゃうわ」

「そうかあ、新鮮な場所ね。……わかった、とにかく考えてみる」

うなずくと、真由美は氷が解けて薄まったコーラの残りをストローで吸い上げ、それから腕時計を見て言った。

「あ、私、きょうはちょっと早めにお昼から戻らなくちゃいけないから」

「オッケー。じゃ、行こうか」

そう言って亜紀子も立ち上がろうとしたとき、はずみで伝票を床に落とした。そして、それを拾い上げるためにかがんだ拍子に、会社の冬用制服のジャケットの襟元から、ぶらんと『あの』ペンダントがこぼれ出た。函館山で、増岡から強引に首にかけられた鬼の牙のペンダントが……。

「わ、おもしろーい、なにそれ」

すばやく真由美が見つけた。そういうところの目ざとさは、彼女は抜群《ばつぐん》だった。

「ねえ、真由美、なによ、その牙みたいなペンダント」

「あ、ああ、これね」

亜紀子は急いでそれを胸元に引っ込めながら、あわてて言った。

「なんかよくわからないけど、兄貴が海外旅行に行って買ってきてくれたの」

「お兄さんが？」

「そう、バリだったか、タイだったか、どっかそんなとこ」

「ふうん。もう一回よく見せて。私、そういうエスニック系のアクセサリー興味あるから」

「だめだめ」

胸元を手で押さえながら、亜紀子は首を左右に振った。

「これは人に見せちゃいけないの」

「どうしてよ」

「見せると、幸運が逃げるから」

まさか、安易な取り扱いをすると鬼に殺されるとは言えない。

「ふうん、幸運のおまじない、ってわけね。でも、パッと見た感じ、どっちかっていうと悪魔祓《ばら》いに使うのが似合いそうだけど」

「……」

「だってそれ、何かの牙でしょ」

第二章　鬼が笑う

1

「鬼死骸村の殺人……ですかあ」

港書房の高木洋介《たかぎようすけ》は、語尾をぐんと下げて言った。

すっとんきょうな問い返しのトーンではなく、なかば感心したような響きを含んだ声である。

「そんなけったいな名前の村が実際にあるんだあ、この日本に」

「ある、じゃなくて、あったんだけどね」

と、朝比奈耕作が正確さを期したフォローをする。

「でも、いまもバス停の名前として残っているんでしょう」

「見てのとおりだよ」

朝比奈が指さす和机の上には、彼が撮影してきたバス停『鬼死骸』のスナップがあった。そしてその脇には、川路健太少年から送られてきた例の手紙も封筒ごと置いてある。

「こういった客観的な証拠写真でもないかぎり、鬼死骸という名の停留所があると話しても、どうせそれは作り事の世界でしょ、と言われるからね」

「でも不気味だよなあ」

高木は、改めて写真を手にとってつぶやいた。

「鬼死骸なんて名前は、ふつう残しませんけどね。縁起でもないとかいって」

「そしてこの旧鬼死骸村の地域で、謎めいた鬼の集会があったという情報を寄せてくれたぼくのファンが、何者かによって殺される事件が起きたというわけだよ」

カフェオレ色に染めた髪をかき上げて、朝比奈は深いため息をついた。

世田谷区成城にある朝比奈耕作の日本家屋、その書斎用の和室から眺《なが》める庭は、落ち着いた冬の色に染められている。

年の瀬も迫り、まもなくクリスマスの季節である。ただし、街に出ても年々クリスマスムードはおとなしくなる一方だったし、ましてや朝比奈の自宅のように閑静《かんせい》な住宅街にあっては、感じられるのは、ただただ淋《さび》しげな冬の足音だけである。

いまも庭先では落ち葉が木枯《こが》らしにあおられて、人間ならばでんぐり返しの連続をやっているような格好《かっこう》で端から端へと転がっていた。もしもガラス戸を開ければ、枯れ葉の立てる乾いた音が溢《あふ》れているはずである。

「これまでぼくも高木さんも、いろいろな殺人事件に出くわしてきたけど」

裸の枝だけになった樹々を眺めながら、朝比奈は言った。

「ファンの子が殺されたというケースは初めてだから、ぼくはものすごいショックを受けている。きょうまでこの話を高木さんにしなかったのは……なんていうのかな、この件を持ち出す気になかなかなれなかったからなんだよ」

「気持ちはわかります。でも、なんだかこっちも責任を感じますよ」

高木も朝比奈と同じように長い吐息をついた。

「もしも、川路健太という少年からの手紙をもっと早く朝比奈さんに転送していればば」

「いや、それでも状況は変わらなかったと思うよ。彼が殺されたのは、ぼくあての手紙を出してからわずか六日後だからね。仮にぼくの家に直接手紙が届いていたとしても、九月の上旬だったらすぐに現地へ行く都合はつけられなかったから」

「でも、少なくとも生きている少年と電話で話をした可能性はありますよね」

「それはそうかもしれないけど」

「まいったな」

高木は首を振った。

「こんどから、朝比奈さんあてのファンレターはすぐに転送するようにします。……で、少年が殺されたのはどんな状況で」

「うん、それを説明する前に、ちょっとこれを見てくれるかな」

朝比奈は、少年の手紙とは別の便箋《びんせん》を高木に見せた。

そこには、少年の筆跡とはガラリと変わって、かなり癖《くせ》のあるボールペンの文字が並んでいた。筆圧も相当強いようで、ところどころで便箋が破けているほどだった。

「ぼくが鬼死骸から戻ってしばらくして、健太君の四十九日の法要があったわけだけど、そのあとで彼のおじいさんの川路義蔵《よしぞう》氏から送られてきた手紙なんだ。そこには鬼死骸村の歴史と、その由来について触れてあるから、まずザッとそれに目を通してほしいんだよね」

朝比奈からそう説明を受けた手紙を、高木は手にとって黙読しはじめた。

助詞の「は」がすべて「わ」と、「へ」が「え」と記されているところが、いかにも年配者の手紙らしかった。

《先日わ孫の仏前に御線香を御供《おそな》え下さり、誠に有り難く存じます。天国の健太も、朝比奈さんにそうして戴《いただ》いた事が何よりの喜びに思って居るはずで御座います。あれの両親が御目にかかれなかった事わ大変残念でしたが、何分にも此度《このたび》の事件の衝撃が大で、四十九日の法要を終えた今も、二人わ青森に住む親戚《しんせき》を頼って療養中で御座います。息子が殺された場所に居る事自体が、まだ精神的にかなり苦痛のように見受けられます。

健太の姉の由美恵《ゆみえ》わ高校生ですが、此《こ》れわなんとか友だちに支えられて学校え通っております。従いまして私わ健太の仏壇を守る事と、由美恵の面倒をみてやる為にこちらの家に残っておる次第です。まあ面倒をみると申しましても、由美恵わしっかりした子で、遊びたい盛りでしょうに、夕飯などわ必ずあの子の方が作ってくれるのです。朝わお祖父《じい》ちゃんが作ってくれるのだから、晩わ私が作るわよ、という風に。其《そ》のような健気《けなげ》な態度を見せられる度に、私わ涙が溢れ出て成りません。

扨《さて》、先日当地えお出ましになられた際、朝比奈さんが詳細を知りたいと仰有《おっしゃ》って居られました鬼死骸村に関する資料の件で御座います。

朝比奈さんわ役所で御覧になれなかった様ですが、その後、私が由美恵と共に再度一関市役所え調べに参りましたところ、無事文献を閲覧《えつらん》出来、以下のような事実を抜き書き出来ましたので、それを御郵送致す次第で御座います。何かの御役に立てれば大変幸甚《こうじん》に存じます》

川路義蔵老人の肉筆はいったんそこで途切れ、便箋を改めて、こんどはワープロ打ちされた文章が添えられてあった。

おそらくそれは、健太少年の姉で高校生の由美恵が祖父の代理でワープロ化したものと思われ、文字づかいもいま風になっていた。

《鬼死骸村に関する最も古い言い伝えは、延暦《えんりやく》二十年（八〇一年）、平安時代のはじめに征夷大将軍《せいいたいしようぐん》となった坂上田村麻呂《さかのうえのたむらまろ》が、この地で抵抗した敵軍を壊滅《かいめつ》させ、その上に大きな石を置いたのが鬼石である、というものがあります。

それが、健太が鬼の踊りを見たという、あの鬼石のことを指している可能性は高いと思います。

それから時代が下り、貞享《じようきよう》元年（一六八四年）の一関藩の資料には、旧田村藩の鬼死骸村として、一関村や二関村などと並んで、その名前が見受けられます。

一関藩内にあった磐井《いわい》郡西岩井十一ケ村の中で、一関村は四六二石《ごく》でしたが、鬼死骸村は五七七石という記録が残っており、規模としては十一ケ村の中で第四番目にあたります。

また安永《あんえい》四年（一七七五年）の「安永風土記」には、鬼死骸村には八つの神社があったと書いてあり、飯綱権現社、牛頭天王社、熊野社などと並んで、鹿嶋社の名前が見受けられます。

この鹿嶋社＝鹿嶋神社については、中世から現在に至るまでつながる非常に面白い伝説があるのです。それが鬼死骸の地名となったとも言われているのでここにご紹介します。

鹿嶋神社には、古来より「鬼の死骸」が門外不出の秘宝として伝えられていました。そしてのちにこれが鬼死骸城主の小岩伊賀守の手に渡り（鬼の死骸を守り神としたから鬼死骸城と呼んだのかもしれません）、さらに天正十九年（一五九一年）に城主が没落すると、その子孫が秘宝「鬼死骸」を持ち出して、村の有力者のところに潜伏していました。

しかし、城主の子孫も鬼死骸村から離れることになり、さらには秘宝を託した家も没落して、やがてその鬼の死骸は三上家という旧家に引き継がれました。

この段階で、すでに鬼の死骸はかなり朽《く》ち果てておりましたが、長い江戸時代の間にますますその度合いが進行して、明治・大正をへて昭和に至るまでの間に、ついには「鬼の牙」一本だけが三上家に残されるという状態になりました。

一方で鬼死骸村という名前の村は、明治八年に隣り村の牧沢村と合併し、真柴村となりました。薪を意味する柴木の産地だったから真柴村となったようです。さらに明治二十二年にその真柴村が滝沢村など近隣の村と合併して真滝村となり、現在は一関市に吸収されています。

ところで昭和四十七年に、秘宝「鬼死骸」の残された唯一の部分である「鬼の牙」を受け継いだ三上家の人が、その秘宝を「真滝地区の昔を語る集い」に持参し、昭和の時代に至ってついにその真の姿が人々の目に触れたという記録があります。

一関市役所に全七巻保存されている、かなり古びた装丁の一関市史の第四巻に、この「鬼の牙」が披露されたときの記述が掲載されていました。そこの部分は以下のとおりです。

◎昭和47年に「真滝地区の昔を語る集い」をもったとき、真柴蒲ノ沢の三上俊信氏が箱に入れて大切に保存されている伝来の貴重な家宝を持参し披露された。
それはまことにみごとな大きなサメの歯の化石で、古生物化石としてめずらしいもので国内でも数多く採集されるものではない。しかもこれはよほど古い年代に鬼死骸の西ノ沢あたりから見つかったもので、鬼の牙であると信じられ、鬼死骸の地名もこれから生じたものだという伝承を（三上氏が）語られた。

これにより、鬼死骸村の地名の由来には二つの言い伝えがあることが明らかになりました。

ひとつは坂上田村麻呂の蝦夷征伐にからんで、敵を鬼とみなし、その鬼の死骸の上に大きな石（鬼石）を置いたところから鬼死骸村となったという説。

なおこれについては、鬼石の上に鬼の死骸を載せたから鬼死骸村になったという伝説の変形もあり、むしろ地元ではこちらの形で由来を信じている人が多いかもしれません。

そして第二の由来は、この鹿嶋神社から三上家へと伝えられてきた「鬼の牙」です》

ここの部分でワープロによる記述は終わり、そしてまた川路義蔵老人の特徴的な直筆に戻った。


《以上が、鬼死骸村の由来に関して調べられたことのすべてです。

こうした鬼にまつわる伝承と、孫の健太が夏休みの終わりに見た十三匹の鬼の踊りとが、どう関係しているか、それわまったくわかりません。けれども、その鬼の踊りを見てからまもなく、あの子があんな奇妙奇天烈《きみょうきてれつ》な殺され方をしたとなれば、私としてわ何やら鬼の死骸に呪われたのかと考えたくもなります。

朝比奈さん、貴兄に御説明申し上げましたように、警察は健太の死を殺人とわ断定できないとして、もはや捜査も打ち切ってしまいました。つまり形としては事故扱いも同然なのです。此れによって保険の支払いの問題もあれこれ生じておりますが、そんなことより何より、何者かが健太を殺しながら知らぬ顔をしていること自体が許せないので御座います》

2

「それで？」

川路老人の手紙から目をあげた高木洋介は、朝比奈に向かってたずねた。

「この手紙では少年の死に方について具体的に触れていませんけど、いったいどんな……」

「燃えたんだよ」

「燃えた？」

「真夜中に、健太君は炎に包まれて燃え上がって死んだ。十三匹の鬼が謎めいた儀式を行なっていたという鬼石の上で」

「……………」

高木は口をつぐんだ。

「しかも」

朝比奈は、高木をじっと見つめ返して言った。

「鬼石の上で倒れていた健太君の焼死体の周りには、およそ百本ほどの蠟燭《ろうそく》が輝いていた。彼が報告してきた十三匹の鬼の儀式と同じようにね」

「誰か目撃者がいたんですか」

「燃え上がった瞬間の目撃者はいない。だけど、健太君が焼死してからしばらくして、通りがかりの深夜便のトラック運転手が、田んぼの中にある大きな石の上で輝く蠟燭の炎に気がついた。そして、その光の輪の中に横たわっている人間の格好をしたものにね。

それでトラックを停めて駆け寄ってみると、全身大やけどを負って息絶えた健太君を発見したということなんだ。全身水ぶくれで、部分的には皮膚が黒焦《くろこ》げになっていたらしい」

「うわ」

黒焦げという表現で、高木は顔をしかめた。

「その運転手から警察に通報があったのが、深夜の三時ごろだそうだ。しかし検視結果からすると、その時点で、すでに死後一時間ほどが経過していたらしい。つまり、異変発生から一時間ほどのちまで、誰もその事態に気づかなかったんだ」

朝比奈は説明をつづけた。

「たしかにあそこは、夜になるとあまり交通量も多くないし、逆にそれだけ車のスピードも出せる場所だ。だから、田んぼの中に輝く蠟燭の光を見て不審に思ったドライバーがほかにいたとしても、そのままやり過ごしてしまった人も多かったんじゃないかな。発見者のトラック運転手も、たまたまタバコに火をつけるために速度を落としたので、死体の存在まで目に留まったらしい」

「家族は彼の深夜の外出に気づいていなかったんですか」

「うん。祖父、両親、姉の四人全員ともぐっすり眠り込んでいて、何も知らなかったようだ。現場に駆けつけてきたパトカーのサイレンで初めて異変に気づき、そして息子の死を知って両親は錯乱《さくらん》状態になった」

「だけど、鬼石の上で百本もの蠟燭に囲まれて燃え尽きていたなんてねえ」

　高木は信じられないというふうに、首を振った。

「なんだかホラー映画の一場面みたいですね」

「おまけに健太君は女装をしていた」

「女装？」

「そこが謎なんだよ。……というか、そんな奇妙な格好をしていたからこそ、警察としても殺人の可能性よりも、独りで何か奇妙な遊びをやっていた結果の事故ではないか、という印象を最初から強く持ったわけだ。おたくの息子さんは何か怪《あや》しげな新興宗教の信者になっていませんか、などときかれたらしいからね、家族の人たちは」

「で、女装って、どういう状況なんですか。化粧したりつけまつげを付けたりとか？」

「健太君は、肩のあたりまであったと推定されている女性用のロングヘアのカツラをかぶっていた。ちなみにそのカツラの髪は紫色だった」

「紫……」

「そして耳には紫色のイヤリングをつけ、顔の火傷《やけど》も相当ひどいものだったが、唇《くちびる》には紫色の口紅を差していた形跡があった。それだけじゃなくて、両手両足の爪には紫色のマニキュアを塗っていた」

「ほんとに紫づくしですね」

「服は紫色の厚手のトレーナーに紫色のスカート。これらはほとんど焼き尽くされて原型はとどめていなかったけれど、ごく一部焼け残った繊維《せんい》の部分から、少なくともどんな種類の衣服であったかの推測はできている。

　ただし、メーカーや品質を表わすタッグなどは完全に焼失してしまっていたから、トレーナーが男物か女物かの判別はつかなかったらしいが、下にはいていたのがスカートだったことから、上のトレーナーも女性用だった可能性は高いかもしれない」

「健太君にはお姉さんがいるという話でしたよね」

「高校生のね。でも彼女は都会のコギャルたちと違って、口紅やマニキュアなど化粧道具などは一切持っていないということだ。それから母親もめったなことでは化粧をしない人で、口紅といっても典型的な赤い色を一本か二本持っているだけで、イヤリングなどはつけたこともないという。だから、姉か母親の衣類やアクセサリーを持ち出して身につけていたのではないんだ。

それから、中学二年生の健太君にその手の趣味があった可能性も、家族だけでなく周囲の友人たちから完全否定されている」

「つまり女装の必然性がまったくない、と」

「そういうこと。ただ、そういう死に方をしたものだから、口さがない連中があらぬ噂《うわさ》も立てて、そんなことにも耐えられなくて、ご両親は一関を離れてしまったようだ」

「でも朝比奈さん」

首をかしげながら、高木が疑問をはさんだ。

「いまの時代では、そういう格好を単純に女装だと決めつけることはできないんじゃないんですか」

「というと？」

「ほら、近ごろロックをやっている連中は、男でもちょっと顔がいいと、メイクをしていい女になっちゃうでしょう」

「あ、なるほど」

「ぼくたちが知り合った最初のころこそ、朝比奈さんみたいに髪の毛をカフェオレ色に染めて、ふだんからメイクしている男なんて、こういっちゃナンですけど超変わり者という印象だったけど、いまじゃ髪の毛なんか何色に染めていても不思議じゃないし、男のメイクもあたりまえでしょ」

「そうなんだよね」

朝比奈は、トレードマークのカフェオレ色に染めた髪をかき上げながら、少し悲しそうな顔をして言った。

「ぼくが流行を先取りしていたことなんかすっかり忘れて、いまやファンの中にも、ぼくのほうが流行のマネをしているみたいに思っている人が多いからなあ。カフェオレ色なんて、むしろ地味の極致だよね。これからオレンジとかピンクに染め変えてみようか」

「まあ、そのことはいいですけど……。とにかくこういう時代ですから、いまのお話を聞くかぎりでは、川路健太少年の格好を女装という概念で捉《とら》えていいかどうかは疑問だと思うんです」

「それは確かにそうかもしれない」

朝比奈も納得《なっとく》してうなずいた。

「言われてみれば、口紅やマニキュアの色が紫というのも、髪の毛の色も紫というのも、どこかロック系のノリだしね」

「そうなんですよ。そういうふうに色合いを完全に統一してしまうのは、女装よりもロック系のファッション感覚だと思ったほうが正解かもしれません。だから、彼の格好にあまり特別な意味合いを持たせないほうがいいんじゃないですか。

むしろぼくは、結論としては平凡かもしれないけど、これはやっぱり殺人などではなく、健太君が独りで秘密儀式を行なっていて、そのときに何か誤って身体に火が燃え移るようなことが起きたと考えるほうが自然なんじゃないんでしょうか」

「うーん」

「あ、そういえば」

思い出したように、高木がたずねた。

「いま朝比奈さんは、健太少年が燃え上がった、とおっしゃいましたけど、その『燃え上がった』状況をもう少し詳《くわ》しく教えてくれませんか。つまりそれは、健太君は頭から灯油か何かをかぶって火をつけられたということなんですか」

「いや、そうじゃない。最初はぼくもそう思ったよ。灯油とかアルコールとか、そういった可燃性の液体を全身に浴びた状態で蠟燭の炎に囲まれていれば、引火して全身大やけどということはじゅうぶんありうるから。でも、そういった形跡はまったくなかった。ただ、たんに健太君は燃えていた」

「たんに燃えていた？」

　高木は意外そうにきき返した。

「たんに燃えていたって、それはどういう意味ですか」

「誰かにガソリンやアルコール類を浴びせかけられ、そして火をつけられたという痕《こん》跡《せき》はない、ということだよ」

「自分でそういうものを浴びた形跡も」

「ないね」

「引火性の液体を入れてあった容器が残っていたとか」

「それもない」

「でも、魔術じゃあるまいし、勝手に身体が燃え上がったということはないでしょう」

　眉《まゆ》をひそめて高木が言った。

「第一、蠟燭の炎が誤って服に燃え移ったとしてもですよ、引火性の液体を浴びせられていないかぎり、そんなものはすぐに消し止められるはずです。軽いやけどくらいは負うかもしれないけど、皮膚の一部が黒焦げになるほどの大やけどを負うまで何も手が打てなかったなんて、考えられませんよ」

「だよね、だからこそ他殺の可能性が否定しきれないわけだよ。健太君に意識があれば、誤って服に火が燃え移ってもすぐに消し止められる。けれども、肉体的な自由を拘束《こうそく》されていれば、話は別だ」

「ロープで縛られていた跡でもあったんですか」

「それはない。彼が第三者から物理的な拘束を受けていた形跡はなかった。でも、なにも意識のある状態で火をつけられたとはかぎらないからね」

「誰かが健太君の頭を殴って昏倒《こんとう》させたあと、彼の服に火をつけたとか?」

「たとえばね」

「そういう外傷を受けた跡が遺体に残っていたんですか」

「いや、じつはそれもない」

朝比奈は首を左右に振った。

「ぼくもそのへんのところは義蔵さんに詳しくきいたんだけど、やけど以外の外傷はまったく見当たらなかったそうだ」

「あ、身体に外傷がなくても、薬物で意識を失わせられていた可能性はありますね」

「いや、そうした薬物反応も検出されなかったそうだ。それでいて、やけどの生活反応はある。つまり、殺されてから火をつけられたのではなく、やけどそのものが致命傷となって健太君は死亡しているんだよ」

健太少年や川路老人からの手紙を見つめながら、朝比奈はつづけた。

「他殺である状況証拠がまったく見つからないという点では、警察が他殺説を採用したがらない事情もよくわかる。けれどもまさか自殺ということはありえない。仮に健太君が焼身自殺を図ったなら、必ずガソリンを使うはずだ。たんに自分の衣服に蠟燭で火をつけて焼け死ぬのを待つなんて、そんなことは絶対に不可能だからね。そして、まったく同じ理由によって、これが事故死だとみなすことも無理があると思う」

「なるほどー……しかしですねえ」

高木は、まだ納得がいかないという表情で反論を加えてきた。

「まったく同じ理由によって、殺人とみなすことも無理だと思いますよ。だって、もしもぼくが誰かを炎で焼き殺そうと思ったら、絶対にガソリンを利用しますからね」

「その考え方もわかるよ。でもね、祖父の義蔵氏は、健太君が鬼に呪い殺されたのではないかと、なかば本気で疑っている」

「呪いですかあ」

高木は苦笑を浮かべた。

「いまの世の中で、鬼の呪いだなんて。いくらその場所が昔は鬼死骸村と呼ばれていたからといって、そういうブラックマジックみたいな世界が現実に存在するとは思えませんけどね」

「ただね、高木さん。義蔵氏が殺人という視点にこだわっているのは、それなりの根拠があるんだよ。事件発生後、健太君の机の引き出しから彼の直筆によるこんな殴《なぐ》り書きが見つかったそうだ。『鬼の笑い声が忘れられない。ぼくは呪い殺されるかもしれない』と」

「鬼の笑い声……ですか」

高木は、その言葉に少し寒気を覚えたような顔をした。

「その笑い声というのは、現実に聞いた声なんですかね。それともイメージ上のものなんでしょうか」

「ぼくは、彼が例の鬼の踊りを目撃したときのことだと思っているんだけどね」

「その鬼の踊りというか儀式ですけど、朝比奈さんは本気にします？」

「つまり、健太君の想像の産物ではないか、ということ？」

「ええ」

「もしも彼の身に何事も起きていなければ、その可能性は否定しきれない。でも、現実に健太君の書いたとおりに鬼石周辺の田んぼには踏み荒らされた形跡があり、しかも健太君は目撃後まもなくして非常に不審な死に方をしている。

そうなると、ぼくにとって十三匹の鬼の物語は、かなりの説得力をもって迫ってくるね。ひょっとすると健太少年の目撃した鬼の儀式は、一種の秘密集会であったかもしれない、とも思っているんだ」

「秘密集会……」

「その重要なセレモニーを健太少年に見られてしまったことに気づいた鬼が、彼を何らかの方法で殺そうとしたのではないか、という考え方ができるんじゃないかな」

「そこまで飛躍できますかねえ」

高木は秘密集会説に対して否定的な意見を洩《も》らした。

「鬼の面をかぶり、女性までが上半身裸になって身体じゅうを赤や青に塗りたくっていたところは、たんなる前衛劇団を連想させるし、少年もそんな書き方をしているじゃないですか」

「いや、状況から考えて芝居の練習をしていたとは思えない」

朝比奈は首を横に振った。

「いまも言ったように、あそこは人の農地だし、実際に収穫前の稲がかなり荒らされている。グループの身元がバレたら損害賠償ものだよ」

「まあ、そうですけど」

「ぼくはね、あの鬼石が山の中ではなく、田んぼの中に存在しているという点にかなり注目しているんだ」

カフェオレ色に染めた髪をかき上げながら、朝比奈は言った。

「健太君の手紙によれば、ひとしきり儀式を終えると鬼たちは蠟燭を吹き消し、どこかへ走り去ったということだ。そこだけ読めば、闇に乗じて近くに点在する自宅へそれぞれ駆け戻ったというふうにも受け止められる。だから鬼の正体は地元の若者か、あるいは周辺で組織された新興宗教団体のメンバーか、とぼくは考えたこともあった。

けれどもそこで引っ掛かるのは、鬼石が田んぼの中に存在するという事実なんだよ。つまり、結果的に鬼の集団は他人の農地を荒らしたという点だ。もしも鬼の集団が地元の住人であれば、たとえ若者であったとしても、少なくともそういう点には無意識のうちに配慮が働くと思うんだ」

「田畑を冒瀆《ぼうとく》することはできない、という感覚ですね」

「そう。そして川路義蔵氏にたずねても、鬼の扮装をする奇妙な集団が結成された噂などは、あのあたりでは聞いたことがないという。もしそういう事実があれば、あの土地の人間の耳に入らないはずがない、と」

「ではおたずねしますけど、地元の人間でないとすれば、十三匹の鬼が散っていった先は？」

「とても単純な考え方だけど、彼らは何台かの車に分乗してきて、その車を少し離れたところに停めておいたんじゃないだろうか。儀式を目撃されたさいに、自分たちの車のナンバーが控えられるのを警戒して。

こうしたことから考えて、ぼくは鬼のグループは都会の連中だと推理している。他人の田んぼを平気で踏み荒らせるような感覚の持ち主だ、というふうにね」

「なるほどー」

高木は感心したように唇を丸めた。

「朝比奈耕作、シャーロック・ホームズ流の推理を展開する、ですね」

「ただしぼくは、つねに現場で推理をする主義で、この和室の書斎に座ったまま想像力をめぐらせるタイプじゃないけど」

「だったら行きませんか、朝比奈さん」

「え、行きませんか、って?」

「鬼死骸村へ、もう一度、ですよ」

前のめりになって高木が言った。

「正直申し上げて、ぼくにやじ馬《うま》根性がないとは言いません。ぼくはこのおどろおどろしい名前に惹《ひ》かれました。鬼死骸村という名前に。こういう好奇心は、お孫さんを亡くした川路さんにとってはは迷惑このうえないものだと思いますけど、どうしても行ってみたいんですよ、『鬼死骸』という名のバス停が立っている場所に」

「うーん」

高木の懇願《こんがん》に、朝比奈は複雑な声を出した。

「また鬼死骸へねえ……」

「気乗りしませんか」

「さっきも言ったように、ぼくのファンの子が犠牲になっているだけに、かえって足を運びづらいんだよね」

「その気持ちはわかります。ぼくにだって責任の一端はあるわけですから。でも、だからこそ現場検証型の朝比奈さんにもう一度現地へ行っていただいて、真相を究明してもらいたいんですよ。それが健太君のいちばん望んでいることだと思いませんか」

「鬼死骸村……か」

冬枯れの庭先にまた目をやりながら、朝比奈はつぶやいた。

「この名前から、しばらく離れることはできないかもしれないなあ」

3

都内世田谷区南烏山三丁目に住む稲場亜紀子が、マンションの郵便受けにその封筒を見つけたのは、年の瀬も押し詰まった十二月二十九日、これから実家のある気仙沼に帰郷しようとした、まさにその朝の出来事だった。

小さめの旅行バッグひとつ腕にさげて三階の部屋を出た亜紀子は、一階でちょうどすれ違った管理人に正月三日まで帰省する旨を挨拶《あいさつ》した。

そのとき、玄関ロビーに掛かっている時計がちょうど十時のチャイムを鳴らした。帰省ラッシュでうまく切符が取れず、亜紀子は自由席でも座れず立ちっぱなしという状況を覚悟して帰るつもりでいた。だから、時間を気にする必要はあまりなかったのだが、どんなに遅くても東京駅を十一時四十四分に出る『やまびこ』には間に合わせようと思っていた。

実家の気仙沼に帰るには、東北新幹線で三時間ほどかけて一ノ関駅まで行き、そこから大船渡線に乗り換え『スーパードラゴン』と呼ばれる快速に一時間ちょっと乗らなければならない。

あまり本数のないその快速電車にうまく乗り継ぐには、逆算すると、その時間がギリギリなのだ。もっとも、各駅停車に変えたからといって、それほど大幅に時間のロスをするわけではなかったが。

ともかくいまマンションを出れば、最寄駅の京王線芦花公園《ろかこうえん》から新宿経由で東京駅まで行って、じゅうぶんに時間的余裕はある。

管理人との挨拶を終えた亜紀子は、函館の旅行のときにも着た赤いコートの襟元《えりもと》をちょっと直してから、玄関口に並ぶ集合ポストの303号室のボックスを開けてみた。それが五階建マンションの三階にある彼女の部屋番号だった。

彼女のマンションに郵便配達がくるのは、いつも午後のことである。だから、朝の十時という時間に郵便ポストに入っているものは朝刊以外にないはずだった。ほかにあるとしたら、毎晩勝手に配られてくる、いかがわしいピンクチラシの類《たぐ》いぐらいなものである。

ところが——

朝刊を抜き取ったあと、その下に白い封筒が一枚置かれているのが亜紀子の目に入った。

細長い通常の定形封筒ではなく、正方形に近い横長の形をしたものだった。

それには切手は張られておらず住所表記もなく、ただ一行だけ『稲場亜紀子様』という横書きの宛名がワープロ打ちしてあった。

ドキンと心臓が鳴った。

同時に、旅行バッグが腕からすり抜けてフロアに落ちた。重いものは入れていないので、それはストンと静かな音を立てただけだった。そして、さらにその上に、いま取り上げたばかりの朝刊がパサッと落ちる。

扉を開け放した銀色の小さなボックスの中にひっそりと置かれたその白い封筒を、

亜紀子はしばらくの間じっと見つめていた。

稲場亜紀子様

そのワープロ打ちされた活字の向こうで、鬼が笑っているイメージが亜紀子の頭脳に唐突《とうとつ》に浮かび上がってきた。

声のない笑いである。青い鬼が、牙をむき出して無音で笑っているのだ。

ただしその青鬼のイメージは、童話に出てくる雷様のような愛嬌《あいきょう》のあるものではない。もっともっと人間に近い……というよりも、人間そのものの憤怒《ふんぬ》の顔である。

やがてその鬼のイメージは、増岡史也の妻・治恵の怒りの顔に変わっていった。

亜紀子は函館旅行から帰ったあと、いままで絶対に見ないようにしていた社員名簿の増岡が載っているページを思い切って開き、ハルエと聞かされた彼の妻の名前が『治恵』と書くことを確かめていた。

その増岡治恵の顔が――役員の葬儀の場で一度だけ会った彼女の顔が――いま鬼のイメージに変貌《へんぼう》していた。

実際の彼女に会ったとき、もっとも印象的だったのは、楚々《そそ》とした美しさを持つ彼女の顔の中で、一点だけ、違和感があるほどくっきり浮き出た右こめかみの静脈の目立ち方だった。

それは穏《おだ》やかそうに見える増岡の妻の内面に潜む意外な本質を象徴しているかのようにも思えた。

静かに会釈《えしゃく》をする治恵のその落ち着いた表情の中で、右こめかみの静脈だけが、まったく別の生命体のようにぐねっ、ぐねっと蠢《うごめ》く瞬間を、亜紀子は見ていた。

その青いこめかみの蠕動《ぜんどう》を威嚇《いかく》的に繰り返す青鬼のイメージが、いま急に亜紀子の頭の中いっぱいに広がってきたのだ。

鬼の色が青なのは、たぶん治恵の右こめかみに浮かぶ静脈の色だ、と亜紀子は思った。

「あれ、どうしました、稲場さん」

いま挨拶を交わしたばかりの管理人が、ポストの前で呆然《ぼうぜん》とたたずむ亜紀子を見て、不審そうに声をかけてきた。

「いまからお出かけになるんじゃ……」

「あ、そうなんですけど、ちょっと忘れ物をしたものですから」

あわてて作り笑いを浮かべ、ほとんど管理人の顔も見ずにそう言うと、亜紀子はその白い封筒を郵便受けから取り出し、朝刊が載ったままの旅行バッグをもう一方の手に持って、エレベーターのほうへ急ぎ足で戻った。

そして開いたエレベーターの中に乗り込むと、亜紀子は3のボタンを押した。

無意識に腕時計を見る。

十時五分になっていた。

都合のよい新幹線に乗るには、まだ時間的にはじゅうぶんに余裕があった。亜紀子は、なぜかこの白い封筒を電車の中で開ける気にならなかった。かといって、そのまま郵便受けの中に残して帰省する気にもならなかった。

とにかく中身を確かめてみるために、いったん自分の部屋に戻ろうと思ったのだ。封筒の内容が、自分を激しく動揺させるにじゅうぶんなものであると瞬間的に察知したからだ。

エレベーターが三階に着くころには、亜紀子の頭の中に現れた青鬼のイメージがかなり巨大化し、それは彼女の頭蓋骨《ずがいこつ》を割って外に飛び出すほどになっていた。

そして、青鬼の右こめかみに蠢く青い静脈もまた、バクンバクンと激しい鼓動を打ちながら肥大化してゆき、やがてそれは二股に分かれた赤い舌をチロチロ出す大蛇の姿に変わっていった。

青い大蛇をこめかみに飼っている増岡治恵の姿が、亜紀子の頭から飛び出して、周辺の空間いっぱいにまで広がってきたのだ。

こんな幻想に襲われたのは初めてだった。

しかし、その理由はわかっていた。

鬼が怒っているのだ。亜紀子に対して、鬼たちが激しく怒っているのだ。

なぜならば、亜紀子は増岡からもらった鬼の牙のペンダントを、とうとう胸元からはずしてしまっていたから……。

4

あの函館旅行からまだ一カ月も経っていないのに、亜紀子はひたすら増岡史也という男から逃れることばかりを考えるようになっていた。

不倫そのものへの罪悪感からではない。函館山の山頂で、増岡という男の内面に潜《ひそ》む鬼という名の悪魔をかいま見たからだった。

そして同時に、たった一度会っただけの増岡の妻のイメージにも、鬼の存在を感じてしまうようになったからだった。

人は誰でも心に鬼を抱いている——

増岡の言葉は、恐ろしいまでに亜紀子がふだん考えていることと一致していた。

意地悪で邪《よこし》まな考えによって他人の不幸を願い、そして他人の不幸を嗤《わら》い楽しむ唾《だ》棄《き》すべき性格の鬼を、人間は誰でも心の内部に抱えている——その哲学を、亜紀子自身だけでなく増岡も持っていたとは恐ろしい偶然だった。

そして彼の中の鬼を見せられただけでなく、その鬼の存在を抑え込むための護符《ごふ》ともいえる「鬼の牙」のペンダントを強引に首に掛けられたときから、亜紀子は心身ともに鬼に縛られてしまった。

たとえば、亜紀子のマンションの郵便受けには、ときどき新興宗教の団体や聞いたこともない寺社から、水子供養《みずこくよう》やら病魔退散を祈禱《きとう》するための得体の知れない紙人形の護符のようなものが投げ込まれていることがある。

入信勧誘のチラシやパンフレット類ならともかく、そうした信仰のシンボルめいたものを無差別に他人の郵便受けに投げ込むことは、受け止め方によっては一種のイヤガラセというか、脅迫も同然ではないかと、常日頃から亜紀子は思っていた。

亜紀子自身は、そういうものは平気で捨ててしまうが、少しでも迷信深い人だったら、それをあっさり燃えるゴミとして処理することじたいに相当な抵抗感を覚えるに違いない。そして神経質な人ならば、捨てたことによって何かの祟《たた》りがあるのではないかと、脅《おび》えながら毎日を過ごすことになる可能性もある。

マンションに美人マッサージ嬢を派遣します、とか、裏ビデオの販売リストなどのピンクチラシもうんざりだったが、気色の悪い護符関連を勝手に投げ込まれることに比べたら、ワイセツな写真を掲載したチラシのほうがよっぽどマシだった。何の抵抗もなく捨てられるのだから。

増岡史也が亜紀子の首に、突然、鬼の牙のペンダントを掛けたのは、いわばマンションの郵便受けに奇妙な信仰のシンボルを投げ込むのと同じ行為だった。

いや、それよりはるかに悪質なのは、そのペンダントが肌に触れるということだった。

(男の人にはわからないかもしれない)

亜紀子は思った。不快なものが肌に直接的だろうと間接的だろうと触れることに対し、女は男にはない繊細《せんさい》な感性を持っている。

たとえば、亜紀子が勤めるタナカ精器の営業一課には、彼女にとって生理的に嫌悪すべき男性社員が二人いた。ひとりは増岡よりも年上の須崎《すざき》という中年男であり、もうひとりは入社七年目の、まだ若手の部類に入る早川《はやかわ》という男だった。

彼らの具体的にどこが嫌いということが指摘不可能なほど、すべてがイヤだった。まさに「生理的に嫌い」という以外の表現が見つからなかった。

亜紀子は、営業一課に属するセールスマンたちが提出してくる伝票処理などを主に受け持っているのだが、その二人が出してくる伝票には、手を触れるのもイヤだった。

だが、伝票に間接的に触れる程度ならまだしも、もっと耐え難いのは、つい数日前、営業一課で行なわれた忘年会で、彼ら二人と同じ鍋の水炊《みずた》きをつつかねばならなくったことだった。

冬に行なわれる忘年会といえば、どこの会社でも鍋料理がつきもの。そして、ひとつ鍋を仲間でつつきあうことについて、男たちは何の疑問も思っていない。それどころか、そういう食べ方をしてこそ、仲間うちの結束感を高めることができる、という信仰が昔から男の世界には浸透している。

だが、そういう男の感覚で行なわれる鍋料理の儀式に対して、女性社員の中にはひどい嫌悪《けんお》感《かん》を覚える者が少なくない。あまり露骨《ろこつ》に口には出して言わないけれど、社内の宴会などでやむをえず鍋ものをいっしょにつつくときは、やはり同席するメンバーを選びたいと女たちは考えているのだ。

男たちが舐《な》めるようにして口に突っ込んだ箸《はし》を、また鍋に突っ込み、だし汁の中に彼らの唾液《だえき》が溶け込んだものを、こんどは自分がすくって食べる――神経質に考えれば、鍋料理をみんなでつつくとは、そういうことだった。だから、気持ちの悪い男と同じ鍋には、どうしたって手が出ない。

ヤニだらけの歯をした男、饐《す》えたような口臭を持つ男、脂《あぶら》ぎった肌の男――そんな連中が口の中に運んだ箸を、また平気で鍋に突っ込んでいる。そしてそれをかき回している。その様子を見ることじたい、亜紀子の感覚にはまったく受け容《い》れられなかった。

見た目の繊細さのとおり、そういう極端に神経過敏なところが亜紀子にはあった。

しかも嫌悪している男にかぎって、鍋料理の席でつまらない冗談を言うのだ。「お、稲場さんが箸でさわった野菜、食べちゃおっと。鍋越しの間接キスだな、これって」というふうに。そして男たちの爆笑が響く。

耐えられなくなって、亜紀子はトイレに立って吐いた。

そんな神経質さを持ち合わせている亜紀子にとって、いくら鬼の祟りがあると言われても、やはり得体の知れない鬼の牙のペンダントを肌身離さずつけておくことはできなかった。

見れば見るほど、黄ばんだ象牙色をした鬼の牙は生々しく、それを胸につけておくことは、何か見知らぬ老人に胸元を舐められているような格別の不快感があった。

それで亜紀子は、鬼の牙をはずした。

が、さすがにそれを捨てるところまでは至らなかった。そのことを増岡に知られたら、どんな怒りを買うかわからなかったからだ。

そしていま鬼の牙は、クロゼットの片隅に置かれた小物入れの中にしまわれている。

そのように処分したことが鬼の怒りを買い——というよりも正確に言えば、亜紀子の内面に芽生えた気の咎《とが》めが増幅して、鬼の幻想を肥大化させているのだと、彼女は自分でわかっていた。

同時に、増岡の妻に対するひけめとが重なり合って、増岡治恵=鬼というイメージができあがってしまったのだ。

しかし、そんな心理分析を自分でやったからといって、気分が落ちつくわけでもなかった。

郵便受けに入っていた白い封筒――亜紀子の名前が印字されたその白い封筒によって受けた精神的混乱は、収まる様子がなかった。

寒い冬だというのに、自室の鍵を取り出しながら、亜紀子は額《ひたい》にびっしりと汗を浮かべていた。そしてドアに鍵を差し込もうとする手が、微妙に震《ふる》えて止まらなかった。

やっとの思いでドアを開けると、亜紀子は旅行バッグを玄関先にほうり出し、封筒だけ手にして部屋の中に上がり込んだ。

五、六日不在にするためすべてのカーテンを引いておいたリビングルームは、朝の光が遮《さえぎ》られて薄暗く、止めたばかりのヒーターの余熱がまだ残っていた。

亜紀子は急いで照明をつけると、コートを脱ぐのも忘れて、ダイニングテーブルの椅子《いす》を引き、そこに腰を下ろした。

そして、テーブルの上に問題の封筒を置いた。

稲場亜紀子様

何度見ても、その文字から増岡の妻の声が聞こえてきた。

(うちの主人が浮気《うわき》しているのは、あなたなのね)

間違いなく、この封筒の中には増岡治恵からのメッセージが入っているのだろうと思った。

手に持ったかぎり、中身は重くない。封筒越しに感じる厚みもほとんどなかった。便箋一枚折り畳んでも、もう少し膨《ふく》らみは出るはずだ。中に入っているのはメッセージカード一枚、という雰囲気である。

だからよけいに亜紀子は中を見るのがためらわれた。びっしりと字の並んだ便箋が何枚も詰め込まれてあったほうが、まだマシだと思った。小さなカードに、何かたった一行だけメッセージがしたためられてあったとすれば、その一言が自分に致命的なショックを与える気がした。

両の頬《ほお》を汗が伝っていることに気づき、亜紀子はようやくコートを着たままだったのを思いだし、それを脱いだ。

そしてテーブルの上に置いた純白の封筒を取り上げ、そっと裏返してみる。

裏には名前は書いていなかった。そして封がされていなくて、封筒のフタの部分が半分浮いていた。そこを開ければ、すぐにでも中身が取り出せる状態である。

だが、それでもまだ亜紀子は、まだ中に入っているものを見る勇気が出ない。

しかし、いつまでもその確認を先延ばしにはできないと思い、意を決して封筒を開けようとしたそのとき――

ルルルルル、ルルル、ルルルと、小さくこもった音でリズミカルに電話のベルが鳴った。

そのタイミングのよさに、亜紀子は小さな声を洩《も》らして封筒を取り落とした。そして、そのベルがどこから聞こえてきたのかを確かめようと、あたりを見回した。

ルルルルル、ルルル、ルルル。

ルルルルル、ルルル、ルルル。

封筒の中身のことに意識を集中させていた亜紀子は、その特徴的なベルの鳴り方に気づかず、ふつうの電話だと思って、キッチンカウンターの上に置いたコードレスホンを取り上げた。

が、ツーという無味乾燥な通話音が聞こえるだけだった。その間も同じリズミカルな呼び出し音が鳴り続けている。

「あ……」

亜紀子は、やっとそれが携帯《けいたい》電話のベルだと思い当たった。その携帯が、いま脱いだばかりのコートのポケットに入れてあったことも。

ライトを点滅させながら鳴り続ける携帯電話を急いで取り出し、通話開始の緑ボタンを押す。

押す直前に、パッと二人の顔が思い浮かんだ。

ひとりは増岡史也。

彼だったら、まだいい。しかし、もうひとりだったら……。

つまりそれは、増岡治恵。

その可能性がある、と思ったときにはすでに遅く、亜紀子の右手は反射的に通話開始ボタンを押していた。

「あ、もしもしィ、アッキー？」

聞き慣れた声を耳にして、亜紀子の口から安堵《あんど》のため息が洩れた。

増岡の妻などではない。親友の新庄真由美だった。

「きょうから気仙沼の実家に帰るんだったよねー。まだいたあ？」

「あ……うん、いまから出ようかと思っていたところなんだけど」

瞬間的に高鳴った心臓の鼓動を落ち着かせながら、亜紀子は答えた。

が、彼女の視線は、テーブルの上へ表向きに戻した封筒の上をさまよっている。

稲場亜紀子様

何度見ても、その字が増岡の妻の声に変化して語りかけてくる。

（うちの主人と浮気しているのは、あなたなのね）

「あのさあ」

携帯電話から聞こえてくる真由美の声で、亜紀子はかろうじて幻聴を断ち切った。

「いいロケ場所を思いついたのよ」

「え？」

「舞台としてぴったりのところ」

「舞台って？」

「やだなあ、アキったら」

真由美が、少しふくれた声を出した。

「推理小説の舞台になるようなところを探しておいてって頼んだのは、どこの誰だっけ」

「あ、そうだった、ごめん」

「まさか二人でペアを組んでデビューする計画はやめにして、私ひとりでやることにしたわ、なんて言わないでしょ」

「言わない、言わない」

少しだけ笑顔を取り戻して、亜紀子は携帯電話の向こうの真由美に返事をした。

「ちゃんと覚えているわよ。で、どこかいい場所あった？」

「あったから電話をかけてるんでしょ」

笑い声含みで咎めるように言うと、新庄真由美はこう言った。

「オニシガイムラ」

5

「……」

初め亜紀子は、真由美が何を言っているのかわからなかった。

しかし、「オニ」という言葉は確実に聞き取れた。それはまさしく、いまのいままで幻影に脅《おびや》かされていた「鬼」という文字を思い起こさせるものだった。しかし、それにつづく数音が聞き取れなかった。

そして最後が「村」。これはわかった。

真由美がどこかの村をミステリーの舞台にしようと提案していることは理解できたのだが……。

「ね、どう、なかなかいいでしょ」

「悪いけど、よく聞き取れなかった。なんて言ったの、いま」

再度問い返したときに、こんどは真由美ははっきりと区切りながら言った。

「鬼死骸……村よ。鬼、死骸、村」

「鬼……しがい？」

「そう、鬼の死骸、つまり鬼の死体っていう意味よね」

「そんな名前の村が」

「あるの……じゃなくて、あったのよ、明治の初めのころまでね。ただ、いまも鬼死骸という名前がバス停に残っているの。ね、亜紀子、信じられないでしょ。ほんとうに鬼の死骸って書くバス停が、この日本に残ってるのよ。なんだか横溝正史《よこみぞせいし》の世界って感じがしない？」

「ほんとうに鬼って書くの？」

「そうよ。赤鬼、青鬼の鬼」

「………」

めまいがした。

椅子に座っているのに、全身がくずおれそうな感じがした。携帯電話の受話口と耳たぶの間に、汗がいっぱいたまっていた。

（どうして鬼なの）

「もしもし？」

亜紀子の沈黙をいぶかしがる新庄真由美の声がした。

「もしもし、聞いてる、アッキー」

「……あ、うん」

「それでさ、よかったら早速《さっそく》取材旅行に行かない？　プロの推理作家がやるみたいに。そう思って電話したんだけど」

「いつ」

「この正月休みに」

「だけど私、きょうから実家に帰るから」

「知ってるよ。だからそのときにできないかな」

「そのときって？」

「そんなに遠くないのよ、鬼死骸村は。アキの実家がある気仙沼から」

「どこにあるの、それ」

「一関」

「一関？」

亜紀子はびっくりした。遠くないどころか、いまから亜紀子はその一ノ関駅まで東北新幹線に乗っていこうとしていたのだ。

一関は岩手県の南端にあり、気仙沼はそれと隣接する宮城県の北端にある。そして両県の県境がそのあたりでは斜めに走っているため、実際には一関から気仙沼までは、地図上では真横に移動する感じである（巻頭地図参照）。

国道284号線で約五十キロの道のり。もしも道の空《す》いている夜間か早朝に車で移動すれば、一時間もかからない位置関係にある場所だった。

その一関に鬼死骸などという奇妙な名前のバス停があるとは、亜紀子にとってまったく初耳だった。

「ね、意外だったでしょう。実家の近くにそんな名前の場所があるなんて」

いつもの調子で真由美の声が大きくなってきた。

「これはさあ、神様の思し召《おぼめ》し……じゃなくて、なんていうんだっけ。お告げ？　そんな感じがするんだよね。稲場亜紀子の実家の近くにこういう場所があるから、そこを舞台に推理小説を書きなさい。そうすれば、あなたたちに明るい未来が開けます、って、そんなふうに言われている気がする」

「………」

「正月休みにいっしょに旅行するボーイフレンドがいないっていうのも淋《さび》しい話だけどさあ、おたがい彼氏がいないどうしで取材旅行するのも、たまには悪くないんじゃない？」

「………」

「それとも、何か予定が入ってる？」

「ううん、それはないけど」

「だと思った」

真由美は屈託《くったく》のない笑い声を立てた。

「だいたい正月の帰省《きせい》なんて、親の顔を立てるためにやるもんで、面白いことなんてひとつもないいんだよね。私は親と同居だから、逆に用事作ってどこかに出かけたいのよ。ガランとした東京に親といっしょに残ってお雑煮《ぞうに》食べる正月なんて、最悪だと思わない？」

しゃべりだしたら止まらない真由美は、電話の向こうで亜紀子がどんな状況でいるのか知る由《よし》もなく、立て板に水でまくしたてた。

「それでさ、こういうのって、すっごい厚かましいお願いごとかもしれないんだけど、きょうとか明日とか、そのあたりで稲場家の大豪邸に泊めさせてもらって、そこを起点にして取材旅行に出かけるっていうのはどう？　アキんちって、車だって何台もあるから使わせてもらえるのがあるでしょう」

亜紀子は以前に一度、真由美を気仙沼の実家に招いたことがあった。気仙沼名物のフカヒレ寿司を食べてみたいと真由美が言い出したからだ。

そのときに両親と引き合わせ、とくに父親は真由美のあっけらかんとした性格が気に入ったようで、酒豪のふたりは意気投合して朝まで飲み明かしていた。

そういういきさつがあったから、年末のこの時期に泊めてほしいと言い出した真由美のリクエストは決して唐突なものではなく、亜紀子の両親もむしろ歓迎することだろうと思った。なにしろ家は広いから、客を四、五人招いたところでプライバシーが侵《おか》されるという心配はまるでない。その意味では、気仙沼でありながら稲場亜紀子の実家は欧米の家庭に通じる環境が整っていた。

だから真由美が泊まりにくるつもりなら、年をまたいでいてくれてもよかった。ただ問題は「鬼」である。「鬼死骸村」である。

鬼の幻想に苦しめられているときに、よりによって鬼という名前がつく場所を訪れてよいのか。

「それでね、私、いろいろ調べたのよ」

真由美がつづける。

「鬼死骸村があった一関のあたりには、厳美渓《げんびけい》とか猊鼻渓《げいびけい》っていう渓谷《けいこく》の名所もあるし、ほら何より有名なのが平泉中尊寺《ひらいずみちゅうそんじ》じゃない。ここは舞台になると思うんだよねー。あと、気仙沼界隈《かいわい》はアキのほうが詳しいと思うから、そのへんでいい場所を見つけてくれたら、なんとなく話の流れが作れそうな気がしない？

たとえばさ、東京に住んでいる女の子が、友だちをたずねて気仙沼に行くわけ。私がやったみたいに名物フカヒレ寿司を食べに。そういうグルメっぽい要素も必要でしょ、ミステリーには。それで、お寿司食べながら、ふと話題が出るわけよ。『ねえ、ところで鬼死骸村って知ってる？』っていうふうに。あ、これ事件の出だしのセリフとしてはいいかもしれないよね。……わー、なんかワクワクしてきちゃった」

真由美は、勝手にはしゃぎまくっていた。

「これでもし賞取れたら、ほんとに人生が変わっちゃうんだね、私たち」

「……………」

亜紀子は素直に同意できなかった。

人生が変わるかもしれないという点でいえば、推理作家としてデビューできるかどうかという先の話より、いままさに直面している問題があった。

目の前の白い封筒である。

その中に書かれている内容によっては、自分の人生が一変してしまうかもしれないのだ。

「ねえ、アキ」

携帯電話の受話口から、新庄真由美が呼びかけてきた。

「ほんとに本気でやってみない？　この取材旅行」

「うん」

半分以上は、白い封筒のほうに気をとられながら、それでも亜紀子は真由美の提案に同意した。

「いいわ。鬼死骸村という場所がどういうところかよくわからないけど、とにかく真由美がうちにきてくれることは大歓迎。パパも真由美なら家族みたいにして迎えてくれると思うし」

「わー、ほんとー、よかった。じゃ、いつから行けばいい?」

こういうところは、真由美は率直である。

「いつでも」

「たとえば、きょうからでも」

「きょうから?」

さすがに亜紀子は反射的にきき返してしまったが、よく考えてみれば、明日がよくてきょうはダメと断る理由はない。それに、いまの不安定な気持ちを抱えたまま年末年始を過ごすよりは、気の合う真由美とミニ取材旅行に出かけたほうが気分が晴れていいかもしれない。

とにかくこのところ増岡の件、増岡の妻の件、そして鬼の牙の件で神経をかなりすり減らせていたから、気分転換が必要なのは間違いなかった。

「オッケー、きょうからでもいいよ」

「ほんとー、うれしい」

真由美はますます大きな声を出した。

「それで、アキは指定席で行くの？」

「ううん、切符とれなかったから自由席の新幹線で帰るつもり」

「何時ぐらいの新幹線？」

「十一時四十四分の『やまびこ』には絶対乗りたいんだけど」

「じゃ、私もそれに乗る」

真由美のこういうところの決断は、亜紀子にはまねできないほど早かった。

「じゃ、こうしよう。十一時半までには絶対ホームに行くから、おたがい早く着いたほうが列に並んでいようよ。それであとは携帯で連絡取り合うということで」

「うん、わかった」

「じゃね、アッキー、あとで。バーイ」

なにか嵐がバーッときて、サーッと過ぎ去っていったという感じで、にぎやかな真由美との会話が終わった。

そしてそのあと、またさきほどの強烈な不安感が襲いかかってきた。

亜紀子は、どうせなら真由美と電話で話している最中に封筒の中身を見てしまえばよかったと後悔した。電話越しであっても、そばに友だちがいてくれるという事実が、自分をパニックから救ってくれたかもしれない。

でも、真由美との電話が終わって静かな時間が訪れると、亜紀子はまた胸が苦しくなった。

それで彼女は椅子から立ち上がると、閉めたままだったリビングルームのカーテンを左右に引き開けた。白っぽい冬空ではあったが、人工的な照明よりもはるかに健康的な朝の光が部屋の中に流れ込んできた。

それで少しは気分が落ち着いたので、問題の封筒をテーブルまで取りにいき、またそれを持って窓辺まで戻ると、朝の光を頼りに思い切って中身を取り出した。

「……」

写真だった。

中に入っていたのは、予想していたメッセージカードではなく、一枚のカラー写真だった。

それも、パッと見ただけでは何が写っているのかまったくわからない。画面のほとんどを、灰色をした物体が占めているのだ。

石——

それが石らしきものを写していることだけは、なんとか理解できた。

そして、その周りに枯草色をした地面が映り込んでいるのだが、石そのものの部分が大半を占めているため、周囲の状況に関する情報はほとんどなく、石の具体的な大きさを推測するのも難しかった。比較対照となる適当なものが、同じ画面の中に写っていないからだ。

ただ、わずかに見える枯れ草のサイズから判断するに、石というよりは岩と呼んだほうがよさそうな大きさらしいことは、なんとなく見当がついた。

(なぜこんなものを私に)

亜紀子は、この写真を届けた人物の真意をまったく理解できなかった。というよりも、いささか拍子《ひょうし》抜けした感じだった。

増岡の妻から辛辣《しんらつ》なメッセージが届けられたものだとばかり思い込んでいたら、入っていたのはただの大きな石の写真である。その石が何か特別な意味を持つものだという雰囲気も、特別感じられなかった。

しかしよく観察すれば、その石の上には溶けた蠟《ろう》の垂れた跡が無数に見受けられたはずである。が、そこまでは亜紀子は気が回らなかった。

(いったい何の意味なの)

いくら考えても答えが出ず、亜紀子は冬の朝の白い光の中で、その写真を見つめつづけていた。

そして、何の気なしにその写真を裏返してみたとき——

亜紀子の顔色が変わった。
そこには、黒いサインペンによる流麗な筆跡でこう書いてあった。

鬼が笑うとき　人が死ぬ

第三章　鬼が追いかける

1

須崎啓太郎《けいたろう》はことしで四十五歳になる。

だが、彼がその年齢に見られることはほとんどなかった。極端な場合は十以上も実年齢より上に見られることが珍しくない。

別に髪の毛が薄いとか白髪に覆《おお》われているということではない。とにかく老《ふ》け顔で、しかも他人に暑苦しさを感じさせる顔立ちだったのだ。

おまえって老けてるよなあ、という言葉は、学生時代……どころか、小学校高学年のころから同級生にしょっちゅう言われていた。

暑苦しいんだよな、須崎の顔は、という言い方もよくされた。おまえがくると蒸し暑くなるからあっちへ行けよ、などと露骨《ろこつ》に邪魔者扱いされ、泣いて家に帰ったことも小学校時代にたびたびあった。

そしていつもニックネームは「須崎のおっさん」だった。半ズボンをはいて通う小学校のときから彼は「おっさん」扱いされてきたのだ。

そして中学のときも高校のときも――とくに高校時代は、銀行員である父親の仕事の都合で二度も転校をしたが――やはりどの学校でも「おっさん」と呼ばれることに変わりはなかった。

そういう自分の顔のことが、須崎にとっては少年時代から強烈なコンプレックスとなって心にこびりついていた。

だから、花の青春時代にはまったくもてなかった。大学のとき、女子大と合コンなどをやっても、須崎とペアになって話をしようとする女の子は皆無《かいむ》といってよかった。女の子の数のほうが多いときでも、いつも彼は余りものになって、ひとりポツンと話の輪からはずれていた。

やがて大学を卒業し、社会に出た友人たちが、ひとりまたひとりと結婚していく中で、須崎啓太郎だけは、そうした華やかな喜びの世界とは無縁だった。

ま、あいつには無理だよな、結婚は。

友人たちのそんな陰口《かげぐち》が、直接自分の耳に聞こえてくることもたびたびだった。

そして実際自分自身でも、自分を好きになってくれる女性が現れるなどということは、あまり考えられなかった。

それでもまだ最初のうちは、須崎も見合いという手段に希望を託《たく》していた。いまや世の多数派を占める恋愛結婚という形態は自分には無理かもしれないが、見合いだったら、それなりにまとまる可能性はじゅうぶんあると思っていた。

現に、須崎からみてほとんど自分と同類と思えるような冴《さ》えない男たちが、見合いという手段によって生涯の伴侶《はんりょ》を得ているケースが、世間にはたくさんあるからだった。

だから、恋愛世代というべき二十代は我慢の一手だと思っていた。そして三十代に入れば、恋愛とは別の感情で結婚の選択をする女性とも出会いやすいだろうと、楽観的観測を持っていた。

さらに須崎が期待していたのは、小さいころから「おっさん」とからかわれつづけてきた自分の顔立ちが、実際に「おっさん」の年齢に達すれば少しも違和感はなくなるのではないか、ということだった。これまで劣等感の源だった老け顔が、年をとるにしたがって、むしろ貫禄《かんろく》というプラスの要素を自分に与えてくれるのではないかと、前向きな希望を持っていた。

だが——

実際にはそうはならなかった。三十になればなったで、依然として須崎の顔は平均値より十も上に見られ、その現象は四十になっても変わらなかった。

見合いだって何度もした。しかし、それはことごとく女性の側からフラれてしまった。

そこまでくると、須崎はとことん自分という人間に自信をなくしてしまった。自分よりはるかに不細工と思える男が、驚くほど魅力的な女性を妻に迎えて幸せな家庭生活を営んでいる場合が少なからずあるというのに、なぜ自分がこれほど女性から嫌われるのか、須崎はまったく理解できなかった。

そして彼はすでに四十五歳となり、ことしもまた独身のまま一年の終わりを迎えようとしていた。

朝十時半ごろ、大田区蒲田《かまた》の歓楽街《かんらくがい》の真裏にあるアパートの一室で目をさました須崎啓太郎は、二日酔いの頭痛を覚えながら目覚ましを見て、一瞬、会社に遅刻した、と思った。

が、もう二日前の土曜日から年末年始の休暇に入っていることを思い出し、ホッとため息をついた。

そしてゆっくりと伸びをしてふとんから起き上がる。無意識に手をあてたアゴのあたりが、不精髭《ぶしょうひげ》でざらついていた。

一日分の不精髭ではない。金曜日の夜から、金土日月と、足かけ四日間も彼は髭を剃《そ》っていなかった。いったん会社に行かないとなると、もう自分の体裁《ていさい》をかまう必要がまったくなくなってしまうのだ。気にしなければならない相手などいないのだから。

そして須崎はカーテンを開け、窓も開けて冷えきった朝の空気を部屋の中に取り込む。

ひところ彼は、長期ローンを組んで購入した千葉郊外の３ＬＤＫのマンションに住んでいた。

独身としては広すぎる部屋だったが、いつ妻となる女性を迎えてもいいように、それなりの準備を整えていたのだ。もしもこれぞと思う女性が現れたとき、自宅に招いても恥をかかないように、やもめ暮らしのみじめさなどは一切出すまいと一生懸命気をつかっていた時期があった。

だが、そういった努力をしていたのは三十九歳のときまでだった。

女性の多くは、いまだに三十という年齢にひとつの境界線を引いている。結婚を決断するタイムリミットの線を。だが、男にとってのそれは四十だった。自発的に独身主義を貫いている男でさえ、なぜか四十を目前にすると、いちど考えを改めて結婚をするのもいいかもしれないな、などとふと迷いだしたりする。四十を目前の結婚は意外と多いのだ。

そして、結婚したくても良縁に恵まれない男は、なおさら四十の声を聞いて焦《あせ》る。

須崎啓太郎もそうだった。

だが、そのタイムリミットを過ぎてもなお、自分に幸せが訪れそうにないとわかった段階で、須崎は急に変わった。結婚のためのすべての努力を放棄したのだ。千葉郊外に広い分譲マンションを持っていることも、そこを夫婦で使う可能性がないならば、逆にみじめさをあおるばかりだった。

それで彼は、そのマンションを売り払い、庶民《しょみん》的な蒲田の町の歓楽街にある、六畳の和室二間の質素な鉄骨アパートへ引っ越してきた。

こちらは賃貸で、しかも築二十五年以上という古さだったため家賃は安かった。

夏場に二階の窓を開けていると、夜はパチンコの音、カラオケの歌声、酔客の怒鳴り声、そしてホステスたちの声などが飛び込んできた。ついでに、近所の焼肉屋から独特のニンニク臭を伴った煙も流れてくる。

そうした騒音や臭いをシャットアウトするために窓を閉めても、こんどは閉めた窓にネオンの模様が映り込み、チカチカとまばゆい色模様を点滅させる。まるで巨大なカラーテレビでも見ているような状態だった。

だが、歓楽街の朝は違った。

夜の喧噪《けんそう》が嘘《うそ》のように静かで、そして空気までが不思議に澄んで感じられた。

歓楽街の朝がこれほど心地よいものとは、須崎はここへ引っ越してくるまで知らなかった。

　須崎は二日酔いを醒《さ》ますように、窓から顔を出して冬の冷気を何度も肺に深々と吸い込んだ。その深呼吸を繰り返していくうちに、少しは頭がスッキリしてきた。

「だけど、あの女」

　目が覚めてくるのと同時に、おもわずその言葉が口をついて出た。

「トイレに行って吐くというのは、おれへのあてつけか」

　その独り言は、先週、彼の勤める課で行なわれた忘年会で起きた「事件」に関するものだった。そのときの不愉快な思い出が、いまだに苦々しく頭の片隅に残っていた。

「お、稲場さんが箸《はし》でさわった野菜、食べちゃおっと。鍋越しの間接キスだな、これって」

　まず、あのときに発した自分の言葉が響く。

　自分としては、あれは完全にサービスのつもりで言ったひとことだった。

　だいぶ前のことだが、似たような冗談を課長の増岡が亜紀子に向かって発したら、彼女は面白そうに笑っていた。その場面がなんとなく記憶にあったから、自分もふとまねをしてみただけで、それ以上の他意はなかった。

　ところが、須崎がそのせりふを発したとたん、それまでもあまり箸の進まない様子を見せていた稲場亜紀子は、急に口元を押さえ、バッと立ち上がってトイレへと駆け出していったのだ。

周りのみんながその光景を見ていた。課長の増岡もだ。

「おいおい、須崎さんが悪い冗談を言うから、彼女、吐き気を催《もよお》したんじゃないのかな」

四十五歳の自分より五つも年下の上司――課長の増岡が、皮肉っぽい口調で言ってきた。

それでカチンときた須崎は、おもわずムキになって言い返した。

「私が間接キスと言ったら吐き気を催すわけですか。課長が同じことを言ったら楽しくて、私が言ったら気持ち悪いんですか」

「ぼくが？　同じことを？」

増岡が眉間《みけん》に皺《しわ》を寄せて問い返す表情まで、鮮《あざ》やかによみがえってくる。

「そんな冗談を言いましたかね、稲場君にですか」

「言ったじゃないですか」

「よく覚えていないけどなあ」

「言いましたよ」

「わかった、わかった」

スポーツマンらしい日焼けした顔に苦笑を浮かべながら、増岡は、もういいですよ、というふうに手を振った。

そのしぐさがまた、須崎のカンにさわった。

「課長との間接キスはよくて、私との間接キスはだめなのか。たかだか、彼女が箸でさわった野菜に、私の箸が触れただけじゃないか。こっちだって、そんなものを間接キスだなんて本気で思っていませんよ。一年の最後の楽しい忘年会だから、私は冗談を言ってその場を盛り上げようとしただけじゃないですか。それをなんだ、あの子は」

自分の正当性を主張すればするほど、増岡だけでなく、周りの社員がしらっとした雰囲気になっていくのを感じながら、しかし須崎は興奮を抑えることができなくなっていた。

「まるでほんとうにキスでもされたみたいな反応で口を押さえて……。なんですかね、あのイヤミな態度は」

「須崎さん」

ほかの課員が困惑《こんわく》の表情を浮かべる中で、増岡史也は課長として、年上の部下をなだめる役割は自分しかいないと考えたらしい。そして、いかにも作為的な笑いとともに、須崎に言ってきた。

「考えすぎですよ、それは。たぶん鍋の中に稲場君の嫌いなものが入っていたんでしょう。それをうっかり口にしてしまったものだから……」

「私のツバでしょう」

かぶせるように須崎は反駁《はんばく》した。

「鍋の中に入っていた嫌いなものというのは、私のツバでしょう。だから彼女は吐き気を催してトイレに立ったんだ」

なごやかな忘年会の席が、須崎の興奮した言葉で凍りついてきた。

いままで亜紀子の隣に座って、やはり須崎と同じ鍋をつついていた入社一年目の女性社員が、完全に食欲をなくした顔で箸を置いた。

「違いますよ、須崎さん」

増岡が、ややうんざりした顔で言った。

「それはあなたの考えすぎだ。そんなふうに曲解しては稲場君がかわいそうじゃないかな」

「ほう、やけに彼女の肩をもちますな、課長は」

「肩をもつんじゃなくて……」

「私のツバのせいで吐き気を催したんじゃなければ、あの態度は何なんだ。じゃ、ツワリですか」

「妊娠《にんしん》でもしているんですかね、稲場君は。ひょっとして課長の子供ですか」

「……………」

「須崎さん！」

声を荒らげた増岡の顔が、いま須崎の頭の中で生々しく再生されている。

「須崎さん、あなたね、そういう発言はいまの時代ではセクハラになるから気をつけたほうがいい」

「ふん、稲場君がちょっと可愛《かわい》いからといって、やけに正義の味方ぶりますな、課長は」

須崎は、すでにそのとき感情をまったくコントロールできなくなっていた。あのときの自分は、何か突き上げられるような特別な衝動にふり回されていた――須崎は、そんなふうに思い返していた。

「あたしゃね、言わせてもらうけど、稲場君のようにスレンダーというか、華奢《きゃしゃ》な女には興味ないんだ。どうせセクハラするんだったら、総務の新庄君がいいですな。新庄真由美ちゃんが。ああいう巨乳系でちょっと男を挑発する大胆さがある子なら、私だってストーカーでも痴漢《ちかん》でもやりがいがあるというものだが」

「須崎さん！」

また増岡が怒鳴《どな》る。

「昨今はそういうセクハラ発言は問題だからやめてもらえませんか」

そして、その場の雰囲気がかなりギクシャクしたものになったところで、稲場亜紀子がトイレから戻ってきた。

目を赤く充血させ、口元をハンカチで押さえつづけているところからみて、実際に吐いてきたのは間違いなさそうだった。

そして亜紀子は元の席に着いたが、すぐそばの須崎とは目を合わせようともせず、二度と箸を取り上げることもなかった。

須崎啓太郎としては、同僚の前でいい恥をかかされた格好《かっこう》だった。その苦々しい場面が、ことあるたびに彼の脳裏によみがえった。電車に乗っているときも、歩いているときも、部屋で寝転がっているときも、そして食事をしようとするときはとくにだ。

会社が休みに入ってからも、このところ毎日二日酔いの状態でいるのも、その不愉快な記憶を酒の力で打ち消そうとしていたからだった。

「冗談じゃねえや」

アパートの窓をピシャリと閉めるのと同時に、須崎は声に出して吐き捨てた。

「ちょっと可愛いからといってつけあがんじゃねえぞ、稲場亜紀子。誰がおまえなんかに興味があるもんかよ。おれがやりてえのはなあ、新庄真由美なんだよ。関係ねえや、おまえなんて。それなのに、おれを営業一課の変態《へんたい》扱いしやがって。おぼえてやがれバカヤロー、必ず復讐《ふくしゅう》してやるからな」

これだけ長い独り言を口にすることじたいが、完全に異常だった。社会に出てから二十数年間、屈折した独身生活を送っているうちに、彼は長い長い独り言を話すようになっていた。

「クソッ、まったくあの女のおかげで、一年の締めくくりが最高に不愉快になったじゃねえか」

あの宴会以来洗っていない髪の毛をぐしゃぐしゃとかき回すと、須崎はパジャマを脱ぎ、そして紫色をしたトレーナーに着替えた。

「ああ、バカヤロー、面白くねえ！　毎日が面白くねえ。こうなったら、いっそのことぶっ殺してやるか、あの女！」

大声で叫んでから、須崎啓太郎は洗面所に向かった。

洗面所といっても、トイレと風呂場がいっしょになった狭いタイル張りの一角にあるコーナーといったほうが正しい。

右側には、座るたびに男の局部が便座の先端に触れてしまうほどこぢんまりした腰掛け便器があり、左側には、子宮内に浮かぶ胎児《たいじ》のような格好をしなければ入れない極端に狭い安手のバスタブがある。

そしてその真ん中に、むき出しの洗面台がある。コップや歯ブラシを置くような気の利《き》いたスペースはないから、それらはすべて窓際のタイルの上に置くことになる。その浴室兼洗面所兼トイレとなった小さな部屋に入ると、須崎啓太郎は柱に掛けてある小さな鏡に自分の顔を映《うつ》して見た。

二日酔いの頭痛に歪《ゆが》む、不精髭だらけの冴えない中年男の顔があった。

「ケッ、この顔が吐き気をもよおすぐらい気持ち悪い代物《しろもの》ってわけか！」

須崎は、自分の顔に向かって唾《つば》を吐きかけた。

鏡の中にいる自分の、目のあたりからほおにかけて、唾液が速いスピードで垂れ落ちた。

そして、その鏡像を見つめながら、須崎は紫色のトレーナーの袖《そで》を自分の鼻と口元のあたりにもっていった。

ちょっと見には、それは口の周りを拭《ふ》くしぐさに見えた。

だが、実際にはそうではなかった。

彼は匂いを嗅《か》いでいた。トレーナーに染み込んでいる、ある匂いを。

その奇妙な行為を終えてから、須崎啓太郎は狭い風呂場を出た。出るとすぐにそこはキッチンになっている。さらにそのキッチンは、玄関の三和土《たたき》にじかに面している、という構造だった。

つまり、この安アパートの玄関扉を開けるとすぐそこがキッチンになっていて、さらにそこから二、三歩移動しただけで風呂場兼トイレに入れるという間取りである。

須崎は、その手狭《てぜま》なキッチンの片隅に置いてある小さな冷蔵庫の扉を開けた。

千葉郊外のマンションに住んでいたころは、新婚家庭を意識した大型冷蔵庫を持っていたが、引っ越しのさいにそれは処分して、独り暮らし用の小さなものに買い替えていた。そうでもしないと、このアパートでは置くスペースも見当たらない。

その独身用小型冷蔵庫から、須崎は買い置きしてあったステーキ用の牛肉を取り出した。

頭の片隅がガンガンと痛んでいたが、その頭痛を消すには腹をいっぱいに満たしたほうがいい、と思ったのだ。

「二日酔いにはステーキか……」

他人が聞いたら、あまり意味の通じない独り言をつぶやいてから、彼はそれをキッチンのまないたの上に広げ、塩コショウをふりかけた。

それから脇に出しっ放しにしておいたブランデーのボトルを取り上げる。

大して高いものではなかったが、味のいい輸入品である。そのボトルのキャップをとると、須崎はいきなりそれを口にあてて、ぐびっとあおった。

「カーッ！」

口の中に広がる猛烈な灼熱感《しゃくねつかん》に、須崎はうなった。

「うめえや。二日酔いには迎え酒にかぎるな」

そして彼は、流し台の下にある扉を開けて包丁《ほうちょう》を取り出した。

彼は、肉というものはなんでもかんでも包丁で叩いて柔らかくしないと味が出ないものだと信じ込んでいた。それは、いつも安物の肉しか買ってこなかった母親から学んだ知恵である。

だから、目の前にあるのがかなり上質のステーキ肉であるにもかかわらず、須崎は包丁で叩いて柔らかくしてから焼こうと思っていた。

「さーてと」

また独り言が出る。

「いっちょ、料理してやるか」

そのわずか一分後に、自分が料理されることになるとは知らず、須崎啓太郎は右手に持った包丁で肉を叩きはじめた。

彼を地獄へ突き落とす鬼は、もうすぐそこまできていたのだ。

2

運命の神は、時として恐ろしいまでのドラマを仕掛ける――

あとになってふり返ると、朝比奈耕作はそのように思わざるをえなかった。

港書房の編集者高木洋介に『鬼死骸村の殺人』のことを打ち明けてから一週間後の十二月二十九日、彼は高木の熱意に押される形で、ふたたび旧鬼死骸村を訪れようとしていた。

日程は二泊三日。つまり、大晦日《おおみそか》には東京に戻ってくる予定で高木が段取りを組んでくれたのだが、地方の郷土料理には目のない高木が、どうせ一関まで行くなら、気仙沼まで足を延ばして、名物のフカヒレ寿司を食べましょうよ、と言ってきた。

フカヒレ——つまりサメの鰭《ひれ》といえば、誰しもが中華料理を思い出し、その主要産地としては香港《ホンコン》あたりを考えがちだが、じつは日本に巨大なフカヒレ市場がある。それが気仙沼だった。

三陸海岸に面した漁港として海産物の魅力には事欠かない気仙沼だが、マグロ延縄《はえなわ》漁業の副産物として獲れるサメの処理に困ったところ、その鰭をうまく加工できる技術を開発して、一躍『フカヒレの町』になった。

この町では、フカヒレラーメンが名物なのはもちろん、焼肉屋の冷麺にも当然のようにフカヒレが載ってくることがある。そして全国に名高いのがフカヒレ寿司だった（巻末『取材旅ノート』参照）。

ファンレターを寄せてくれた少年の死をきっかけにした取材旅行なのに、そのへんのところは高木も根が明るいというか、割り切った楽しみ方を提案してきたが、朝比奈もそれは受け容《い》れた。

ここで過剰な深刻ムードに浸《ひた》ったところで、それはかえって独り相撲《ずもう》になってしまうことがよくわかっていたからだ。

それで二人は、第一日目は一関に着いたあと、レンタカーで旧鬼死骸村と少年の死亡現場を確認したのちに、気仙沼へ移動することになった。目的の寿司屋が開いているのは、年内はこの日が最後だと聞いていたためである。

だが、そういったスケジュールの取り方が、朝比奈耕作を新たな事件へと巻き込んでいくことになったのだ……。


「いやあ、すごい混みようですね、朝比奈さん」

年末の帰省客でごった返す東北新幹線ホームで、高木洋介は朝比奈耕作の姿を見つけると、人込みをかきわけながら近づいてきた。

「昔は混雑した中でもカフェオレ色の頭を探せば朝比奈さんがすぐ見つけられたんだけど、最近は男の頭も色とりどりだから」

「だけど、こんなむちゃくちゃな混み方でよく取れたね、指定席が」

前後左右から押し寄せてくる人の波によろけながら、朝比奈が言った。

「たまたまなんですよ。ウチの部長が盛岡まで奥さんと帰省する予定だったのを急にとりやめたっていう話を耳にして、じゃ、キャンセルしないでこっちに回してください、って頼んだんです。ただ、部長といっても、なにしろウチの給料は安いですから、プライベートも当然のごとくグリーン車なんかじゃありませんけど」

「もちろん、グリーンだなんて、そんなゼイタクは要らないよ。ただぼくは……」

「わかってます、禁煙席でしょ」

「そういうこと」

「その点が大丈夫だから譲り受けてきたんですよ。部長もノンスモーカーですから」

「よかった」

「なにしろ朝比奈さんは、タバコの煙の中で過ごすくらいなら、何時間でも立っていったほうがいいという人ですからね」

「とくにこういう乗車率百何十パーセントみたいな混み方のときの喫煙車両だったら、ぼくは死ぬよ」

　首を振りながら、朝比奈は言った。

「タバコの煙からダイオキシンは検出されないのかな。ぼくは絶対出ていると思うんだけど」

「まあともかく、こんな状況の中で禁煙の指定席がとれたことだけでも幸運だと喜ばないといけないですよね。……あ、ドアが開いたから入りましょう。きょうは、立ち席の人もいっぱい詰め込まれるから、のんびりしていたら自分の席まで行けなくなっちゃいますよ」

そう言って高木は、朝比奈を後押しするような格好で新幹線の車両に乗り込んだ。

十一時四十四分東京駅発の『やまびこ45号』だった。

3

「どうしたのよ、アッキー。ずいぶん探したんだからねー」

帰省客でごった返す東北新幹線のホームで稲場亜紀子の姿をようやく探し出した新庄真由美は、少し怒ったような顔で声をかけてきた。

「携帯《けいたい》で連絡を取り合おうって約束したのに、電源を切ってたでしょ」

「あ……ごめん」

真由美に言われて、亜紀子は赤いコートのポケットに片手を突っ込み、携帯電話を取り出した。

たしかに亜紀子は、さっき意識的に携帯の電源を切っていた。真由美と連絡を取り合う必要があることも忘れて。

初めはちゃんとスイッチを入れてあったのだが、それを切ったのは理由があった。東京駅へ向かう途中の電車の中で、いきなり携帯が鳴り出した。そのときはてっきり真由美だと思って出てみると、受話口から聞こえてきたのは増岡史也の声だった。

「これから実家に帰るところかな」

「あ……ええ」

増岡の声を聞いたとたん、亜紀子は胸が苦しくなった。

「何日までいるんだっけ、向こうに」

「三日までです」

と、正直に答えて、また亜紀子は後悔した。

そもそも今回の帰省は、増岡からできるかぎり離れていたいためのものではなかったか。だから、いつもなら親元に帰るのはさほど気乗りしなくて、せいぜいが二、三日の滞在なのに、今回は都合六日もいることにしていたのだ。

だから、なにもそんな予定まで増岡本人に教えることはなかったのに、と思い、亜紀子は自分のうかつさに腹を立てた。

「ちゃんとしてる？」

唐突《とうとつ》にそうたずねられたとき、亜紀子は増岡が何を言っているかわからなかった。

それで、周囲の乗客を気にしながらきき返した。

「ちゃんとしてる……って、何をですか」

「ペンダントだよ」

バクン、と心臓が高鳴った。

「ぼくがあげた鬼の牙のペンダントを、ちゃんとしているかい、ってきいているんだけどね」

「あ……はい」

答えるまでに間があった。

嘘をついたことがバレたな、と思った。

「……あ、そう」

増岡のほうも、その嘘に気づいたぞ、と言いたげな間を置いて返事をしてきた。

「じゃ、よかった。なにしろあれをはずしたら、とんでもないことが起きるからね」

「課長、あの」

携帯電話の送話口に口を近づけて、亜紀子は言った。

「いま私、電車の中なんです」

「知ってるよ」

「え?」

「電車の走る音が聞こえているからね」

「………」

増岡はそう答えたが、亜紀子は反射的に周囲を見回した。彼が同じ車両のどこかから、亜紀子を見つめながらかけてきているのではないか、と思ったからだ。

しかし、それらしき人影はない。それで亜紀子はつづきを言った。

「ですから、携帯切ります。電車の中だと話しづらいですから」

「いま東京駅に向かっているんだね」

「え、ええそうです」

なぜ、なんでも答えてしまうのだろう、と亜紀子はまた自分に腹を立てた。すぐに切ってしまえばいいのに。

「何時の新幹線？」

「決めていません」

「だけど、いま向かっているんだよね」

「………」

「いま、どこにいるの。どのへんを走っているの」

「………」

「聞こえているんだろう、ぼくの声が」

しだいに増岡の声がいらだってきているのが、亜紀子にもはっきりとわかった。

「最近どうしてぼくを避けるようになったんだ、亜紀子。函館へいっしょに旅して以来、きみはなんだかおかしいぞ」

「……………」

「だけど、きみがどんなに腰が引けていても、もうぼくは後戻りをするわけにはいかないんだ。じつはおととい、ぼくは女房に話した」

「え?」

「亜紀子、きみのことを女房に話した。ぼくには愛している女性がいて、彼女と人生をやり直したいんだというふうに」

「そんな!」

亜紀子の顔から血の気が引いた。

周囲の乗客の好奇の目が集まっているのはわかっていたが、亜紀子は声を抑えられなかった。

「私はそんな話聞いていません。そんな約束を課長とした覚えもありません」

「ためらわないでほしい、亜紀子。函館山で話したとおり、ぼくには人生を対等に語り合えるパートナーがほしいんだ。最低限の身の回りの世話だけをやいて、あとは子育てに専念するような女房は……」

切った。

亜紀子の指が携帯電話のスイッチを強く押して、電源そのものを切った。

あまりの興奮で、電源を落としたあとも指に入れた力が抜けなくなって、亜紀子は携帯電話を握りしめたままガクガクと腕を震《ふる》わせていた——


「ねえ、どうしたの、アッキー」

真由美の声で、稲場亜紀子はハッと我に返った。

「あ、なんでもない。ほんと、ごめんね。知らないうちに電源切ってたみたいで」

「ま、いいよ。とにかくこうやって会えたんだし」

真由美は肩をすくめてにっこり笑った。

「それに、私が勝手にアキんちに押しかけることにしたわけだしさ。とにかく乗ろう、ギリギリになっちゃったから」

「うん」

「たぶん座れないけど、ま、しょうがないよね」

「うん」

「立ちっぱなしだと、お弁当買っても食べられないと思ったから、ほら」

新庄真由美は、コンビニの袋を掲げてみせた。

「おにぎりとウーロン茶は買っておいたから」

「うん」

「じゃ、乗ろうよ」

「うん」

何を言われても生返事のまま、稲場亜紀子は真由美の後をついて東北新幹線『やまびこ45号』に乗り込んだ。

偶然にもそれは、朝比奈耕作たちの隣の車輛《しゃりょう》だった。

4

午前十一時四十四分発の『やまびこ45号』が東京駅を出発したころ、大田区蒲田の歓楽街の裏手にある木造アパートの前は黒山の人だかりで埋め尽くされていた。

二階建て全六戸のアパートは、二階の北端にある部屋から出火してあっというまに燃え広がり、一階南端の一部を残してほぼ全焼という状況だった。

周囲の道路は消防車の放水で水浸《みずびた》しとなっており、焼けくすぶった木材の匂いがまだあたり一帯に充満していた。

そしてその混乱した中に、焼け出されたアパートの住人たちが茫然自失《ぼうぜんじしつ》といった表情で立ち尽くしていた。そのうちの何人かは裸足《はだし》のままで、それが火の手の回りの速さを象徴していた。

消火時には五台の消防車が集結していたが、いまは一台を残してすべて署に帰投し、入れ替わりに所轄の警察署と消防署による合同の現場検証が早くもはじまっていた。

「火元は二階北端のA号室です」

屋根が焼け落ちてむき出しになった二階の現場で、消火を指揮した消防署員が、銀色の消火服姿のまま説明をしていた。

木造アパートの外部に作られた鉄製の外階段が残っているため、辛《かろ》うじてそれを足場にして内部がのぞけるといった状況で、一歩でも部屋の中に足を踏み入れようとすると、黒焦《くろこ》げになった床を踏み抜いて一階部分へ転落するおそれがあった。

「表札には須崎と書いてありますが、そこに見えるのがその本人じゃないかと思います」

消防士が指さしたのは、部屋の出入口に近いキッチンの床に、あおむけになって倒れている黒焦げの死体だった。

まるで何かを握ろうとするかのように、両手が空《くう》をつかんでいた。

「119番通報を受けて駆けつけたときは、もうこの部屋は火の海で手のつけようがありませんでした。完全に消火し終えてから、この死体を見つけたという次第で」

警察と消防の係官が、消防士の説明を聞きながら顔を歪めてその死体に目をやった。

それはあまりにも見事に黒焦げになっていたため、人間というよりも、マネキン人形を燃やしたような印象があった。つまり、その物体が動いていた時期があるとは思えないのだ。

立ち会いの警官は、原爆の悲惨な写真をつい連想してしまった。

「そこのレンジの上にフライパンが載っていて、黒焦げになった、たぶんステーキだと思いますが、肉が見えます。そして、キャップをあけたままのブランデーの瓶《びん》が割れて転がっています」

消防士がキッチンのレンジ台周辺を指さしながら説明する。

「瓶が割れているのは、熱せられたところへ消火の水をかけられたためだと思いますが、キャップそのものは、出火の前に人為的にはずされていたもののようです」

「ということは」

警察署からやってきた中年の担当官が、見取り図を記入するためのバインダーを胸元に構えながら言った。

「ステーキを焼くつもりが、本人がステーキになっちゃったというわけか」

そう言ってから、自分の発言の趣味の悪さに気がついて、担当官はあわてて取り繕《つくろ》った。

「いやいや、ま、冗談はさておき、そうするとだ、彼はステーキを料理しようとして、たぶんブランデーをそこにかけたのかな。ウチのかあちゃんなんかは、そういう気の利《き》いた料理法はしたことがないが、レストランとかでよく見るからねえ、ステーキを焼いている最中にバッとブランデーをふりかけて、ボワッと炎をあげるやつね」

「フランベですね」

と、消防署からきた若手の係官が口を挟《はさ》む。

「あ、そういうの？　フランベ？　若い人はよく知ってるねえ、しゃれた言葉を。……で、フランベしたときに、炎がどこかに燃え移って、それがバーッと広がって逃げ遅れた、ということかね」

「しかし、台所の周囲に可燃物《かねんぶつ》があったかどうかは、これから検証してみないとわかりませんね」

「でも、一気に燃え広がらないと、本人が逃げ遅れることは考えにくいだろう」

「ひょっとして、ブランデーはステーキをフランベするために置いてあったのではなく、本人が飲んでいたのかもしれませんよ。それでかなり泥酔《でいすい》状態だったために、出火への対応が遅くなったのかもしれません」

「そうかねえ」

バインダーの留《と》め金《がね》をバチンバチンと指で弾きながら、警察署員が首をひねった。

「泥酔状態のときにステーキを焼こうなんて思うかね」

「まあ、言われてみればそうですけど」

「むしろ、あの死体から大量のアルコールが検出されたとなれば、他殺の可能性だって否定できないからね。酔わせて前後不覚にしてから火をつける、という作戦だ。そのとき、レンジ台にステーキ入りのフライパンを載せておけば、料理中の事故ということを偽装できる」

「まあ、それは警察さんのほうで検討していただくとして」

若い消防署員が言った。

「とにかく、火事の犠牲者はその死体だけのようです。火の回りが速かったのは、ひとつには留守《るす》にしていた部屋が多かったせいもあるんです。年末のこの時期ですからね、六戸中三戸が不在でした。しかも運の悪いことに、早く燃えていった部屋に限って住人が留守だった。それで在宅中の人は大慌《おおあわ》てということで……あ、だいじょうぶですか、落ちますよ、床が」

しゃべっている間に、警察署の中年係官が鉄階段の部分から一歩踏み出して、火元となったA号室の中へ進んだので、消防署員があわてて止めようとした。

「なあに、三和土の部分はコンクリートだから、ここまではなんとかなるだろう。木造といったって、部分的に鉄骨で補強してあるから」

そう言って、警察署員はキッチンの床であおむけに転がっている焼死体のそばまで近寄り、両手を合わせて拝《おが》んだのちに、じっくりとそれに観察の目を走らせた。

そしてそっと手を伸ばすと、死体の脇の下あたりに辛うじて燃え残っている着衣の小さな断片をつまみあげた。

係官の手のひらの上に載せられたのは、紫色をした繊維《せんい》だった。

5

予想どおり、東北新幹線の自由席車輌は大混雑で、稲場亜紀子と新庄真由美は座る場所を見つけられなかった。それでしばらくの間は、おたがいの旅行バッグと脱いだコートを網棚《あみだな》にあげて通路に立っていたのだが、運のいいことに、出発して一時間半ほど経《た》って郡山《こおりやま》駅に到着したときに、ちょうど亜紀子の脇の二席が空いた。

「よかったあ」

窓際の席に腰掛けるなり、新庄真由美がホッとした声を出した。

「やっぱり一ノ関まで立ちっぱなしはつらいなあ、って思っていたから」

「私も」

と、隣に並んで腰掛けた亜紀子がうなずく。

「足が疲れちゃって。それに、なんだか立ったままじゃ落ち着いて話もできないし」

「そうだよね。あ、アキ、おにぎり食べようよ」

「そうね。それに喉も渇《かわ》いたし」

「はい、ウーロン茶」

ずっと手に持ちつづけていたコンビニの袋から缶入りのウーロン茶やおにぎりを取り出しながら、真由美がたずねてきた。

「それでアキ、何かいいアイデア浮かんだ？　推理小説のストーリー」

「まだ、ぜんぜん」

亜紀子は苦笑して首を振った。

「だって、どこを舞台にするかも決めていなかったんだもん」

「もしも狙うとしたら、どこの賞？」

「六月末の締め切りで、港書房の推理小説グランプリっていうのがあるの。枚数の規定は四百枚前後だから、完全に長編よね」

「原稿用紙四百枚！」

真由美がため息をついた。

「そんなすごい枚数、私、想像もできないよ。五枚以内で読書感想文を書くのだってヒーヒー言ってたんだから」

「私だって経験ないけど、でもやるしかないわよ」

「もっと短いのはないの、百枚ぐらいとか」

「あるけど、でもどうせデビューするなら長編でいかないと、あとが苦労すると思う。短編だと、そのままずぐに本にはならないし、けっきょく単行本でデビューするためには、いつかは長編を書かないといけないわけだから」

「あ、そうか」

「それに港書房って、朝比奈耕作がよく本を出している出版社だし」

「なるほどねー。朝比奈耕作ファンとしては、そこに応募して、将来彼に目をかけてもらおうって狙いかな」

「なに、その目をかけてもらうって」

笑いながら、亜紀子は言った。

「朝比奈さんって、そういういやらしい目的で女に近づくような人じゃないと思う」

「へー、どうしてわかるの。会ってもいないのに」

「彼の書いたものを読めばわかるのよ。誠実な人なんだなって」

「そうかなあ」

新庄真由美は否定的な声を出した。

「作家ってお話を作るのが商売だから、書いたものからだけじゃ人格はわかんないと思うよ。むしろ逆だと考えていたほうがいいんじゃない？」

「ううん、絶対に朝比奈さんはいい人。私、自信がある」

「へーえ。なんだかファンっていうよりも、恋人って感じだね。一方的な片思いの」

いたずらっぽくのぞきこむ真由美に対して、口に出しては返事をしなかったけれど、たしかにそうかもしれない、と亜紀子は心の中でうなずいていた。

亜紀子は朝比奈耕作の書いた小説を読んでいくうちに、彼の小説に出てくる主人公と、作者である朝比奈耕作との区別がつかなくなってきていて、小説内のキャラクターよりも、作者そのもののファンになっていた。

そして、そこに自分の理想像を投影するようになっていた。

その朝比奈耕作と実際に会うことができるなんて、それはほとんど夢物語だとあきらめていたのだが、もしも彼がほんとうに自分のそばにいてくれて話し相手になってくれたなら、ただただ略奪愛が目的での恋もしなかっただろうし、増岡史也と不倫などもしていなかった気がする。

つまり亜紀子には、誠実な気持ちで人生を語り合えるパートナーが必要だったのだ。朝比奈耕作の推理小説を読むとき、彼女はいつも人生というものを考えさせられた。この人がそばにいてくれたら、自分のいまの生き方の過ちを正してくれるかもしれないと思っていた。

だが——

現実には、亜紀子の捨て鉢《すばち》な恋愛ゲームに歯止めをかけてくれる人間は誰もいなかったし、そしてついに自分は暴走してしまったかもしれない、と彼女は気がつきはじめていた。

大混雑の新幹線に乗り込んで、しばらく真由美との話もできない状態だったときに、稲場亜紀子の心の中をずっと占めていたのは、冷たい恐怖だった。

増岡史也がついに妻に亜紀子の存在を話してしまったという、その事実に対する冷たい恐怖だった。

たしかに亜紀子は、増岡の妻に会ったとき、この美しい女性から増岡を奪ってみたいと思った。そういう略奪型の恋愛を成功させることで、亜紀子は自分の女としての存在意義を確認しつづけてきた。

それは恋愛というよりも一種のゲームであり、今回もそのゲームに挑んでいるという感覚が最初のうちは強かった。いままでと違うところは、恋人がいる独身男性を奪いとるのではなく、妻子ある男性を奪い取る、初めての不倫という形であることだったが、それはそれで亜紀子の興奮をかきたてるものだった。

しかし――

函館山で増岡史也の異様な側面を見せられてから、すべての状況は一変した。

とにかくこの深みから早く抜け出さなければ、という警戒警報が心の中でけたたましく鳴り響きだした。

しかし、まさにその警報を察知したかのように、増岡は「鬼の牙」と称する奇妙なペンダントを亜紀子の首にかけ、彼女を精神的に拘束《こうそく》しようとした。

そして、それだけでなく、いままで秘密にしていた亜紀子との関係を妻に告白してしまったのだ。それは、既成事実を積み重ねて一刻も早く亜紀子との結婚を実現しようとする態度以外の何物でもなかった。

亜紀子は焦《あせ》っていた。……というよりも、恐怖で冷たくなっていた。増岡史也という四十歳の上司が、とてつもない怪物に思えてきたからである。

ある意味で、鬼は増岡だった。

しかし同時に、亜紀子にとっては、増岡の妻も鬼と呼ぶべき存在だった。そして、その鬼をますます怒らせてしまったのは間違いない。

(来年の私って……どうなっているんだろう)

ふと、そんな思いが心をよぎった。

ことしはあますところ、きょうを含めてあと三日。気仙沼の実家に帰っている間は、ともかく自分の身に急激な変化は訪れないだろう。しかし、正月休みが明けて五日から会社がはじまったとき、亜紀子はいやおうなしに、上司の増岡とまた毎日顔を突き合わさなければならなくなる。

問題は、そこからだった。

(泥沼に引きずり込まれるかもしれない)

亜紀子はそう思った。

(だから、早くなんとか逃げ出さないと)

気分的には、もはや推理作家としてのデビューがどうのという、まわりくどいことを言っている場合ではなくなっていた。

ともかく来年早々に会社に辞表を出し、そして東京を離れ、かといって気仙沼の実家に戻るでもなく、誰も知らない土地に行って——それも日本ではなく外国に行き——しばらくほとぼりを冷《さ》ましたほうがいいのではないか、という気がした。

ストーカー——

ふと、そんな言葉もちらつく。どこまでも、いつまでも増岡史也に追いかけられるのではないか、という恐れに取り憑《つ》かれる。

(それにしても、あの写真……)

亜紀子は、けさ郵便ポストの中に見つけた封筒入りの写真のことを思い出した。

被写体じたいは何の変哲《へんてつ》もない石だ、と亜紀子は思っていた。だが、問題はその写真の裏にきれいな字で書かれてあったメッセージだ。

(鬼が笑うとき　人が死ぬ)

さきほどの増岡の口調からすれば、土曜日に亜紀子との関係を知らされた増岡の妻が、怒りをもって亜紀子のところへメッセージを届けたとしか思えなかった。

だが、「鬼が笑うとき　人が死ぬ」とはどういう意味なのだろうか。

「あ、またボンヤリしてるう」

真由美の声に、亜紀子はハッとなった。

「なんだかおかしいんだよなあ、アッキーは。ちょっと話が途切れると、すぐ自分の世界に入っちゃう感じで」

「……あ、そう？」

「やっぱ、何か隠し事してる」

「してないって」

「ううん、してる」

真由美は決めつけた。

「稲場亜紀子の心をうわのそら状態にしているのは、基本的に恋愛関係ではないかと思うのですが、いかがでしょうか、稲場さん」

新庄真由美は、片手でマイクの格好を作って亜紀子の口元に差し出した。

その態度は冗談めかしていたが、よっぽどその誘いに乗って、増岡課長とのことを打ち明けてしまおうかと亜紀子は思った。ひとりであれこれ思い悩んでいるよりも、友だちに何もかも話してしまったほうが気が楽になるのではないか、と。

だが、どうしてもできなかった。不倫でなければ話したかもしれない。しかし、いくら親友だからといって、増岡との問題を真由美に告白するのはやはり危険だと思った。

真由美のあっけらかんとした性格が、かえってこういうときは危ない気がしたのだ。つまり、亜紀子にとって重大な問題も、真由美にとってはさしたる問題ではなく、その気軽さから、社内の人間にポロリと洩《も》らしてしまうかもしれないという気がした。

「残念ですけど」

亜紀子は、マイク型にまるめた真由美の手を上から握って、わざとおどけた調子で言った。

「プライベートな問題につきましてはお答えしかねますので」

それだけ言うと、亜紀子は立ち上がった。

「あれ、何よ、どこいくの」

たずねる真由美に、普通の調子を取り戻して亜紀子は答えた。

「逃げるわけじゃないわよ。ト・イ・レ」

そして亜紀子は、ショルダーバッグをさげて前方へと通路を歩いていった。

6

たしかにトイレに行きたかったのは事実だったが、亜紀子はもういちど、問題の写真を見返したくなったのだ。

それは、例の「稲場亜紀子様」と記された白い封筒ごと、ショルダーバッグの中に入れてあった。

気持ちが悪いものであるのは事実だったが、それを自宅に残したまま出かけるのは、よけいに気色悪かった。

クロゼットの奥にしまい込んだ鬼の牙のペンダントと、この謎めいたメッセージ入りの写真が、亜紀子の不在中に生命が吹き込まれたように勝手に動き出すイメージが脳裏を駆け巡った。

うまく説明できないのだけれど、あのペンダントとこの写真をいっしょにしておかないほうがいい気がして、それでバッグに入れて持ってきたのだ。

だが、揺れるトイレの中で見返したところで、その写真から何か特別なことがわかるわけでもなかった。

（とにかく、課長にきこう。いろいろなことを逃げていては何もはじまらない。この写真を私のところへ届けたのは奥さんなのか、それとも課長なのか。もしも課長だとしたら、それはどういう目的があってのことなのかを）

トイレの中の狭い空間で問題の写真と対峙しながら、稲場亜紀子はその決心を固めた。

意味もなくいやがらせを受けて逃げ惑《まど》う毎日だけはごめんだと思ったからだ。

そして大きな深呼吸をすると、亜紀子はトイレのドアを開けた。そのとたん――

鬼死骸村の殺人、という言葉が耳に飛び込んできた。

「しかし、鬼死骸村の殺人、っていうと、まさにミステリーにはおあつらえむきのタイトルですけど、殺人がほんとうに起こっちゃシャレにならないですよねえ」

洗面所の脇にある給水器から冷たい水を紙コップに受けながら、高木洋介は言った。

「これが志垣《しがき》警部がいる警視庁管内の事件だったら、もう少しいろいろ情報収集ができるんだけどね」

朝比奈が言う。

「だけど岩手県の事件だからなあ」

「朝比奈さん、岩手県内で事件に遭遇したことは」

「ないよ。青森なら月影村《つきかげむら》の事件がそうだったけど、岩手はね」

「だけど、どっちにしても他殺の可能性なしで処理されちゃっているわけですから、いまから話を蒸し返すのはむずかしいでしょうねえ」

「健太君のおじいさんは納得《なっとく》していないようだけど、遺族の意見ですら聞き入れてもらえないんだから、ぼくらがノコノコ出かけていったところで、警察に対して何ができるでもないだろうね。ただ、健太君が焼け死んだ鬼石をもう一回だけ見てみたいという気になったのは事実だ」

「気分がのってきましたか」

「少しだけね」

少しだけ、というわりには、表情を輝かせて朝比奈が言った。

「どんなトリックを仕掛ければ、田んぼの中にポツンとある石の上で少年を焼き殺せるか。しかも、可燃物の補助もなく、そして何の抵抗もできないような状態で——この方法をなんとかして考えてみたいんだ」

「もしあれが何らかのトリックによる他殺だとしたら、少年が紫色のカツラをかぶって女装していたというのも何か関係がありますかね」

「間違いなくあると思う」

朝比奈は断言した。

「ぼくは彼のお姉さんからもきいたんだけれど、健太君には、ロック方面の趣味はまったくなかったそうだ。それなのに、ロック系の女装をしていた。となると、そこには特別な意味合いがあったとみるのが当然だよ」

「で、具体的にきょうはどうします。鬼死骸村へぼくを連れていっていただいたあとは」

「もちろん、川路さんにまたきましたという挨拶《あいさつ》をしておくつもりだよ。そのあとは、ともかくきょうは高木さんのリクエストどおり、気仙沼へ直行しようよ。フカヒレ寿司を食べられる最後のチャンスならば」

「川路さんには、そんなことは言えませんけどね」

高木は申し訳なさそうに肩をすくめ、そして冷たい水の入った紙コップを朝比奈に渡した。

「はい、これ」

「ありがとう」

「じゃ、席に戻りましょうか。朝比奈さん。まだ一ノ関に着くまでたっぷり時間はありますから」

稲場亜紀子は、愕然《がくぜん》としてその場にたたずんでいた。

二重三重のショックがあった。

信じられなかったけれど、いま目の前にいたのは、推理作家の朝比奈耕作だった。著者写真で見慣れた、あの髪の毛をカフェオレ色に染めた朝比奈耕作だった。

もしそれだけならば、稲場亜紀子はためらうことなく、握手かサインを求めて駆け寄ったに違いない。ところが、朝比奈耕作と連れの男性との間で、驚くべき会話が交わされていた。

鬼死骸村のことである。

これほど珍しい名前でありながら、ほとんど世の中の話題になったことのない地名が、よりによって偶然出会った朝比奈耕作の口から出ている。

しかも二人は何と言っていたか。その鬼死骸村で少年が焼け死んだようなことを話していたではないか。しかも、殺人の可能性すらあるという。

これは明らかに現代の話だった。それもつい最近の話のようである。だから『鬼死骸村の殺人』というよりは、正確には『旧鬼死骸村地域での殺人』というべきだろう。そのことが、朝比奈たちの話題に上っていたのだ。

推理作家だから、新作の打ち合わせでもしているのかとも思ったが、どう考えても、話の流れから実際の殺人が起こったものと受け止めたほうがよさそうだった。

しかも二人の会話の中に『オニイシ』という言葉が出てきた。そこで『ケンタくん』という少年が焼け死んだというのだ。

（鬼……石……）

当然のごとく、その言葉が頭に浮かんだ。

（石……石？）

突然、いま見直していたばかりの写真のことが頭に浮かんだ。

あれは石の写真だったではないか。

（もしかして、私に届けられたのは鬼石の写真？）

そして亜紀子は、朝比奈たちがよりによって自分の郷里の気仙沼へ向かおうとしていることも聞かされた。

混乱した。

ひどく頭が混乱した。

偶然という名の神が、いま自分に何かを仕掛けようとしているのが、亜紀子にははっきりとわかった。だが、その何かが何であるのか——そこまではつかみとれない。

しかし、もしも偶然という名の、あるいは運命という名の神がいるならば、自分を無駄には朝比奈耕作という作家に会わせてはいない、と思った。

朝比奈耕作さんが私のそばにいて助けてくれていたら——ついさっきも、自分はそう思っていたばかりではないか。その本人が、突然いま自分の前に現れたのである。この混み合った新幹線の中で、だ。

その奇跡的な出会いに、必ず意味を持たせなければだめだ、と稲場亜紀子は直感的に思った。

（いま、あの人のあとを追いかけていったほうがいいのだろうか）

一瞬、そんなふうにも思ったが、別の声がささやいた。

（きっと会える。自分から無理をしなくても、きっと私は朝比奈さんに会える。そして、いちばん危ないときに、あの人は私を救ってくれる）

亜紀子は、その声に従うことにした。

そして彼女は、一種異様な興奮状態を内面に抱えて、自分の席に戻った。

「どうしたの、アキ」

敏感な新庄真由美が、すぐに亜紀子の変化に気づいてたずねてきた。

「何かあった？」

「どうしてそう思うの」

「なんていうか……トイレに行って帰ってきたら、妙に顔が輝いてるから」

「変な言い方しないでよ、真由美」

亜紀子の顔に自然な笑みが浮かんだ。

「べつに行く前の私と、何も変わっていないけど」

と答えながら、明らかに自分の心の中に、何かが芽生えているのを亜紀子は感じ取っていた。そしてそれが表情の変化に現れていたとしても当然だろうと思った。

増岡史也のような男に惹《ひ》かれたりせずに、朝比奈耕作を自分の心の中に抱いて、そして生きていったほうが、自分は正しい人生を歩いていけるかもしれないし、そして自分の中にもはっきりひそんでいる「鬼」の部分を消し去ることができるのではないだろうか、と亜紀子は、そのことに気づきはじめていた。

（よく考えたら、私はいままで『いい男』と出会ってこなかったのかもしれない）

いい男、とは見た目の問題ではない。心の澄《す》んだ男、と言い換えたらよいかもしれない。

たしかにこれまで亜紀子は、数多くの男と恋をしてきた。他の女から無理やり奪い取る形で、見た目にいい男を自分のものにしてきた。

しかし、すぐに心が満たされなくなって別れてしまう。そんな虚《むな》しい繰り返しを重ねていくうちに、かえって自分のイヤな部分ばかりが心の中で増幅されていった。

それを亜紀子は「鬼」という概念で感じていたのだ。

その一方で、亜紀子が朝比奈耕作の書くミステリーに惹かれていたのは、推理小説のストーリーとしての面白さそのものよりも、そこに流れる人間観というか人生観だった。そこに作者の朝比奈耕作の澄んだ目を見ることができたのだ。

それが亜紀子を朝比奈耕作の虜《とりこ》にしているのであり、決してミステリー作家としての彼に傾倒しているのではなかった。

(もしかすると、私が書くべきなのは推理小説じゃなくて、もっと別の小説なのかもしれない)

ふとそんな考えが頭をよぎった。

が、それはまだ新庄真由美に話すべきではないと思った。そういった心境の変化を真由美はすぐには理解できないだろうし、それよりも自分の朝比奈に対する気持ちを別の女性と分かち合いたくはない、という思いが強くあった。

それからの亜紀子は、新幹線が一ノ関駅に着くまで、さっきとは別の意味でうわのそらだった。

心の中に朝比奈耕作というカフェオレ色に髪を染めた推理作家がするりと入り込んできて、その彼にずっと話しかけつづけてきていたからだった。

(私を助けてね、朝比奈さん)

祈るような思いで、亜紀子は語りつづけていた。

(もしも私に何かあったら、きっと助けにきてね)

しかし、朝比奈耕作へのそんな思いをあざ笑うかのように、稲場亜紀子の身に、また新たな恐怖が襲いかかった。

それは、新幹線が一ノ関駅に到着した直後のことだった——

7

「わあ、さむうううううい」

ホームに降りるなり、白い息を吐きながら新庄真由美が悲鳴をあげた。

「東京も寒かったけど、ぜんぜん違うね、こっちは。やっぱり東北なんだあ。雪が降っていないのが不思議なくらい」

稲場亜紀子のほうはホームに降り立ったとき、まず朝比奈耕作の姿を必死に目で探した。彼がこの駅で降りることは、さっきの会話でわかっていたからだ。

そして、編集者らしき男と連れ立って歩く彼の姿を見つけたとき、亜紀子はよっぽどそちらへ駆け出していこうかと思った。もしも真由美がいっしょにいなければ間違いなくそうしていただろう。

しかし、きっといちばん必要なときに朝比奈さんと会える、という自分の声を大切にして、亜紀子は改札口のほうへ階段を降りていく彼の姿を黙って見送っていた。

そして、わざと彼との距離をおくように、ショルダーバッグとは別に持参した旅行バッグをホームの床に置き、赤いコートのボタンをゆっくりと留めた。

「なんだかフカヒレ寿司というよりは、フカヒレラーメンを食べたい、って寒さだね」

真由美が足踏みしながら言う。

「それから、どうせだったら温泉にも行きたいなあ。ねえ、アッキー、どっかおすすめの温泉があったら行こうよ。日帰り入浴でもいいからさ」

「……」

「ね、アッキー。どこかいい温泉……なに、どうしたの？」

真由美は、いぶかしげな表情を作って亜紀子にたずねてきた。

「……」

その問いかけには答えず、亜紀子はいま着たばかりのコートのポケットに片手を突っ込んだまま、遠くを見やっていた。

いや、実際にはそうではなく、愕然として声が出ないでいたのだ。

「ねえ、どうしたの、ってきいているんだってば」

「真由美、何か私を脅《おど》かそうとしている？」

「脅かす？」

ますますいぶしげな顔で、真由美はきき返した。

「脅かすって、何よ」

「私のコート……」

「コート？」

「私のコートのポケットに何か入れた？」

「えー？　べつにそんなことするわけないじゃない。何が入っているの」

と、真由美は亜紀子が着ている赤いコートのポケット部分へ目をやった。

「ねえ、何が入っているのよ」

「だめ……見せられない」

「なんで」

「だめだめ、見せられない、絶対に」

恐怖に引きつった顔で、稲場亜紀子は首を左右に振った。

「だめだめ、いやいや」

「どうしたのよ、アキってば。ねえ、どうしたの」

新庄真由美は、コートのポケットに突っ込まれたままの亜紀子の右手に自分の手をかけた。

「ちょっと見せて」

「だめーっ！」

突然大きな悲鳴を亜紀子があげたので、改札口へと急ぐ客の群れが、いっせいに彼女のほうをふり返った。

「ちょっと、アッキー、やめてよ」

あわてて真由美が言った。

「私が何かへんなことしてるみたいじゃない」

「おねがい、真由美。手を放して。もういいから、何も聞かないで」

「だめ。こんどは私がダメって言う番」

真由美は毅然《きぜん》とした口ぶりで言った。

「ここでへんな隠し事をされたんじゃ、私、いっしょに旅なんかできないし、小説だっていっしょに書けない」

「………」

「そうでしょ、私の身にもなってよ。新幹線を降りたとたん、突然、コートのポケットに何か入れなかったかとアキからきかれて、何か私のこと脅かそうとしていないかときかれて、その質問の理由も教えてくれないまま、こんどは叫び声まであげられたら、私がどんな気持ちになると思う」

「………」

「もしもこのままアキがポケットの中のものを見せてくれなかったら、私、このまま東京に帰る。思わせぶりな態度で秘密を持った人といっしょにいたくないから」

「ごめん……ごめんね、真由美。そんなつもりじゃないんだけど」

徐々に人気《ひとけ》のなくなった新幹線ホームに立ち尽くした亜紀子は、そこで急にボロボロと涙を流しはじめた。

「だけど私、怖いのよ。なんでこんなことが次々と私の身に起こるのか……それがわからなくて怖いのよ」

「次々と？」

「う……ん」

亜紀子の返事は、ほとんど涙まじりになって途切れた。

そして彼女の頬《ほお》からこぼれた一筋の涙が、刺すような寒風にあおられてふわりとカーブを描きながら、ホームの上に落ちた。

「写真……」

稲場亜紀子は唇《くちびる》を震わせながら、うつむいたままつぶやいた。

「たぶん写真だと思うけど、それが何枚も私のコートのポケットに入っているの。ぜんぜん知らないうちに」

「写真？」

「うん」

「見せて」

「………」

「ね、亜紀子」

こんどはやさしく真由美は言った。

「いま、写真をつかんでいるんだったら、そのまま手を外に出して」

亜紀子は、ようやく言われるままに手を出した。しかし、自分の手で写真をつかんでいるのに、亜紀子はそれからずっと目をそむけていた。まるで自分の腕に注射されるのを見たがらない子供のように。

その手からゆっくりと、真由美は写真を取り上げた。そして、それを一枚一枚ていねいに点検していった。

「どう?」

まだそっぽを向いたまま、稲場亜紀子がたずねた。

「やっぱり写真でしょ」

「うん、ぜんぶで八枚ある」

「何が……何が写っているの」

「べつに、どうってことない写真だよ。ただの風景写真」

「もしかして、石?」

「石? 石って、なあに」

「ちがう?」

「ただの観光スナップみたいだよ、函館だよね、これは」

「え？」

びっくりして、亜紀子は初めて視線をまともに写真のほうに向けた。

「ほら、みてごらん。函館のへんの景色をただスナップしただけ」

亜紀子は真由美から八枚の写真を受け取った。そして、食い入るように一枚一枚を見つめていく。

青くなった。

みるみるうちに顔から血の気が引いていくのが自分でもわかった。

新庄真由美にとっては、ただの観光写真かもしれない。けれども亜紀子にとってはもっと意味の深いものだった。

いちばん上に、いきなり函館山の夜景のシーンがあった。

つづいて、その函館山を遠くから眺《なが》めた日中の風景がある。立待岬まで眺められそうな函館山の全貌《ぜんぼう》は、どこかで見た覚えがあった。

いや、覚えがあった、などというあいまいなものではない。そのアングルは、あまりにも明白に亜紀子の脳裏に焼き付いていた。

増岡史也とともに一夜を過ごした湯の川温泉の宿の十二階の部屋――その高い位置にある窓から二人で眺めた朝の風景にそっくりではないか。

とくに、手前に映り込んでいる近くの旅館の建物の外観は、はっきりと記憶に刻まれていた。位置関係からすると、増岡と泊まった同じ宿の、しかもほぼ同じ位置の部屋から撮影されたものであることは確実だった。

だが、あの旅行のとき、増岡も亜紀子もカメラを持っていかなかった。それは当然といえば当然の心理である。不倫旅行の証拠となるような写真を残すわけにはいかないのだから。そして、それがあの旅行でいちばん淋《さび》しいと思ったことだった。

行く先々の名所で、恋人や夫婦や家族や友人たちがおたがいに写真を撮りあっている。だが亜紀子たちには、観光地では当然であるその行動が許されない。あのときほど、人が写真を撮っているのをうらやましいと思ったことはなかったし、自分の手元にカメラがないことを辛《つら》いと感じたことはなかった。

だから、この写真がどんなに自分たちのいた場所と酷似《こくじ》した位置から撮られたものであっても、それは亜紀子自身が撮影したものでなければ、増岡が撮ったものでもない。

周囲の寒さにもかかわらず、亜紀子は緊張で身体が汗ばんでくるのを感じた。

三枚目の写真でまた彼女は衝撃を受けた。

レトロな洋風建築を正面から仰ぐようにして撮ったその写真は、やはり増岡とともに見て回った函館市内にある旧区民公会堂である。明治四十年の函館大火で集会所を失った函館区民のために建てられたもので、それを昭和五十七年に全面修復して現在に至っている。

四枚目――

こんどはトラピスチヌ修道院だった。

日本というよりも英国の田舎《いなか》にある修道院といったたたずまいのその場所を、二人で腕を組んで歩きながら、亜紀子は、こんなところを神様に見られたらバチがあたる、とふと思ったものだった。

そしてそのバチが、実際にいまあたりはじめているのかもしれない。そんな恐怖におののきながら五枚目を見る。

頭がくらくらしてきた。

海面に夕日を映し出す立待岬の光景だ。

そして亜紀子は初めて気がついた。これらの写真は、増岡と亜紀子が訪れた場所を正確になぞっているだけでなく、二人の行動したのとまったく同じ時間帯に撮影されているのである。

ということは……。

六枚目――

その写真を見たとき、亜紀子は自分の恐ろしい推測が当たっていると思った。

六枚目は函館の北にある大沼を訪れたとき、その手前の小沼越しに見た駒ヶ岳の印象的な風景が写し込まれていた。

その雲の形を見たとき、ああ、と亜紀子は心の中でうめいた。レンタカーを運転していた増岡に、思わず「停めて、停めて」と叫んで、路肩《ろかた》に車を寄せてもらい、そこでじっと眺めた初冬の澄み切った青空。そこに浮かぶ白い雲。深い感動とともに見つめていた、あのときの空のかたちは、いまもなお正確に亜紀子の記憶に刻まれている。そして、写真に写っているのは、まさにその空だった。

(そういえば……)

亜紀子は思い出してきた。

あのとき、増岡と二人でじっと空を眺めていたら、後ろから白い乗用車がやってきて、少しだけ離れたところに停まったではないか。

誰でも同じところで景色を眺めたがるものだなと思いながら、せっかくこんなに静かな空間でふたりきりになれたのに、と妨害されたうらめしさを抱いた覚えがあった。

それまで亜紀子を後ろから抱きすくめる形で景色を眺めていた増岡も、その車の到来に少ししらけた感じで、「じゃ、行こうか」と身体《からだ》を離したのだった。そういう場面の記憶がはっきりとよみがえってきた。

では、白い乗用車を運転していたのは、いったいどんな人物だったか。

(サングラスをかけた女……)

そこまで亜紀子は思い出した。

助手席には誰も乗っていなかった気がする。サングラスをかけた女が、ひとりで運転して亜紀子たちの十数メートル後方に車を停めたのだ。

もちろんそのときは、それ以上の詮索《せんさく》をするつもりはなかったが、もしかすると亜紀子たちはその女につけられていたのではないか。そして写真を撮られていたのではないか。

これまでの六枚の写真は、亜紀子たちが見てきたのと同じ風景が撮影されてはいたが、そこに増岡や亜紀子自身の姿が映り込んでいるものはない。

だが、これは暗黙の脅しではないか、と亜紀子は感じはじめていた。最初は風景だけの写真を送り付け、次の段階で二人の姿を捉《とら》えた写真を送ってくるのではないか、と。

そんなことをする人物は、もちろんひとりしかいない。増岡の妻、治恵である。彼女は、夫から告白されるよりも前に、二人の不倫に気づき、尾行をはじめていたのではないか。

コートのポケットに覚えのない写真らしきものが大量に入っている感触を察知したとき、初め亜紀子は、正直なところ新庄真由美のことすら疑った。

だが、亜紀子たちが秘密の不倫旅行をしている週末、真由美の所属する総務部員は、全員で一泊二日の部内旅行として初冬の伊豆に出かけているのである。もちろん真由美もそれに参加していた。

それこそミステリーではあるまいし、伊豆の部内旅行に参加していた真由美が、北海道で亜紀子たちをつけ回したりできるはずがない。

そんな可能性を一切のぞけば、これらの写真を亜紀子のコートのポケットに忍ばせたのは、撮影者とみられる増岡治恵以外に考えられなかった。つまり、治恵が亜紀子のあとをつけて、たったいましがたまで同じ新幹線に乗り込んでいた可能性が大なのだ。亜紀子の自宅郵便受けに、謎めいた石の写真を届けたように……。

亜紀子は反射的に周囲を見回した。

だが、すでに一ノ関駅の新幹線のプラットホームはがらんとして、まったく人影がない。遠くのほうに駅員がポツンとひとり立っているだけである。

けれども亜紀子は、そこに「目」の存在を感じていた。「鬼の目」の存在を。

「こわい……」

おもわずそんな言葉が口から洩れた。

え、と真由美がきき返してきたが、それには応じず、亜紀子は残り二枚の写真にすばやく目を走らせた。

一枚は五稜郭タワーから見下ろす五稜郭の俯瞰《ふかん》写真だ。これも、もちろん亜紀子の記憶にはっきり残っているアングルだった。

そして最後の一枚――

「ああ」

うめき声が出た。

「どうしたのよ、アッキー。ねえ、どうしたの」

真由美が心配そうな声をあげて、亜紀子の手にある写真をのぞき込んできた。

「その写真がどうかしたの」

「……」

声が出なかった。何か言葉を出そうとするのだが、舌がカラカラに渇いて、まったく思うように動いてくれなかった。

最後の写真には、函館版ベイエリアともいうべき一角に建つ、レトロなレンガ造りの金森倉庫群が写っていた。

そしてその倉庫沿いに停めてある車の列のひとつに、増岡と乗っていたレンタカーが映り込んでいた。停めた場所まではっきり覚えていたから間違いはなかった。

(やっぱり尾行されていた)

その決定的証拠を突きつけられたとき、亜紀子は、自分たちの姿を直接捉えられるよりもっと恐ろしい敵意を感じ取った。

これだけの執念《しゅうねん》があれば、増岡治恵はどこまでも自分を追いかけてくる、と思った。

「真由美……」

急に心臓の苦しさを覚えて、稲場亜紀子はその場にうずくまった。

「たすけて……私……ころ……」

まさか自分の口にそんな言葉がのぼってくるとは思いもよらなかったが、しかし亜紀子は、それを止めることができなかった。

「私、殺されちゃうかもしれない……鬼に」

「鬼？　鬼ってなによ」

「………」

「ねえ、亜紀子」

真由美は思い切り亜紀子の身体を揺すぶってきいた。

「鬼って、何のこと？　鬼死骸村の鬼？」

その問いかけに、亜紀子はホームにひざをついたまま、うなずくことしかできなかった。

と、そのとき、こもった音で携帯電話のベルが鳴り出した。

稲場亜紀子は、恐怖でビクンと身体をのけぞらせた。

増岡史也か、あるいは増岡の妻治恵からの電話に違いないと思い、恐怖に目を見開いた。

だが、それは彼女の携帯ではなかった。

「あれ、誰なんだろう、こんなときに」

いぶかしげな声を出したのは、新庄真由美だった。そして彼女は、自分のバッグから軽《かろ》やかな着信音を響かせる携帯電話を取り出した。鳴っていたのは、真由美のほうの携帯だったのだ。

「もしもそれが……課長からだったら切って」

唇を震わせながら、亜紀子が懇願《こんがん》した。

「増岡課長だったら、お願いだから何も言わないで切って」

真由美は、亜紀子のその頼みに目でうなずきながら、通話開始ボタンを押した。

「おい、新庄君か。新庄君だな」

いきなり真由美の耳に飛び込んできたのは、増岡ではなく、彼女の上司の馬場《ばば》総務部長の声だった。

「いまどこにいるんだ、きみは」

「どこにって……一関ですけど」

亜紀子に向かって首を横に振り、増岡からではなかったことを示しながら、真由美は電話の相手に答えた。

「一関？　どこだ、そりゃ」

「東北新幹線の一ノ関駅ですけど……」

「旅行中か」

「ええ、まあ、そんなものですけど。で、部長、何か」

「何かどころじゃないよ、えらいことが起きちまった。営業一課の須崎君がな、焼け死んだんだよ」

「須崎さんが、焼け死んだ？」

総務部長の言葉をリピートした真由美の声に、稲場亜紀子は新たな驚きでまた身をこわばらせた。

「それはどういうことなんですか、部長」

白い息を吐きながら問い返す真由美の声が、はっきりとうわずっていた。

「どういうことなんか、おれにもさっぱりわからん。とにかく彼のアパートが全焼しちまってな、そこから黒焦げになった須崎君の死体が見つかったそうなんだ」

「いつ……のこと……ですか」

携帯電話を握る真由美の手が微妙に震え出しているのを、亜紀子はぼんやりと見ている。会話のすべてが聞こえない以上、亜紀子はそうしているよりなかった。

「警察からの連絡では、けさの十一時前後らしい。しかも火元が須崎君のところだというんだよ。それでな、とにかく連絡を受けておれはすぐに、営業一課長の増岡君のところに電話をしたんだが、誰も出んのだ。

正月は子供二人をスキー合宿にやるとかいう雑談を彼から聞かされた覚えはあったんだが、増岡君本人は寝正月だと言っていたからな。しかし、彼もつかまらんし、奥さんもつかまらん。……おい、新庄君、聞いているのかね」

「あ、はい、聞いています」

短く答えてから、真由美は携帯電話を押し当てる耳を、右から左に変えた。

「それでな、まあ正月休みという時期も時期だし、あえてみんなを無理に呼び戻したりする騒ぎにはせんつもりだが、けどな、せめて営業一課の人間と総務の人間ぐらいは、都合のつく者はお線香のひとつでもやらにゃいかんだろうということで、こうやって連絡しとるんだが、ほんとみんなつかまらんでなあ」

総務部長の馬場は、しわがれた声で一方的にまくし立てた。

「携帯電話を持っとる連中がほとんどのはずなのに、どいつもこいつも伝言メッセージ状態で、ろくにつかまりゃせん。で、きみはどうなのかね新庄君、このところの予定は」

「すみません、私……」

ためらいながら、真由美は答えた。

「どうしても変えられない約束で旅行をしているものですから」

「だろうな、うん、それはわかる。若いもんはみんなあちこちに出かけて当然だわな。寝正月を決め込むのは、私らのようなぐうたら世代だけだろう。ま、最初に言ったように、社葬にするような状況ではないから、強制はせん。ただな、きみのほうからも社員への連絡網だけは回してほしい」

そして総務部長の馬場は、真由美に細かな指示を与えてから電話を切った。

「どうしたの」

亜紀子は青くなってたずねた。

「須崎さんが焼け死んだって、ほんとうなの」

「うん」

短くうなずいてから、新庄真由美はしばらく黙り込み、そして言った。

「たしか亜紀子、あの人のこと大嫌いだったよね。須崎さんのこと、生理的に絶対受け付けられないって言ってたよね」

「え？」

「忘年会でも、あの人と同じ鍋つついて、それで吐き気を催したんでしょう」

「だから……何なの」

真由美の真意を計《はか》りかねて、亜紀子が表情を引きつらせた。

「それと、須崎さんが焼け出されたことと、何の関係があるの」

「あ、誤解しないでね、アッキー」

真由美は笑いながら手を振った。

日本人にはよくあるタイプの、TPOをわきまえない弁解の笑いだったが、亜紀子はそれに猛烈な不快感を覚えた。

真由美自身、いまの連絡でショックを受けていたはずなのに、そして冗談でも笑える場合ではないはずなのに、どうしてそんな笑顔が反射的にでも作れるのかと、亜紀子は胸がむかついた。

「ね、私は、何もあなたのことを疑うとか、そういうつもりで言っているんじゃないのよ」

まだ真由美の顔に笑いが浮かんでいた。

が、亜紀子の睨《にら》むような視線を受けて、真由美はスーッと笑顔を引いた。

「はっきり言うね、アッキー。あなた、増岡課長とできているでしょ」

「………」

ズバリ切り込まれて、稲場亜紀子は返すべき言葉を失った。そしてこんどは、新庄真由美が真剣な顔で突っ込んできた。

「私の目はごまかせないわよ。そしてこの写真は、課長と二人で函館を旅行したときの記念スナップでしょ」

そこは部分的に当たっていて、しかし部分的にははずれていたが、核心をついていることに変わりはなかった。

「その写真が、なぜかアッキーのコートのポケットに入っていた。たぶん、誰かが網棚に置かれたあなたのコートにそっと入れたのよね。新幹線の中はあれだけの混雑だから、そういう動きをしても、真下に座っていた私たちだって気がつかなくても不思議じゃない。そして、最初にアキが私のしわざじゃないかって疑ったのもよくわかる。だって、それがあなたのコートだって知っているのは、あの場では私しかいないはずだしね。

でも、あなたのことをずっとつけていた人間がいたら、あなたのコートがどれかを確認できるはずだし、もっと言えばよ、函館に課長といっしょに旅行へ行ったときも、その人間が尾行していたとしたら、稲場亜紀子のコートについての記憶ははっきりあるはずだわ。だってあなた、そのときもいまと同じ赤いコートを着ていたんでしょう」

「……………」

亜紀子は、真由美の論理的な分析に何も反論できなかった。

まさにすべてがそのとおりだと思った。推理作家に向いているのは、自分ではなく真由美のほうかもしれない、とも思った。

「あなたを追いかけているのって、増岡課長の奥さんよね」

亜紀子が心の中で抱いていた疑惑を、真由美がズバリ指摘した。そして、彼女はこうつけ加えた。

「奥さんをそれほどまでに怒らせるところまで二人の関係が進んでいるんだったら、増岡課長は稲場亜紀子のためなら何でもやるわよね。あなたの気分を悪くさせるような男を殺すことだって」

第四章　鬼が怒り出す

1

「いやあ、うまいなあ、フカヒレ寿司って」

舌鼓《したつづみ》を打ちながら、高木洋介が感動した声を出した。

「フカヒレっていうと、どうしても中華のこってりした味を連想してしまうけど、けっこう繊細《せんさい》ですねえ」

その言葉に、カウンターに並んだ朝比奈が納得《なっとく》のうなずきを繰り返し、そして出されたフカヒレ寿司をまたひとつ口に運ぶ。

旧鬼死骸村にある鬼石などを高木に見せ、そして川路健太少年の祖父に再度来訪した挨拶《あいさつ》を交わしてから、朝比奈はレンタカーのハンドルを握って、一路気仙沼までやってきていた。

予定どおり、今晩は気仙沼のホテルに一泊する予定で、明日はこの周辺の名所などを見つつ、一関に逆走していこうというのが高木の提案したプランだった。

つまり、バス停鬼死骸の近くで起きた少年の謎の焼死事件に関する本格的なフィールドワークは、明日の夕方から、という段取りである。

朝比奈としてはその間に、こうしたグルメ体験や、あるいは自分の小説の舞台探しになるような観光を取り入れることは、死んだ健太少年に対していささか気がとがめるところがあったが、あまり主観的にのめり込まず、客観性を保った視点から現場を見直すには、こうした気分転換を最初にやっておいたほうがよさそうだとの高木の意見には、反対するべき理由もないと思った。

そして二人は、夜の七時すぎにこの店にやってきた。

カウンターはほぼ満席で、テーブル席も一つをのぞいてすべて埋まっていた。年末休みに入って解放された気分に満たされているせいか、どの客も話し声が大きい。だから、板前とカウンター越しに話をするにも、かなりボリュームを上げなければならなかった。

「どうです、二種類召し上がってみて、お客様は、どちらのほうがお好みでした？」

と、店の主人がきいてきた。

高木と朝比奈の前に出されたフカヒレ寿司は二種類あって、ひとつは『姿』と呼ばれるカズノコ型のもので、フカヒレの形をそのまま残している。そしてもうひとつは

『錦糸』と呼ばれるフカヒレを糸状にほぐしたものだった。

『姿』のほうは、まさしくカズノコそっくりの色合いをしていてかなり薄味だが、『錦糸』のほうは同じフカヒレとは思えないほど濃い飴色《あめいろ》をしており、こちらは甘酢によってキリッとした味付けがしてあった（『取材旅ノート』参照）。

「ぼくは錦糸のほうが好きだなあ」

と高木が言えば、朝比奈もうなずいて、

「ぼくも錦糸のほうが口に合いますね。姿もおいしいけど、錦糸は味がはっきりしているぶん、印象に残るというか」

「そうですねえ、初めてフカヒレ寿司を食べたお客さんは、だいたい錦糸のほうをお好みになりますね。味がわかりやすいですから」

と、風呂あがりのように血色のいい店の主人が言う。

「このフカヒレって、ようするにサメの鰭《ひれ》のことなんでしょうけど……」

朝比奈がたずねる。

「この気仙沼に水揚げされたものなんですか」

「そうですよ。昔はね、マグロの延縄《はえなわ》漁業のおまけみたいなものだったんですがね」

「延縄……ですか」

「そう。お客さんたちは都会の若者だからごぞんじないかもしれないけど、延縄ってのは、私はよくこういうたとえをするんだけど、パン食い競争ね、いまじゃ運動会でもあんまりやらないかもしれないが、私らが子供のころは運動会でこれがいちばん楽しみだった、このパン食い競争に似てるんですわ。

つまりパン食い競争で横に張られたロープね、これに相当するのが幹縄《みきなわ》というんだけど、それに随所に浮きを付けたものを、なんと長さ百五十キロほどもバーッと流していくわけですわ、海にね」

「長さ百五十キロですか」

朝比奈が驚いてきき返す。

「そうですよ。延縄漁業のスケールっていうのはね、とてつもなくデカいんです。幹縄を投げ入れるだけで三時間。引き揚げるときは十時間もかかります。

でね、その幹縄には長さ三十メートルほどの枝縄《えだなわ》と呼ばれる仕掛けが、ざっと三千本付いてる」

「三千本！」

と、こんどは高木が驚く。

「そう。その三千本の枝縄の一本一本に、サンマとかサバとかイカといった餌《えさ》を付けとくんですね」

「そこがパン食い競争でいえば、パンをぶら下げておくタテ紐《ひも》にあたる部分ですね」

「そうです、そうです」

朝比奈の確認に、寿司屋の主人は大きくうなずいてみせた。

「私も実家は漁師で、オヤジは延縄漁船に乗り込んでいた。それで、いったん出かけたら一年とか一年半とか帰ってこないですからね。子供心に淋《さび》しかったねえ。そして、たまに漁から戻ってくると、延縄はこういうもんだ、っちゅうて教えてくれるわけです。そのイメージが頭ん中にあるから、運動会でパン食い競争やると、なんだか自分がマグロになったみたいでね」

ほかの客の注文を握りながら、店の主人の話はつづいた。

「で、その枝縄の仕掛けにはマグロばかりじゃなくて、サメもかかるわけですよ。それも結構な量でね。最初はその処理に困って捨ててたりしていたけど、それじゃあまりにもったいないだろう、ということで、フカヒレのうまい加工法を研究して、いつのまにかフカヒレなら気仙沼、という評判が高まってきたわけです」

「そうなんですか。ぼくはフカヒレといえば香港《ホンコン》というイメージばかりありましたけど」

「東京に帰ったら気仙沼のフカヒレを宣伝してやってくださいよ、お客さん」

主人が笑いながら朝比奈に言った。

「東京のちょっとしゃれた中華料理屋でフカヒレを注文したら、目の玉が飛び出るくらい高いでしょう。でも、気仙沼じゃそんなことないですから。ただし、一口にフカヒレといっても、どの種類のサメにするかでだいぶ違いましてね。ウチで使っているのはアブラザメという小型のものに限っていますが」

「味がいいからですか」

「そういうことです。ラーメンに入れるのと違って、やっぱり寿司にするのは、さっきこちらのお客さんがおっしゃったように繊細《せんさい》な部分がないといけませんから」

「ねえ、朝比奈さん、フカヒレを堪能《たんのう》したから、ほかのネタもガンガンいきましょうよ」

　うれしそうな顔で、高木が言った。

「あわび、かき、うに、大とろ、赤貝……ひゃあ、たまんないな、これ。東京からわざわざ食べにきたかいがありますね」

「お客さん、気仙沼までわざわざ寿司を食べに」

「そう」

　本当の目的は伏せて、高木が大きくうなずいた。

「こんな熱心な客って、あまりいないでしょ」

「いや、それがそうでもなくて」

　笑いながら、店の主人が言った。

「東北新幹線ができてからは、まあ日帰りというのはしんどいでしょうが、一泊二日の気軽な旅で気仙沼までうまい寿司を食べに行こうという方も増えましてね」

「え、ほんと。ぼくたちだけじゃないの」

「はい、うちには東京からわざわざ食べにこられるお客さんが大勢いらっしゃいますよ。たとえばお隣さんがそうでして」

主人は、朝比奈の隣に座る黒いハイネックセーターを着た中年男に目を向けた。

スポーツ関係の人間かと思わせる、よく日焼けした顔の持ち主で、髪もいかにもスポーツマンらしく短く刈り込んだ男だった。そしてセーターの上に、何かの牙をあしらったようなペンダントを下げていた。

ほとんどの企業が正月休みに入ったこの時期、寿司屋を訪れる客は、まず大半が家族や知人などの連れを伴っていたが、その男だけは、ふらりとひとりでやってきたようだった。

が、愛想はあまりよくなく、店の主人から水を向けられたにもかかわらず、うなずきもしなければニコリともせず、話にはまったくのってこようとしなかった。それで店の主人もバツが悪そうな様子になったし、朝比奈も高木も、男があまり他人と話したがらない雰囲気であるのを察知して、直接声をかけるのはやめにした。

で、その場を取り繕《とつくろ》うように、高木が話題を変える。

「ところでご主人、このあたりでどこか面白いところないですか」

「いい女の子がいる店ですか」

「いや、そうじゃなくて」

苦笑しながら、高木は訂正《ていせい》した。

「なんていうんですか、観光スポットというか、絵になる場所というか」

「絵になる……というと、お客さんはテレビ局とか映画関係の方とか」

「そうみえます？」

「そうね、ウチによくこられるテレビ局の人は、ロケ場所が絵になるとか、ならないという言い方をよくされるんでね、こっちも覚えちゃったんですよ、その言い回しを。で、おたくさんも同じような言い方をなさったもんですから」

「ま、そんなところですよ」

と言って、高木は隣の朝比奈とおどけた表情で目を合わせる。推理作家朝比奈耕作も、このあたりでは知られていませんね、という合図である。

もっとも、作家というものは顔を知られているようでいてあんがい認識度は低く、朝比奈などは東京の大型書店で本をクレジットカードで買ったときに、朝比奈耕作とフルネームできちんとサインをしても、それと気づかれたことがなかった。著者写真でおなじみの、特徴的なカフェオレ色に染めた髪をしているにもかかわらず、である。

「で、どういう場所がお好みなんです」

主人がきいてきたので、高木はちょっとおどけて言った。

「人殺しが似合う場所を探しているんですけどね」

「ひゃあ、人殺しが似合う場所ですか」

大きな声を上げて主人は笑った。

「するとおたくは、なんでしたっけ、二時間ドラマっていうの？　ああいう推理劇場みたいなのを作られているんですか」

「まあね」

「すると、こちらは俳優さん？」

と主人が朝比奈のほうを指したので、おもわず高木は吹き出しそうになったが、先に朝比奈のほうがまじめな顔で答えた。

「そうです」

「じゃ、探偵役」

「……ならいいんですけど、いつも犯人か殺される役のどっちかで」

「あ、そう。まあたしかに、こう言っちゃ失礼かもしれないけど、探偵っていう顔じゃないわなあ」

あんがい主人も言うので、また高木が笑いをこらえるのに必死になっている。

「しかし、人殺しが似合う場所と言われたってねえ、こっちは毎日包丁《ほうちょう》を使う商売だけど、それを殺人の道具には使わんからなあ」

「べつにその、刃物で殺すとは限らないんですけどね」

笑いをかみ殺しながら、高木がつづけた。

「なにかこう断崖絶壁《だんがいぜっぺき》から突き落とすのにふさわしい場所とか」

「ああ、だったら巨釜半造《おがまはんぞう》あたりがいいんじゃないんですかねえ」

「オガマ……ハンゾウ？」

高木がきき返した。

「なんですか、それは」

「お客さん、唐桑《からくわ》半島ってごぞんじですか」

「名前だけは」

と、こんどは朝比奈が答える。

「この気仙沼からすぐのところですよね」

「ええ、そこはリアス式海岸の典型的な地形をしていて、ゴツゴツと荒々しい岩と打ち寄せる波とがぶつかりあってね、そりゃあ迫力のある景色がみられるんですよ。その代表的な場所が、巨釜と半造。巨釜というのは、巨人の巨にお釜の釜ね。そう書きます。それから半造は半分に造ると書くんだけど、その二つの場所は見ものです。二時間ドラマの撮影にはおあつらえむきじゃないかな」

朝比奈たちをテレビ局の人間だと信じ込んだ店の主人は、さらに言った。

「そこだったらね、殺人が起きる場所としてはぴったりですよ。ただし撮影には気をつけてくださいよ。実際に、巨釜では岩場から釣り人が足を滑《すべ》らせて転落死する事故も起きていますから」

「断崖って感じなんですか」

「断崖の部分もあるけど、意外と下まで降りていける場所もある。ただね、岩からツルッと落ちると、高さでやられるんじゃなくて、ものすごい波の力でやられちゃうんだな」

「波の力で」

「そう。そもそもそこを巨釜——つまり巨大な釜と書くのも、岩礁《がんしょう》の中に打ち寄せる波が、砕《くだ》けに砕けて真っ白な泡を立て、まるでお釜の中で煮えたぎる湯のように見える、それで巨釜と名付けられたぐらいで」

「波に翻弄《ほんろう》されて岩にぶつかると、人間の身体《からだ》はひとたまりもない」

「そのとおり。あそこはね、いくら泳ぎが達者だからって、そんなのは何の役にも立たない。ライフジャケットを着けていたって、落ちたらアウトの可能性は大きいです。しかも、なかなか死体があがらないんだなあ」

その言葉に、朝比奈と高木は顔を見合わせた。

「だから、お客さんたちがほんとうにそこを撮影に使うんだったら、じゅうぶんに気をつけてください。わたしゃイヤですよ。自分の推薦《すいせん》した場所で、おたくたちが事故を起こしたら」

「で、半造っていうほうはどんな場所ですか」

興味を惹《ひ》かれた朝比奈がきいた。

「半造は巨釜から一キロも離れていないところにあって、車で移動すりゃほんの二、三分の距離にあるんですが、見た目は巨釜よりは地味ですけど、ここはここで面白い場所がありましてね」

「というと」

「吠《ほ》えるんですよ」

「何が？」

「何が吠えると思います」

「野犬……ってことはないだろうな。でも熊が棲《す》んでいるとも思えないし」

首をかしげる朝比奈に、店の主人は言った。

「大地が吠えるんです」

「地面が？」

「そう。これをね、真夜中に聞いてごらんなさい。怖いですよー。ぜひ二時間ドラマに使ってもらいたいですね、この吠える半造は」

「吠える半造、ですか」

その言い回しが気に入って、朝比奈は自分の口で繰り返した。

「で、なぜ半造の地面が吠えるんですか」

「それはですね」

と、店の主人が説明をはじめたとき、朝比奈の視野の片隅に、ハイネックセーターを着た隣の男の妙な動きが目に入った。

男は日焼けした顔をうつむけたまま、右手に持った割り箸《わばし》を醤油《しょうゆ》の入った小皿に突っ込んで、意味もなくそれをかき回していた。

いや、醤油をかき回しているように思えたのは最初のうちだけで、横目でしばらく眺《なが》めているうちに、朝比奈はその男が割り箸で、醤油皿の中に字を書いていることに気がついた。

巨釜　半造　巨釜　半造　巨釜　半造

店の主人が説明した字面を、その男は醤油皿の中に何度も繰り返し箸で書いているように、朝比奈には思えた。

もちろん、箸の動きを横から見ただけでは、どんな字を書いているかまではわからない。だが、周囲の客の喧噪《けんそう》で目立たないが、男の唇《くちびる》からぶつぶつと小声で、同じ言葉が繰り返し洩《も》れているのが、朝比奈の耳には届いていた。

「巨釜半造、巨釜半造、巨釜半造……」

間違いなくそうつぶやきながら、牙のペンダントを下げた男は、その字の形に箸を動かしていた。

2

時刻は午後の十時を回っていた。

人工的な照明のまったくない唐桑半島の半造エリアは、真の闇《やみ》に閉《と》ざされていた。

夜空に月は出ていない。

もしも晴れていれば、澄み切った空気を通して満天の星空を望むことも不可能ではない場所だったが、いまはびっしりと厚い黒雲に覆《おお》われており、辛《かろ》うじて切れ間の一部からわずかな星が顔をのぞかせて弱々しくまたたいているだけである。

冬場は、日中でもそれほど多くの観光客が訪れるわけでもないこの半造の駐車場に、夜間は車の姿を見かけることはまずない。

だが、いま一台の乗用車が静かに滑り込んできて、ガランとした区画のいちばん海岸寄りのスペースに停止した。

そして、まずヘッドライトが消え、間を置いてからエンジンも停められた。チチチチチと、急速にエンジンブロックが冷えていく音がしばらくつづき、そしてあとは静寂《せいじゃく》——

この駐車場あたりでは、風にあおられた樹々のざわめきしか聞こえない。岩肌にぶつかる波しぶきの音も、よほど耳を澄まさないかぎりはここまで届いてこなかった。

車の中にいる二人の人物は、しばらくは無言のまま身動きひとつしなかった。

やがて、運転席に座ったほうの女性が口を開いた。

「それで……」

極端なかすれ声である。

「ほんとうにくると思うの？」

稲場亜紀子の声だった。

「たぶん」

助手席で答えたのは、新庄真由美である。

亜紀子は気仙沼市内にある実家から、親の車を借りて真由美と二人で唐桑半島へやってきた。

親にはカラオケへ行ってくるとウソをついてあったし、そんな断りをしなくても、すでに二十七歳になる亜紀子の行動に対していちいち干渉《かんしょう》してくるような親ではなかった。

だが、亜紀子の両親が、もしもこの外出の真の理由を知ったら、目をむいて驚くはずである。娘が、不倫相手の上司の妻と直接対決を決意したと知ったなら……。

「アッキーが何もかも私に話してくれたから、私もストレートに自分の考えを言えるわ。やっぱり稲場亜紀子は、増岡課長の奥さんに徹底的につきまとわれていると思う」

車の明かりも完全に消した暗がりの中で、真由美の言葉に合わせて彼女のあごのシルエットが動く。それを運転席から亜紀子が見ている。

「マンションの郵便受けに妙な写真を入れたのも、それから新幹線の中でアキのコートのポケットに写真を入れたのも、みんな課長の奥さんよ。もちろん、函館で写真を撮ったのもね。課長は、おととい になって初めて奥さんに亜紀子との不倫を打ち明けたつもりだろうけど、奥さんにはとっくの昔に見抜かれていた。そして、課長とアキの不倫旅行は完全に尾行されていた、というわけ」

「でも、わからない」

「何が」

「あの奥さんが、そこまでするなんて」

「あの奥さんって言うけど、あなた、本人と話したことがあるの」

「常務のお葬式の場で一回だけ」

「でしょう？　それだけで課長夫人の人柄《ひとがら》がわかると思う？」

「だけど、あんなにきれいで、つつましい感じの人なのに」

「じゃ、稲場亜紀子の論理からすると、美人は妙なことはしないってわけ？　清楚《せいそ》な雰囲気の人は、絶対に執念深《しゅうねんぶか》くないと言い切れるわけ？」

真由美が笑った。

また笑ってほしくないところで笑った、と亜紀子は思った。

「アッキー、人は見た目じゃわからないんだよ」

「……」

「そうでしょ。私たちって、他人の心が読めないから平気で生きていられるんじゃないかな。人間って、みんな心の中に恐ろしいものを抱えていると思う。その恐ろしい部分を、たとえ家族や恋人の間柄であっても隠していられるから、つまりおたがいに騙《だま》しあっている部分があるから、精神的なバランスを崩すこともなく、平穏無事《へいおんぶじ》な人間関係を保って生きていられるんじゃないのかな」

亜紀子はドキッとした。

言葉こそ違ってはいるが、新庄真由美もまた亜紀子や増岡と同じことを主張しているのではないか。

つまり、人の心には恐るべき鬼が棲《す》んでいる、ということを……。

「私ね、思うんだけど」

真由美はつづけた。

「ときどき自分に未来を予知できる超能力があったらいいな、って思うことがある。でも、その反面、もしも未来が見えたら恐ろしいと思ったりもする。それでもね、人の心が読めてしまうよりはマシだと思うのよ。まだ未来が見えてしまうほうが、人の心がぜんぶわかってしまうより、ずっとショックは少ないと思う」

真由美の吐く息がフロントガラスに当たって、そこの部分が白くなる。そして、その白さはずっと消えない。

エンジンを切ってデフロスターも停めたため、外気との温度差でどんどん窓ガラスが曇《くも》っていった。

十二月終わりの東北の夜の冷え込みは、東京の比ではなかった。だから亜紀子は実家でダウンジャケットに着替え、真由美にも色違いで同じタイプのものを貸していた。

ヒーターを停止してしばらくは車内に余熱が残っていたが、その暖かさもあっというまに失われていく。それほど外気は冷たかった。もちろん氷点下である。

「だからアッキー」

真由美が亜紀子のほうへ向いた。

暗がりの中で、彼女の瞳《ひとみ》だけが光沢《こうたく》を帯びて蠢《うごめ》いている。

「人は見た目で判断しちゃダメだと思う」

「わかったわ」

亜紀子は、説得《せっとく》された形でうなずいた。

「でも、ほんとうに課長の奥さんがくるのかしら」

「こなかったらこなかったで、また次の対策を考えましょう。でも、北海道までつけていった執念があるなら、必ずここへもくるわよ。留守番電話のメッセージを聞いたなら、必ずここへ」


一ノ関駅でのショッキングな出来事のあと、けっきょく稲場亜紀子は新庄真由美にすべてのいきさつを話した。そして真由美が出した結論は、増岡治恵と真正面から対決するのがいちばんの良策だ、ということだった。

相手は、ストーカー的につきまとうことで亜紀子に精神的プレッシャーを与え、それを復讐《ふくしゅう》のひとつの方法としている。だから、逃げ隠れするとよけいに追いかけてくるだろう。それならば先手を打ってこちらから呼び出すほうが、相手にとって強烈なカウンターパンチになるはず、というのが真由美の考え方だった。

亜紀子は、おそらく増岡の妻も一ノ関駅で人込みにまぎれて降りたのは間違いないと思った。しかし、もしかすると相手にとっては予定が狂ったかもしれない。

というのも、八枚の写真をコートに入れられたショックや、真由美の携帯電話に入ってきた急報で須崎啓太郎の突然の死を知ったことなどで亜紀子はひどく混乱し、わずか九分しかない気仙沼行きの快速電車への乗り継ぎを失してしまったからだ。

けっきょく彼女たちは、それよりさらに一時間以上も後に発車する各駅停車に乗って、気仙沼には夕方の五時十五分すぎに着いたのだが、その移動の間は、いくら電車の中を見回しても、増岡の妻とみられる女性の姿はなかった。

つまり、相手がこちらの予定外の行動を見失ったのだろうと亜紀子は思ったし、真由美もその見方に賛成した。だが、そこで一息つかずに、むしろこちらから呼び寄せようというのが、真由美の提示してきた作戦だった。

そして彼女は亜紀子に、増岡の自宅に——おそらく留守番電話になっているだろうから——そこにメッセージを吹き込むべきだと主張した。

はたして増岡の妻が、行動中に留守番電話を確認するものなのか、それに対してはまったく確証がなかったし、なによりも思いもよらぬ全面対決へのためらいが最初はかなり強烈にあったが、真由美に粘り強く説得されるうちに、たしかにこちらから反撃に出ないとプレッシャーのかけられっぱなしだと亜紀子も思うようになってきた。

そして亜紀子は、気仙沼に到着してまもない夕方五時半ごろ、緊張の面持ちで増岡家に電話を入れてみた。

真由美が予測したとおり、電話には直接誰も出ず、機械の声で不在を伝える留守番電話モードになっていた。

妻の声で吹き込まれた応答メッセージでなかっただけホッとしながら、まずそこに亜紀子はこういう伝言を残した。

「ごぞんじだと思いますけれど、タナカ精器の営業一課で増岡課長の下で働いている稲場亜紀子です。奥様が私を追いかけていらっしゃることについて、直接、気仙沼で会ってお話ししたいと思います。たぶん奥様もこちらのほうにおいでになっていると思いますけれど、もしもまだ一関にいらっしゃるのでしたら、至急気仙沼のほうへお越しください。詳《くわ》しい時間と場所は、あとでまた吹き込みますから、九時すぎにもういちどこのメッセージを聞いてください。函館でなさったように、レンタカーを利用されたほうが便利だと思います」

皮肉もまじえたメッセージを、亜紀子は心臓を高鳴らせながら吹き込んだ。自分で予想していた以上に緊張して、ところどころで声が震えてしまうのを抑えられなかった。

この伝言は、場合によっては増岡のほうが聞いてしまう可能性もゼロではない。でも、それならそれでも仕方ないと亜紀子は思った。もうここまできたら、流れは止められないのだ。

気仙沼の実家に着いてから、亜紀子は実家の両親の前では笑顔でふるまいながら、真由美と今後の対応をじっくり練り上げた。もはや真由美も、フカヒレ寿司を食べたいなどとのんきなことは言わなかった。そして選んだのが、きょうの夜、唐桑半島の巨釜半造の半造エリアに増岡の妻を誘い出すという作戦だった。

その結論を出したのが、八時半ごろだった。

これは、真由美のアドバイスに誘導されたような結論だった。どうせ会うなら心理的に圧力をかけられる場所がいい、と真由美が言い出し、気仙沼の近くで適当な場所はないかを亜紀子にきいてきた。

「なにか推理小説のクライマックスに使えるような場所よ」

と真由美はたとえてみせた。

だが、そう言われても、地元を熟知しているはずの亜紀子の頭には、なかなか適当な場所が浮かんでこない。

しかし、たとえば不気味な潮騒《しおさい》が聞こえるとか、風で樹々がざわめくような、そういう自然環境で相手を不安定な気持ちに陥《おとしい》れさせる場所はないか、との真由美の言葉に、亜紀子はひとつの候補地を思いついた。

それが唐桑半島の巨釜半造だった。

その地名を出すと、新庄真由美も何かの本で読んだことがあると言いながら、「そこでは大地が吠えるんですって？」ときいてきた。

そのとおりだった。

唐桑半島屈指の名所、巨釜半造の半造エリアには、まさしく大地が野獣のような唸《うな》り声《ごえ》を発する場所が存在するのだ。

そのことを真由美に話すと、すぐに話はまとまった。増岡治恵を呼び出すのはそこだ、と。そして、その自然現象が醸《かも》し出す不安心理を利用して、一気に相手に畳《たた》み込み、不倫の復讐行為をやめさせる算段だった。

もちろんそこには新庄真由美も立ち会う。同じ会社の社員として。そのことも心理的優位に立てる要素のひとつだった。

二人でそのプランを練り上げたとき、新庄真由美はかなり満足そうだったが、稲場亜紀子には、まだどこか釈然《しゃくぜん》としない気持ちが残っていた。

「なんだかドラマみたい」

亜紀子は、口に出してそういう不安を述べた。

「テレビの推理ドラマの脚本を書いているみたいで、これが現実の出来事だっていう気がしないわ」

そこには、実際にそんなドラマ仕立てのクライマックス場面が訪れるはずがない、という気持ちがあった。

だが、真由美はその懸念《けねん》を否定した。

「もうアッキーはドラマのヒロインになっているのよ。わざとらしいといったら、相手が仕掛けてきたことのほうがよっぽどわざとらしいでしょ。そういうやり方の人間には、こういう反撃の方法がいちばん実現の可能性があると思う」

そう言い切る真由美に後押しされる格好《かっこう》で、亜紀子はまた九時少し前に増岡の自宅に電話を入れた。

つながったとたん、亜紀子は叫び声をあげそうになった。

さっきはＩＣ録音された機械的な女性の声が不在メッセージを伝えていたのに、こんどは増岡の妻治恵の肉声による応答メッセージに変わっていた。

「はい、増岡でございます。ただいま外出しておりますが、ご用件を承《うけたまわ》りますので信号音のあとにメッセージをお吹き込みください」

明らかに、亜紀子の最初の伝言に反応し、リモコン操作で応答メッセージを変えてきたのだ。それは、最初の伝言を確かに聞いた、という暗黙のサインでもあった。

亜紀子の神経は一気に高ぶった。そして、さきほどよりもさらにうわずった声で、半造の場所を詳しく説明したのちに、今夜十時以降、あなたがくるまでずっと待っているという新しいメッセージを吹き込んだ。

そしていま、稲場亜紀子は新庄真由美とともに、増岡の妻の到来を待っていた。

「ねえ、真由美」

運転席で亜紀子がつぶやいた。

「寒くなってきたからヒーターつけてもいい？」

「エンジンをかけるってこと？」

「うん」

「いいわ。でも、逃げないでね」

真由美は、暗がりの中からしっかりと亜紀子を見据《みす》えて言った。

「課長の奥さんがきても、アクセルを踏んで逃げ出しちゃダメよ」

「わかった」

うなずいてから亜紀子はイグニッションキーを回し、エアコンのスイッチを入れた。

まだ冷えきっていなかったから、ほどなく温風が吹き出されてきた。そして、フロントガラスの曇りがゆっくりと取れてくる。

同時に、リアウィンドウの熱線が後部の曇りをぬぐいはじめた。

「ねえ、真由美」

開けてくる後方の視界をバックミラー越しにのぞきながら、亜紀子が言った。

「須崎さんが焼け死んだこと、ほんとうに関係あるのかな。私や課長と」

「あると思う」

きっぱりと真由美が言った。

「こんなことを言ってアキに精神的な負担をかけたくはないけど、ちゃんと言わせて。忘年会では須崎さんも恥をかいたかもしれないけど、あなただってものすごくイヤな思いをしたわけでしょう。それを増岡課長が黙ってほうっておくと思う？　自分の恋人にいやがらせをする男を」

「真由美、本気でそう考えているの」

亜紀子が問いただした。

「たったそれだけの理由で、課長が須崎さんのアパートに火をつけたと思うの」

「百パーセントそうだとは言わないけど、可能性は高いと思う」

「どうして単純な火事だと考えられないの」

「単純な火事なら、死ぬわけがないからよ。夜中ならともかく、朝の十一時ごろの火事よ。ほとんど昼といってもいい時間帯なのに、どうして逃げ遅れたりするのよ」

「酔っ払っていたかもしれないじゃない。休みに入っているんだし」

「まあ、それがあたりまえの考え方だけど、いまの私にはそのあたりまえの考え方ができない」

「だけど真由美、たしかに私と課長は誰にも言えない関係だったけど、そのことがバレたならともかく、たんに私に不愉快な思いをさせたというだけで課長が須崎さんを……」

「バレていたのかもしれない」

かぶせるように、真由美が言った。

「まさに二人の関係を、須崎さんが感づいて課長を脅《おど》していたのかもしれないわ」

かすかなアイドリング音とエアコンの回る音だけが響く車内で、稲場亜紀子は親友のほうに身体ごと向き直った。

「ねえ、真由美」

「私、さっきも言ったかもしれないけど、真由美の推理することや提案することが、なんだか現実離れしている気がしてしょうがないのよ」

「………」

「ううん、咎《とが》めているわけじゃないから誤解しないでね。いまの状況で私を助けてくれるのは真由美しかいないと思ってる。ただ、あなたの頭の中で現実と推理小説がごっちゃになっている気がするの」

「悪いけどアッキー、私はあなたみたいに推理小説のファンじゃないわ。現実主義者よ」

「だけど、二人でいっしょに推理作家としてデビューしようという企画に賛成してくれたでしょう。そして鬼死骸村という場所も積極的に見つけてきてくれたでしょう。そのあたりから、自分でも知らないうちにお話の世界にのめり込んできていない？」

「亜紀子がそう思うならそれでいいけど、課長から鬼の牙のペンダントをかけられたこと、忘れないでね」

真由美の指摘に、亜紀子はハッとなった。

「さっきアキはその話をしてくれたわね。それを聞いて私、思ったのよ、増岡課長の心の中には、絶対に人に見せることのできない悪魔が棲んでいるんじゃないかと。それこそ鬼だといっていいかもしれない。そういうふうに私は……あっ」

新庄真由美の言葉が途中で止まった。

亜紀子もハッとなってバックミラーを見る。

一条のヘッドライトが、彼女たちの車に向かって光のカーブを投げかけたのだ。

その動きにつれて、車内にいる亜紀子と真由美の顔に影が走った。

「エンジン止めて」

真由美が短く指示を出し、亜紀子がそれに従う。

アイドリングの音とエアコンの音が同時に止まった。

「寒いけど、少しだけ窓を開けて」

真由美にまた指示され、亜紀子はイグニッションキーを電源オンのところまで戻して、運転席と助手席のパワーウィンドウを少しだけ下げた。

痛いほどの冷気とともに、別の車のエンジン音が車内に流れ込んできた。

「きたわ」

真由美がつぶやく。

「ほんとうに……きちゃった……のね」

かすれ声で亜紀子が応じる。

駐車場にやってきた車は、いったん亜紀子たちのそばをやりすごし、先のほうでUターンをしてまた近づいてきた。

そして真正面からヘッドライトを浴びせかけながら、ふたたび亜紀子の車に向かってゆっくり近づいてきた。

助手席の真由美は、反射的に顔の前に片手でひさしを作り、そのまばゆい光をさえぎった。だが、亜紀子は、運転しているわけでもないのに爪が白くなるくらいに両手でギュッとハンドルを握りしめ、それを放すことができなかった。

彼女の目に飛び込んでくるのは、強烈な輝きを放つ二つの白い閃光《せんこう》で、運転している人物の顔は、その光芒《こうぼう》に守られてまったく見えない。

が、やがてその車は、亜紀子の車の右側のところへ前方から近づいてきた。そして、おたがいの運転席側のドアとドアをこすりつけそうなほどの間隔で真横に並び、そこで車を停止させた。

こんどは、はっきりと運転者の顔が見えた。

女だった。整《ととの》った顔立ちをした女だった。夜間だから、もちろんサングラスなどをかけているわけもなく、素顔をさらしている。

女は、最初は前を向いたまま運転席の窓をいちばん下まで降ろした。

その動きにつられて、亜紀子も少しだけ開けていた窓をぜんぶ下げた。

女がゆっくりと顔をこちらへ向けた。

まちがいない、増岡の妻治恵だった。増岡と不倫関係に入る前に、葬儀の場で会った喪服《もふく》姿の美しい彼女のイメージは、少しも崩れていなかった。

(この人が……鬼？)

亜紀子は、自分の恐怖心が間違った方向に走っているのではないかと、一瞬自信を失った。増岡治恵の整った顔立ちに、予想していたような鬼の形相《ぎょうそう》がみられなかったからだ。

ただし、右のこめかみに浮かぶ青い静脈は、あのときと同じように蛇の形をしていた。

そして、その唇が開くと、怒りに満ちたとしか思えない低い声が響いてきた。

「治恵です」

増岡の妻とか、増岡の家内です、とは言わなかった。増岡です、とも言わなかった。意識的に増岡という名字を避けたとしか思えない言い方で、彼女は短い自己紹介をした。おそらく五十センチと離れていない至近距離から。

その「治恵です」という言葉は、白い息となって車の窓から流れ込んできて、亜紀子の膝元《ひざもと》まで降りてきた。

まるで霊媒師《れいばいし》が吐き出すエクトプラズムのようだ、と亜紀子は思った。

「稲場……亜紀子です」

やっとの思いで、それだけ言った。

増岡治恵は、助手席に新庄真由美が乗っているのを見て一瞬だけ眉《まゆ》を動かしたが、自分から何かたずねることはなく、そこに真由美がいるのをまったく無視した態度で、亜紀子にだけ視線を送っていた。

真由美が予測していたとおりの、まさにドラマチックな対面がいざ実現してみると、亜紀子の心臓は高鳴るばかりで、思ったように言葉が口をついて出てこなかった。

だが、何はともあれ、最初に基本的なことを確認しておくべきだったと思い出し、亜紀子は激しい動悸を必死に抑えながらつけ加えた。

「新幹線の中で、私のコートのポケットに写真を入れたのは、奥様なんですね」

「そうよ」

意外なほどあっさりと、増岡治恵は認めた。

「それから最初にお断りしておきますけれど、私の名前は『奥様』ではありません。治恵といいます」

治恵の口から吐き出された言葉が、また白いエクトプラズムとなって窓越しに流れ込んでくる。

「これからは治恵と呼んでください。増岡という呼び方もだめよ。もしどうしても名字で呼びたいなら、私の旧姓の森本《もりもと》にしてください」

「……わかり……ました」

最初から亜紀子は圧倒されていた。

カウンター攻撃に出るという真由美の立てた作戦など、どこかへ飛んでいってしまった。

「とにかくせっかくこうやって会えたのですから、きちんとした話をさせていただきたいわ」

それだけ言うと、増岡治恵は車をもう少し先に移動させてエンジンを止め、ドアを開けて外に出てきた。

3

同じころ――

寿司屋での食事を堪能した朝比奈耕作と高木洋介は、気仙沼市内にあるホテルに戻ると、午前零時までやっているという小さなバーに場所を移して熱心な話し合いをつづけていた。

謎めいた鬼の踊りを見たというメッセージを朝比奈に届けたまま、その数日後に謎めいた焼死体となって発見された川路健太少年のことである。

きょうの午後、ふたたび旧鬼死骸村を訪れた朝比奈は、川路老人に挨拶をした後、携帯《けいたい》電話で警視庁捜査一課の志垣警部に連絡をとっていた。

世に言う「伊豆《いず》の瞳《ひとみ》殺人事件」で初めて知り合って以来、朝比奈耕作と志垣警部とは数え切れないほどの事件でコンビを組んできた。

初対面のときこそ、志垣警部は髪の毛をカフェオレ色に染めた推理作家を偏見《へんけん》の目で見つめていたが、おたがいの人柄と能力がわかると、二人は密接な関係を築くようになった。

とくに「花咲村《はなさきむら》の惨劇」事件にはじまる一連の悲劇では、志垣警部は朝比奈耕作の私生活にまつわる悲劇をまのあたりに見る格好となり、そのことが年の離れた二人を、よりいっそう深い友情で結びつけることになった。

そして志垣の部下である和久井《わくい》刑事も、その友情の輪の中に加わっていた。もとはといえば、志垣警部と朝比奈耕作を結びつけたのも、朝比奈ミステリーのファンである和久井だったからだ。

志垣警部の管轄《かんかつ》外であるにもかかわらず、岩手県一関市のバス停鬼死骸付近で起きた奇妙な焼死事件を話してみようと朝比奈が思ったのは、そうした友情に頼る気持ちとともに、捜査のプロとして、何か志垣から新しいヒントを得ることができるかもしれないと考えたからだった。

だが志垣は、ひととおりの話を聞いたあとも、うーんと唸ったきり、何か自分の推理を語ることができないでいた。

「おれが直接の担当者でも、そりゃ少年のひとり遊びの結果だと考えるだろうなあ」

トレードマークのダミ声を携帯電話越しに響かせながら、志垣はそういう感想を洩《も》らす以外に手はないという感じで言った。

「きみが疑問に思っているとおり、もしも人を焼き殺そうとするなら、ガソリンを利用するのが当然だよ。あるいは完全に意識を混濁《こんだく》させてから火をつけるとかな。ところが、被害者には生活反応があるにもかかわらず、薬物を盛られた形跡もなければ、殴《なぐ》られたり縛《しば》られたりした形跡もないというんだろう。そんな形では他殺はできんよ」

まさしく、朝比奈と高木が検討済みのことを、志垣警部も繰り返すよりない、といった様子だった。そして、そのときはそれで電話を切ったのだが、ついさきほど、寿司屋からホテルに戻ってきた直後に、志垣警部から新たな連絡が入った。

「なあ、朝比奈君よ」

何かに興奮したときの癖《くせ》で、志垣はダミ声をさらに潰《つぶ》すような声を出してまくし立てた。

「鬼石の上で焼け死んでいた少年は、紫色をした長い髪のカツラをかぶって女装していたうえに、紫色のトレーナーのようなものを着ていたとの話だったな」

「そうです。手足の爪も紫色にマニキュアして」

「それでな、どういうわけか知らんが、こっちの管内でも似たような事件が起きておるんだ。紫色のトレーナーを着た中年男が、不審な焼け死に方をした、という事件だがね」

朝比奈にとって驚くような話を、志垣は切り出してきた。大田区蒲田の歓楽街《かんらくがい》にある木造アパートが全焼し、タナカ精器という会社に勤める須崎啓太郎という四十五歳の中年サラリーマンが、紫色のトレーナー姿で焼け跡から焼死体となって発見された、というあらましをまず志垣は述べた。

そして、そののちにこう補足した。

「たとえ人が死んでも、それがたんなる火事によるものならば、我々捜査一課には無縁の出来事だ。ところが、これが巧妙に仕組まれた殺人事件ではないか、と警察に訴えてきた人間がおるんだよ。焼け死んだ須崎啓太郎と同じタナカ精器の営業一課に所属する早川《はやかわ》という若手社員がね、これは絶対に怪《あや》しいから殺人事件として調べてくださいと、警視庁に直訴《じきそ》してきた」

早川という社員は、稲場亜紀子が須崎とともに生理的に嫌っていた男だったが、そのことまでは志垣はもちろん知らずにいた。

「早川氏によれば、数日前の部内忘年会で須崎氏が、部内の女性からえらく恥をかかされた事件があったそうだ。セクハラがらみでね。しかし須崎氏というのは非常に執念深いというか、怨《うら》みをいつまでも根にもつタイプなので、その女性に何かの復讐を考えていた可能性があるというんだ。そして、それに対して逆に先手をとって、彼女が須崎氏を殺したのではないか、と主張しておるんだ。

どうやら早川という社員自身も、その女性社員に個人的な怨念《おんねん》を抱いているようで、彼女の人格をボロクソにけなすんだな。あの女だったら須崎さんに罠を仕掛けて焼き殺しかねかねません、と。その女性の名前は稲場亜紀子というそうだがね。まあ、同じ会社の中でも、いろいろな人間模様があるんだろう。

で、とりあえずその火事に関して他殺の可能性がありやなしやを調べたんだが、出火の直前、須崎氏がステーキを焼こうとしていたことは判明している。しかし、その火が誤ってどこかに燃え移り、という可能性は、出火原因としてはいまひとつピンとこないものがあるんだな。

だがね、須崎氏が紫色のトレーナーを着て焼け死んでおった、という検証結果を見て、私はちょっと待てよ、と思ったんだよ。紫色のトレーナー？　これはついさっき朝比奈君から聞かされた話と妙に似通っているじゃないか、とな。

意外なところに物事の真相が転がっているとき、きみもそうだが私もそれを見つけるのが得意なほうだ。独特の嗅覚《きゅうかく》が働くんだよ。そこで私は、所轄《しょかつ》の消防署だけでなく、専門スタッフに急いで連絡をとって、蒲田のアパートで発生した火事について、何か作為的なものが感じられないかどうか、アドバイスを求めることにした。そしたらどうだね、朝比奈君」

ますます声を高めて志垣警部は言った。

「驚くべき可能性を、私は指摘されたんだよ。長年捜査畑を歩いてきた私も知らなかった、ある現象をな。そのことを聞かされて私は思った。蒲田のアパートの火災は、たしかに単純な過失から起きたものかもしれんが、これが仕掛けられた殺人だとしたらこんな巧《たく》みな方法はない、とね。

そして鬼死骸村とやらで焼け死んだ少年についても、同じ現象が発生していた可能性がある。よりによって二人とも同じ色のトレーナーを身につけていたということは、同じ種類の製品だった可能性があるわけだからな。

朝比奈君、こうなってくると私としては、岩手県警と連絡を取り合って、鬼死骸村と東京蒲田の二つの焼死事件を結びつける要素を探さなければならないかもしれん」

いま朝比奈は、気仙沼のホテルのバーで、志垣警部から聞かされたその衝撃的な可能性を、高木に語ろうとしていた。

「志垣警部と同じように、ぼくもそんな不思議な現象が存在するなんて、まったく知らなかった。でも、その事実が科学的に立証されている以上、ほとんど無抵抗で、ガソリンなどの助けも借りずに人を焼き殺すことができる、ということがわかったんだ」

「何なんです、その現象って」

「その前に」

先を急ぐ高木に、朝比奈が待ったをかけた。

「もしかすると、この二つの焼死事件の背景には、推理作家としてぼくがいままで小説で取り上げたり、あるいは現実の事件として遭遇《そうぐう》してきたいろいろな事件とはまったく別種の殺人計画が意図されていた可能性がある」

「どういうことですか、それは」

水割りにちょっとだけ口をつけてから、高木がたずねた。

「ねえ、高木さんは自分が殺人者になれると思う？」

「な、なんですか、急に」

「たとえば、あなたにとってものすごく憎い存在の人間がいるとする。そしてその人物によって、精神的にも経済的にも大変な被害を被っていて、こいつがいなくなったら、どんなにいいだろうと思っているとする。その状態がどんどん深刻化していったとき、高木さんはその相手を殺すところまで自分がいく可能性があると思う？」

「ないですね」

高木は即座に答えた。

「なぜ」

「かんたんですよ。つかまるのがイヤだからです。そりゃ、先の長い人生ですから、今後どんな人間がぼくの前に現れるかわかりません。そして、いま朝比奈さんが言ったように、コノヤロー殺すぞ、というぐらいの憎しみを抱くケースが出るかもしれない。でも、絶対ぼくに人が殺せないと思うのは、殺すときの自分よりも、つかまったときの自分が怖いんですよね。

殺人者高木洋介としてメディアで報道されたときに、家族の受ける衝撃はどれほどか、とかね。親だけじゃなくて、将来結婚して子供もできた場合、妻や子供がどんなショックを受けるか、そして自分自身はどうなのか。そういう状況に耐える自信がないから、ぼくは絶対に殺人は犯さないと思いますよ。もちろんその背景には、警察の優秀さを身に染みて知っている、ということもありますけど」

「だけどね、高木さん。現実社会で起きる殺人事件では、推理小説と違って、犯人は自分の身を守るための計算は一切《いっさい》しないで殺すものなんだ」

「そうですかねえ。アリバイ工作とかいろいろやるんじゃないんですか」

「ごくまれにね」

朝比奈は言った。

「カッとなって殺してからの偽装工作は、どんな犯人でもやるものだよ。でも事前の偽装工作は、驚くほど少ない。それが現実だ」

「ああ、そう言われればそうかもしれない」

「ぼくたち推理作家が書く殺人事件では、よく考えたら滑稽《こっけい》なほどワンパターンなんだけど、必ず犯人が綿密な偽装計画を立てるわけだよね。あるときはアリバイ工作であり、あるときは密室トリックであり、またあるときは遠隔《えんかく》殺人であり……」

「それじゃないと、推理小説の醍醐味《だいごみ》がなくなっちゃいますからね」

「でも実際の殺人事件では、例外的なケースを除いてまずそんな計算はなされない。それよりも感情の暴発のほうが早いわけだよ。これは人間の本質を衝《つ》く非常に大事なポイントだと思う。そうじゃないかな」

朝比奈は高木をじっと見つめてつづけた。

「まったく落ち度のない緻密《ちみつ》で完璧な殺人計画を立てられるぐらいに精神状態が落ち着いていれば、殺意は憎悪《ぞうお》のレベルのままでとどまるものなんだ。わかる、高木さん? 自分の感情の暴走をコントロールできなくなるからこそ人は殺人を実行するのであって、ややこしいトリックを考案しているヒマがあれば、頭をそっち方面に使っているうちに興奮が冷《さ》めて、計画を中止するに決まっている。そういう意味では、トリックをベースにした殺人事件を組立てているぼくたち推理作家は、その作品づくりにおいて最初から壮大な矛盾を抱えているんだ」

そこで朝比奈は、目の前の飲み物をひとくち飲んだ。バーであるにもかかわらず、彼の前に置かれているのは炭酸水のペリエだった。

「委託《いたく》殺人は脇に置くとして、自分の手で実行する現実の殺人事件は、その大半が感情の暴走によって行なわれる。だから現場に物的証拠も数多く残すし、なによりも状況証拠が犯人を容易に暗示する。殺してからあわてて姑息《こそく》な芝居を打とうとしたって、あとのまつりというわけだ。

ところが現実社会でも、難解なトリックを張《は》り巡《めぐ》らせる推理小説の犯人以上に、手がかりのつかめない殺人を犯せるケースがある。どんな場合か想像がつく？」

「未必《みひつ》の故意《こい》ってやつですか」

「いや、未必の故意よりも、もっともっと偶然性に期待した殺人の罠を仕掛けていく場合だよ」

「というと」

「たとえば、殺したいと思っている人間が、いま車の通行の激しい道路を信号を無視して渡っているのを見かけたとする。よく引き合いに出される未必の故意の例は、ここでその本人の名前を呼ぶことだよね」

「ああ、それは聞いたことがあります」

高木がうなずいた。

「左右からビュンビュン走ってくる車の流れのわずかな隙間《すきま》を縫《ぬ》って道を走り渡ろうとしているときに、『高木さん！』と声をかけられたら、どうしても自分の名前には反射的に反応してしまう。それでハッと立ち止まったとたん、車を避けるタイミングを失して跳《は》ね飛《と》ばされるかもしれない、という計算ですよね」

「そう。でも、そこで声をかけたという事実が、第三者によって確認されてしまったら、後になってあれこれ怪しまれるかもしれない。なによりも、いくら未必の故意であっても、自分の言葉が直接的に影響して人が死ねば寝覚めも悪い。

それよりも、心理的にもっとも負担の少ない殺人とは、自分の見えないところで相手が死んでくれることだと思う」

「じゃ、遠隔殺人ってことですか」

「遠隔殺人でも、必ず死ぬような罠を仕掛けてはダメなんだ。たとえば致死量の毒物を何かに仕掛けてしまっては、それを飲めば必ず死ぬわけだから、いくら遠隔殺人をやっても、そこに明確な殺意が残ってしまう。捜査陣からみて殺意が明らかに存在していれば、犯人捜しの捜査活動が開始され、容疑者としての追及は逃れられなくなる。

そうではなくて、むしろ確率的にいえば失敗して当然の罠を仕掛けておくんだ」

「失敗する確率が高い罠……ですか」

「そうなんだよ。すると、その罠が犯人にとっては幸運にも有効に働き、殺人が完成した場合でも、そこに殺意がみられなければ捜査陣は動かない。

こういう手をミステリーで使うと、そんな偶然に頼った殺人方法など非現実的だという批判が出るだろうけど、冗談じゃない、よっぽどこっちのほうが現実的なんだよ。

必ず殺せる遠隔殺人なんて、犯人がバレる確率が高すぎて非現実的なんだ」

「なんか朝比奈さん……」

心配そうに高木が言った。

「推理作家としての自分に、ひどく矛盾《むじゅん》を感じすぎてません？」

「かもしれないけどね」

カフェオレ色に染めた髪をかき上げながら、朝比奈は複雑な笑いを浮かべた。

「でも誤解がないように編集担当者としてのあなたに言っておくけど、ぼくは人工的なストーリーづくりを決して否定しているわけじゃないし、それが嫌いなわけじゃないよ。きわめて人工的だからこそ、推理小説というのは面白い。ただ、現実の殺人事件は、お話の世界とはまったく異次元の論理で行なわれてこそ完成に至る、ということなんだ」

「で、その成功するより失敗する確率のほうが高い罠ですけど、具体的には？」

「その具体的な例が、いま話題にしている二つの焼死事件かもしれない。それについて触れる前にもう一点だけ言っておきたいのは、この種の罠だったら誰でも気軽に仕掛けることができる、ということなんだよ。つまり《失敗の多い罠ならば、意外と抵抗なく殺人計画を実行に移してみたくなる》ということなんだ」

「………」

「それでさっきの質問に戻るわけだけど、高木さんは、警察につかまった後の自分や家族の状況を考えると、恐ろしくて殺人に手が出せないと言った。それはぼくも同じだし、ほとんどの人がそういう気持ちを持っているだろう。

しかし裏を返せば、殺意の存在がわからないような成功確率の低い罠だったら、人間は罪悪感なしにそれを試してみることができるかもしれない。加害者意識がかぎりなく薄い殺人であるならば、人は平気で殺人者になれるんじゃないか、とね」

「なるほど」

「そしてそれはさっきも言ったように、人間の本質を鋭く衝いているのかもしれない。すなわち、ぼくたちは事情さえ許せば平気で人殺しができる素地《そじ》を自分の中に持っている。例外なく、誰もが」

「じゃ、ぼくもですかあ」

意外そうな顔で高木がきき返したが、朝比奈は大きくうなずいた。

「高木さんもそうだし、ぼくもそうだ」

「ひゃあ、殺人者・朝比奈耕作ですか。考えられないなあ、そういうのは」

「でもね、その正直な気持ちこそが、古来より日本で行なわれてきた呪術《じゅじゅつ》の本質だと思うよ。菅原道真《すがわらのみちざね》の怨霊《おんりょう》というのはあまりにも有名だけれども、式神《しきがみ》を飛ばして人を呪い殺すという発想なども、基本的には自分の手を汚さずに憎むべき相手を殺すことを狙っているんだからね。つまりあれは、原始遠隔殺人ともいうべきアイデアなんだ」

「原始遠隔殺人……」

「そう、そしてぼくはそこに《直接手を下すのでなければ、人は平気で殺人者になれる》という真理の原点を見る気がする」

「朝比奈耕作の殺人談義に、ついに菅原道真までが登場ですか」

なかば呆《あき》れ顔《がお》で、高木は言った。

「それはいいですけど、そろそろタネ明かしをしてくださいよ。志垣警部が専門家から教えられた驚くべき現象って、いったい何だったんですか」

「それはね」

朝比奈は言った。

「起毛《きもう》処理をした素材が引き起こす表面フラッシュ現象だよ」

「表面フラッシュ……って、何ですか、それ」

「説明は車の中でする」

と言って、いきなり朝比奈が立ち上がった。

「車の中？」

まだ座ったまま、高木があぜんとして朝比奈を見上げた。

「どこか行くんですか、これから」

「うん」

「どこへ」

「巨釜半造」

「えーっ、寿司屋の大将おすすめのロケ現場に、いまから？」

「そう。だからぼくはバーにきてもペリエだけで通していたわけ。運転しなきゃならないからね」

「でも、なんでまたこれから」

まるで納得《なっとく》できない、という顔で高木がきき返した。

「小説の舞台にされるつもりだったら、お日さまの光がある昼間に取材したほうがいいんじゃないいんですか」

「でも、高木さんも聞いたでしょ。あそこでは大地が野獣のように吠えるという話を」

「ええ」

「それは夜に体験してみないと本当の迫力が出ないと思う」

「ひええ、胆《きも》だめしですか」

「チミケップ湖でのあの恐怖のキャンプを思えば、夜更けの巨釜半造なんて胆だめしのうちに入らないと思うけどね」

　朝比奈は、のちに「銀河鉄道の惨劇」と呼ばれることになった北海道チミケップ湖畔での凄絶《せいぜつ》な恐怖体験を引き合いに出して、高木をうながした。

「それにぼくは、いますぐ現場へ行ってみたいもうひとつの理由を持っている」

「なんですか」

「高木さんは気がつかなかったと思うけど、ぼくの隣に座っていた、東京からひとりできたとかいう黒いセーターの男」

「ああ、あのひとりで陰気な空気をふりまいていた男ですね」

「彼はね、店の主人が殺人にぴったりの場所として巨釜半造という地名を話題に出したところ、その文字を割り箸で醬油皿に何度も何度も繰り返し書いていた。ぶつぶつと口の中でも巨釜半造、巨釜半造とつぶやきながらね」

「ほんとうですか」

「志垣警部のまねをするわけじゃないけど、ぼくも自分の直感力にはけっこう自信を持っている。何かおかしいんだよね、あの男は」

「ひょっとして、寿司屋の大将の言葉をヒントにして、今夜、巨釜半造で殺人を実行するとか……」

「いや、たとえ彼が誰か殺したい人間がいたとしても、殺人という点に関していえば、まさか今夜そこまで急な行動を起こすとは思わないよ。そうじゃなくて、ぼくが心配しているのは逆のケース」

「あの男が誰かに殺されると？」

「その意味の逆じゃない。殺人ではなく、自殺のおそれがあるんじゃないか、という気がして仕方ないんだ」

「ああ……」

高木は、それなら納得という顔で大きくうなずいた。

「言われてみれば、あのじとーっとした雰囲気は、殺人者というよりも自殺願望者ですよね。見た目は日焼けして逞《たくま》しいスポーツマンといった感じだけれど、そういう人間にかぎって孤独な泥沼にはまったら最後抜け出せないものですよね。おっしゃるとおりです、朝比奈さん。あの男、今晩あたり巨釜半造から飛び込むかもしれない。どんな泳ぎの達者な人間でも落ちたら最後というんだったら、まさに自殺ポイントとしてはこれ以上ない場所じゃないですか。わかりました、行きましょう」

高木も椅子《いす》から立ち上がった。

「なんだかぼくも急に胸騒ぎがしてきましたよ」

4

波が岩にぶち当たって砕け散る、潮騒《しおさい》と呼ぶにはあまりにも激しすぎる怒濤《どとう》の響きがあたりを覆っていた。

駐車場ではほとんど聞こえなかった荒々しい海のざわめきが、いまは耳をつんざくほどの勢いで空気を震わせている。

駐車場からゲートボール・コートの脇を抜けて林の中をしばらく歩くと、ごつごつとした岩に囲まれた半造のメインエリアに出る。

ここから直線距離で五百メートルほど離れた巨釜のほうは、駐車場から山肌伝いに林の中を下ってゆく遊歩道に沿って岩礁《がんしょう》の奇観を眺める形になるのに対し、半造のほうは、まさにその岩礁の中に直接入り込むようなポイントがある。

その第一が『潮吹岩』と名付けられた一帯である（次頁写真参照）。

幾重にもタテに重なりながら海面から屹立《きつりつ》している岩の根元に波がぶちあたると、狭い隙間《すきま》を通って一気に波しぶきが駆け上り、それがまさしく鯨《くじら》の潮吹きのように高々と天空に噴出されるのだ。

そして、そこから少し歩いたところに、さらに奇妙な一角がある。

高々と潮を吹き上げる半造の潮吹岩

見た目には何の変哲《へんてつ》もない穴が地面にあいているだけである。その穴は、何か動物の棲みかのようにも思える。それにしてはあまりにも大きすぎるモグラにしてはあまりにも大きすぎるが、が、野生のウサギが掘った穴だといえば信じられなくもない。

ところが、その周りには人が立ち入れないような木の柵《さく》が設けられている（次頁写真参照）。

この穴が吠えるのだ。

最初は低く、そしていきなりけたたましい雄叫《おたけ》びに転ずる。ライオンか虎か、はたまた熊かと思わせるような猛獣の咆哮《ほうこう》だ。

昼間ですら、もしも案内標示板がそばに立っていなければ、いったい何の唸《うな》り声《ごえ》かと人々は戸惑《とまど》うに違いない。ましてや夜間で、その穴の存在も見えなければ看板も目に入らない状態ならば、人を食う獣が闇に包まれた林の中を徘徊《はいかい》していると勘違いして、その場に立ちすくむ者がいたとしても少しも不思議ではなかった。

これが『東風穴《こちあな》』である。

入り組んだリアス式海岸ができる過程での地殻《ちかく》変動により、この半造の周辺の地面の下には、無数の空洞が縦横に走っている。

そして、その空洞の一部が海面付近に通じており、波がそこへ激しくぶつかると、その風圧で空気が地下空洞の中を駆け巡り、最後には地面に空いた小さな穴から空中

風が強く波の荒い日にはすさまじい咆哮をあげる東風穴

へと吹き上げられていく。

そのときに、猛獣が威嚇《いかく》するような唸り声を発するのである。

地面に空いた穴に顔を近づけると、地底から吹き上げてくる風が、春の季語を持つ東風のようにさわやかであるから東風穴と名付けられているが、実際にはさわやかというよりも、むしろ不気味な印象を人に与える場所だった。

これが、半造では大地が獣のように吠える、といわれるゆえんである。

地元で生まれ育った稲場亜紀子は、小さいころ父親に初めてここへ連れてこられたとき、それが晴れ渡った日曜日の昼間であったにもかかわらず、東風穴がたてるすさまじい咆哮《ほうこう》に立ちすくみ、泣き出してしまった記憶があった。

いま、その場所に亜紀子は「敵」を連れてきていた。増岡史也の妻、治恵を。

あたりは闇に包まれ、わずかにのぞく星明かりでかろうじて人の輪郭《りんかく》が見える程度である。その中で、断続的に東風穴がウォーン、ウォォォーン、グォーッと獣のように吠えている。

おまけに断崖《だんがい》に近いこのあたりは風も強い。しかも、それは肌を刺すような寒風である。気温は零下を下回り、さらに風によって体感温度はさらに低くなる。

そうした状況にあって、都会で着るようなさして厚くもない冬物コートの裾《すそ》をひるがえしながら、増岡治恵はまったく動ずる気配《けはい》がなかった。

新庄真由美を伴ったうえで、駐車場からここまで何の説明もなく連れてきたのに、増岡の妻は、よけいな質問を一切差し挟まずについてきた。

そして、いま東風穴のそばで正面から対峙《たいじ》してみると、星明かりに輝く彼女の瞳には、脅《おび》えもなければ困惑もなかった。むしろ困惑しているのは亜紀子のほうだった。

治恵にしてみれば一対二だというのに、しかも精神的に不安定な状況を作り出すこういう環境に呼び出されたというのに、なぜそこまで堂々とした態度でいられるのか、亜紀子にはまったくわからなかった。

夫を奪った不倫相手に対する憎しみというのは、よけいな恐怖心など忘れさせるほど強いものなのか、とさえ思った。

亜紀子の横に立つ新庄真由美は、いまのところずっと無言を通している。それは事前に打ち合わせをしておいたとおりの段取りだった。

無言の立ち会い人がいることは、先方にとって必ずプレッシャーになるはず、というのが真由美の読みだったし亜紀子もそう思ったのだが、その作戦がはたして狙いどおりの効果をあげているかどうか、疑問に思わざるを得なかった。

ただ、亜紀子にとっては、真由美がいっしょにいてくれるのは勇気百倍といってよかった。もしも一対一だったら、絶対にこんなところへはこられないだろう。

ところが増岡の妻は、平然として誘いにのってきたうえに、一対二の状況でも臆《おく》する様子がない。いったいこれはどういうことなのか。

「それで稲場さん」

闇の中にポッと白い息が浮かんだ。治恵の言葉である。

「こういう場所へ私を連れてきて、あなたはいったい何をお望みなのかしら」

さきほどおたがい車に乗ったまま言葉を交わしたときにも感じたが、亜紀子にとってまったく意外だったのは、増岡治恵がじつにテキパキとしたしゃべり方をする女であることだった。

役員の葬儀の席で挨拶《あいさつ》を交わしたときの印象からすれば、治恵はおそらく無口なタイプで、おっとりとした物腰でしゃべる女性なのだろうと思っていた。そうした決め込みを、亜紀子のほうで勝手にしてしまったところがあった。

だが、まさに真由美が言っていたように、見た目の雰囲気というのは、決してその人物の本質を表わしているとはかぎらなかった。

増岡治恵のしゃべり方はきわめて論理的で、なおかつ冷たい響きに満ちていた。控えめでおっとりした美貌からは想像もつかなかった。あのこめかみの静脈が、それを象徴していたのかもしれない、と思った。

「私を怖がらせるためのお膳立《ぜんだ》てをした、ということかしら」

暗闇の中で、治恵が言った。

「こんなところを話し合いの場に選んだ理由は、要するにそのへんにあるのかしら?」

「初めてじゃないんですか、ここが」

亜紀子は、自分でも愚問だと思えるようなきき方をしてしまった。それに対して治恵は、パキンパキンと小枝を折るような感じのしゃべり方で答えた。

「初めてよ。それがどうかした?」

「私だったら、こんな場所に呼び出されたら少しは不安に感じますけれど」

「何を不安に感じるの」

「いろいろと」

「いろいろとじゃなくて、何を不安に感じるのかを具体的に言ってくださらないと、私にはきちんと理解できないわ」

「たとえば、真っ暗な中でこういう唸り声を聞いて、怖いと思われないのですか」

私はなんというくだらない質問をしているのだろうと、亜紀子は自分の混乱ぶりに自分で情けなくなっていた。

「ああ、この音ね」

いまも響いている咆哮に一瞬関心を向けるそぶりを見せてから、治恵は、いかにもつまらなそうに言った。

「これが唸り声であるはずがないでしょう。声というのは、基本的に生き物に対して用いる単語だと思うけれど、ちがう？」

「まあ……そうですけど」

「私はこの場所へくるのは初めて。でも、すぐそばまで海がきていることを考えれば、だいたいの見当はつくわ。たぶん波と風と地形の関係で、こういう音が出るんじゃないかしら」

「………」

言葉の返しようがなかった。

完璧である。これでは、こちらから反撃などできるわけもないし、また逆に彼女からやり込められたら、いっぺんで言い負かされてしまう気がした。

初対面の印象から、この人を苦しめていじめ抜いてやりたいと思い、その欲望がきっかけとなって増岡との不倫をはじめたのに、それがまったくの見当《けんとう》外れの行為だったとわかり、亜紀子は恥じ入りたい気持ちになっていた。

ただ、ひとつだけ疑問はあった。

増岡治恵がこれほどしっかりした人物であるならば、なぜ黙って函館まで不倫旅行の尾行をしたり、あるいは亜紀子の帰省を追いかけて、コートのポケットに写真を突っ込むようなまねをするのか。

彼女の理詰《りづ》めのしゃべり方と、そのストーカーじみた行為とがまったく相反するものに思えて、そこが亜紀子は納得できなかった。

「増岡さん……治恵さん」

名字を言いかけて、亜紀子は訂正《ていせい》した。

「さっきあなたは、新幹線の中で私のコートに八枚の写真を忍ばせたことを認められましたね」

「ええ」

「あの写真は、治恵さんが自分で撮ったものなんですか」

「そうよ」

「函館まで、私と課長とを追いかけてこられたんですね」

亜紀子は、意図的に『私たち』という表現を避けた。増岡の妻に対する遠慮というよりは、もはや増岡史也を恋人と捉《とら》えたくはない、という感情から出たことだった。

「たしかに私は、あなたたちを函館まで追いました。子供の面倒を私の母にみてもらって、ひとりで函館まで」

「それはなぜなんですか」

「ほかにも質問があるなら、先にまとめて言ってくださいません？　そうすれば答えやすいものから答えていって差し上げるわ」

「じゃ、おうかがいしますけれど、私の郵便受けに奇妙な石の写真を入れたのは」

「それも私よ」

「裏に『鬼が笑うとき　人が死ぬ』という奇妙なメッセージを書いたのも治恵さんなんですね」

「ええ」

「いったいどういうつもりなんですか」

「どういうつもりだと思う？」

「質問を切り返さないでください。私がきいているんです」

「私はね、稲場さんの受け止め方を知りたいの。私の行為をどのように解釈しているのかを」

「不愉快に決まっているじゃないですか！」

つい亜紀子は感情的になった。

どこまでも理詰めでやってくる増岡の妻の態度に、いらだちが限界まで達しつつあった。

「主人と別れてくださいとか、人の家庭を壊さないでくださいというふうに私にクレームをつけたいのだったら、堂々と正面切って言ってもらえませんか。治恵さんのやり方は陰湿《いんしつ》です」

「あなたも可哀想《かわいそう》なほど女ね」

「可哀想なほど……女？」

その表現の意味するところが、亜紀子にはすぐに理解できなかった。

「不倫という感覚で増岡との交際をとらえるのはあなたの勝手。でも私を一方的に被害者にしないでくださいね」

「……」

「稲場さん、あなた、男の書いた不倫ドラマの見過ぎじゃない？」

「え」

「私は三十七です。あなたはたぶん二十代の後半」

「二十七です」

「十も若いのね。だとすれば、当然こう考えるはずだわ。若い自分が増岡をとってしまえば、そしてそのことを妻の治恵が知れば、彼女は若さへの敗北で絶望的になる。子育てしか生きがいのない女として、男女の間の恋愛感情とはもはや無縁になってしまった女として、ひたすら涙にくれるだろう、と。そう考えたでしょう、稲場さん」

「……」

「返事をしなさい、稲場さん」

増岡治恵の声は意外なほど厳しかった。

それでも亜紀子は答えられない。

隣の真由美も、意表を衝《つ》いた増岡の妻の反応に、明らかにたじろいだ様子を見せていた。

沈黙の間、ときおり東風穴が野獣のように吠え、そして大太鼓の合奏のように波の打ち砕ける音が響く。

風はますます強くなり、樹々のざわめきも増してきた。天空の片隅に少しだけ顔をのぞかせていた星も、いまや完全に姿を消していた。冬の三陸海岸は、はっきりと荒れ模様に転じていた。

その空の変化、海の変化が、断崖の上にある半造エリアではハッキリとわかる。すでに氷点下にまで落ちていた気温も、さらに下がる一方である。

しかし稲場亜紀子は、強烈な冷え込みを少しも感じていなかった。それどころか、身体がカッと熱くなってきてダウンジャケットを脱いでしまいたいぐらいだった。

「稲場さん、あなたは男の視点でしか物を見られないのよ。男が勝手に『女とはこういう生き物だろう』と思い込んでいるイメージを、そのまま疑問もなく受け容《い》れている。女のくせに情けないわね」

亜紀子はますます身体が熱くなってきた。こんな意味合いで「女のくせに」と言われたことは、いままでの人生で一度もなかった。

「夫を会社の若い女性社員にとられ、小学生の子供二人を抱えてショックに打ちひしがれ、『どうか稲場さん、お願いですから主人と別れてください』という陳腐《ちんぷ》なセリフを私に吐かせたいのなら、あなたはいますぐタナカ精器を辞《や》めてメロドラマの脚本家になればいいわ。きっとサラリーマンの男たちの人気を呼ぶドラマを書けるでしょうよ。

それとも、夫をとられたショックから精神のバランスを失い、不倫相手の女にひたすらつきまとっていやがらせをしている妻を描きたいなら、サスペンス映画の脚本を書いたらいいかもしれない」

「でも、実際に奥さんはそうやっているじゃないですか！」

またしても亜紀子は怒鳴《どな》った。

「私にひたすらつきまとって、いろいろないやがらせをしているじゃないですか」

「私を奥さんと呼ぶのはやめなさいと言っているでしょう」

「やめないわ！」

ヒステリックに亜紀子は叫んだ。

「私に嫉妬《しっと》しているならしているで、正直に言ってください。私は私で、いまの気持ちを正直に言いますから。私……もう課長とは別れたいんです。はっきり言って、私、課長についていけない部分を感じはじめていますから。ですから、もう私をご主人の不倫相手として咎《とが》めるのは意味のないことなんです。むしろ増岡さんに奥さんの口から言ってください。稲場亜紀子はもうあきらめなさい、と」

「あなた、大きな勘違いをしているのね」

「勘違いってなんですか」

「あなたは、ほんとうの意味での増岡の恐ろしさを知らないのよ」

増岡治恵は、じっと亜紀子を見つめた。

光という要素がどこにも見当たらないはずなのに、どうして人間はこんな暗闇でも、相手の瞳の輝きがわかるんだろうと、そんなことを考えながら、亜紀子は増岡の妻の目を見返した。

「稲場さん、私が函館まであなたたちを追いかけたのは、不倫の証拠をつかむためだと思っているんでしょう」

「当然じゃないですか」

「申し訳ないけれど、私は、そんな目的のためにむだなお金は使わないわ」

治恵の口元が皮肉っぽく歪《ゆが》んだ。

「だって、わざわざ函館までついていかなくたって、あなたたちの関係はとっくに気づいていたんですからね。増岡は日記を書く癖《くせ》があるのよ。もうひとりの自分と語り合うための日記がね。そこにあなたとのことがいろいろ書き記されてあったわ」

自分と語り合うための日記、という表現に、亜紀子は突然ゾクッと身を震わせた。忘れていた寒さが駆け戻って、自分の背筋を上から下へ走り抜けた感じだった。

「じゃあ……」

その寒気《さむけ》を追い払いながら、亜紀子はきいた。

「すでに私と課長の関係がわかっていたとおっしゃるなら、何のために函館までついてきて、刑事が犯人を尾行するみたいに、ずっとつけ回していたんですか」

「監視のためです」

「それなら不倫の証拠探しと同じことでしょう」

「不倫の監視じゃないのよ」

「だったら何の監視なんですか」

「あなたを守るため」

「えっ?」

亜紀子は何かの聞き間違いではないかと思った。

「私を守るため?」

「そうよ。そしてあなたを守ることは、私にとっては自分と二人の子供を守ることでもあるの」

「何をおっしゃっているんだか、意味がさっぱりわかりません」

「形ばかりの夫婦であっても、でも、戸籍《こせき》上の夫であり、そして子供たちからみれば戸籍上の父親である男には人殺しになってほしくないから」

「人殺し？」

「ええ。だから私は稲場さん、増岡があなたを殺さないように、ずっと監視をしつづける必要があったの。とくに二人で函館に出かけることが増岡の日記からわかったとき、真剣に私は心配したから」

「ど、どういうことなんですか、それ」

「増岡史也という男は鬼です」

治恵はきっぱりと言い切った。

「彼の趣味は……殺人」

第五章　鬼が吠える夜

1

「じつはこれまでにも、非常に不可解な焼死事件や死までには至らなくても大やけどの重体を引き起こすような奇妙な火災事故の報告がなされている」

気仙沼から唐桑半島へ向かう国道45号線を気仙沼湾に沿って車を北上させながら、朝比奈耕作は助手席の高木洋介に説明をはじめた。

「それはどういう意味で奇妙かといえば、自分の身体《からだ》に火が燃え移っていることに気づく間もなく、一瞬にして全身が猛火に包まれてしまうという現象が起きているからなんだ。もちろん、ガソリンやベンジンといった可燃《かねん》引火物の存在とはまったく無関係にね。

当初それは、消防関係者の間でも不思議がられた現象だった。たとえば料理中の主婦が全身大やけどを負って病院に運び込まれてくる。意識を取り戻したところで当人にたずねてみると、とにかく気がついたら炎に包まれていたんです、の一点張り」

「料理をしていて気がつかないうちに火だるまになっているなんて、普通は、そんなことは考えられませんよね」

アフタースキー用のジャケットを着込んだ高木が言う。

「そうなんだよ。フライパンの油に火が燃え移って天井を焦《こ》がすというケースはよくありそうだし、そのさいに髪の毛をチリチリに燃やしてしまう程度のことはあるだろう。でも、全身が炎に包まれるまで本人が何も気づかないなんて、絶対にありえない話だと思うよね。

ところが現実には、ある時期からこの手の火災事故がちょくちょく見られるようになった。そして奇妙なことに、この事故は夏にはあまり起こらない。多発時期は晩秋から冬にかけて。つまり、寒い時期なんだ」

「その不思議な現象は、寒さと関係があったんですか」

「間接的にはね」

答えながら、朝比奈はバイパスから旧道へ分かれるY字路を右へ進路を取った。そして、南気仙沼駅方面から鹿折川《ししおり》を渡って石割峠経由で唐桑半島へ入る大型車通行止めのショートカットを選択した。

このほうがバイパスに沿って迂回《うかい》するよりも距離的にはだいぶ近くなる。

「つまり寒い季節になれば、保温性の高いウエアを着たくなる。中でも起毛《きもう》処理をした素材は、そのさわり心地のよさから、冬物衣料にはよく使われる。トレーナーとかジャケットなんかにね」

「表面をけばだたせたやつですね」

「うん、それが不思議なやけど事故の元凶だった。その素材が出回りはじめたころから、この種の事故が報告されるようになった」

「というと」

「じつは起毛処理した衣服というのは、防災上非常に危険な側面を持つ。いったんその一部分が火にあぶられると、けばだった起毛の表面を一瞬にして炎が走るんだ。まるで着火剤でも塗ってあるかのようにね」

「ほんとうですか」

「志垣警部は専門家から実際に実験ビデオも見せられ、あぜんとしたと言っていたよ。それはもうほんとうに一瞬の出来事だというんだ。不燃《ふねん》処理をしてあれば別だが、そうでない起毛素材は、一ヵ所に火がつくと一秒経《た》つか経たないうちにそのすべてに火が広がってしまう。これを表面フラッシュ現象という」

「へーえ」

高木は信じられないという声を出した。

「ぜんぜん知らなかったですよ、そんな話」

「ぼくも知らなかった。そしてほとんどの人間がそんな知識は持っていないから、自分の身体が一秒たらずの間に炎に包まれるという発想がない。だから実際にその現象に襲われても、自分の身体に何が起きているか理解できないんだ。

だってそうでしょ、あ、袖《そで》にガスコンロの火が触れたかな、と思ってパッと離したときにはもうすでに背中に炎が回っているなんて、そんなことは夢にも思わない。しかも、起毛の表面を広がっていく炎は見えにくい。とくに太陽の光があったり、明るい照明のもとではね。だからなおさら非常事態に気づくのが遅くなる」

「そうかあ」

「志垣警部によると、けさ起きた蒲田でのアパート火事現場では、男性の焼死体はキッチンのところで発見された。どうやらステーキを焼いている最中に火災に見舞われたらしい。そして、そばにはブランデーの瓶《びん》が転がっていた。

現場の消防担当者はその場で的確な推理を働かせることができなかったようだが、志垣さんが相談した専門家は、この状況からすぐに表面フラッシュ現象が起きたことを指摘したそうだ」

「フランベの炎ですね」

と高木が理解して言った。

「そうなんだ。ステーキを旨《うま》く焼くために、ブランデーをふりかけたところ、炎がバッとあがる。そこまでは予測済みだったけれど、彼の着ていた起毛素材の服に、その炎が飛んだところまでは気がつかない。そして、その炎が一瞬にして上半身に回っても、まだなお気づかないという可能性がある」

「最初は衣服の表面だけだから」

「うん。その炎が内部にまで浸透《しんとう》しはじめて、皮膚に強烈な熱さを感じたときは、すでに手遅れに近い状況になっている。しかも、おかしいぞ、と思ったときに、その原因がまったく自分でつかめない」

「フライパンを見ても、一時的に燃え上がった炎はもう収まっているわけですからね」

「そう。ステーキがじゅうじゅうと旨そうな音を立てて焼かれているだけだ。ところが一方では、なぜか自分の胸や腹、背中などに猛烈な熱さを感じはじめている。そしてあっと思ったときには、身体が炎に包まれているんだ。これじゃあ混乱するよね。そして完全にパニック状態に陥《おちい》って、最悪の事態を回避するための的確な行動がとれなくなる。

　須崎啓太郎というその男性も、ただただパニックして家の中を駆け回っている間に、周囲の可燃物にその炎が移ってしまった可能性がある。これが髪の長い女性などの場合は、髪の毛に炎が燃え移って頭から焼かれていくことも多いそうだ」

「ちょっと待ってくださいよ」

高木が目の色を変えた。

「長い髪の毛というと……」

「そう、川路健太少年も、女装のようにして長い髪のカツラをかぶっていた。紫色のね。それは起毛素材の服とともに、健太君を炎の埋葬《まいそう》に付するには最適の小道具だったかもしれない」

「たしか健太君も紫色のトレーナーを着ていたとみられているんですよね」

「高木さん、わかってきた？」

「じゃあ、健太君の格好《かっこう》が女装とか紫づくしだったことに特別の意味があったのではなくて、燃えやすい素材のほうに」

「そうなんだよ、素材のほうに意味があったんだ。鬼石の上で焼け死んだ少年も、蒲田の木造アパートで焼死したサラリーマンも、共通のトレーナーを着ていた可能性がある。いや、着ていたのではなく、着るように仕向けられていた可能性がある」

朝比奈は片手をハンドルから放して、カフェオレ色に染めた髪をかき上げた。

「健太君が鬼の儀式を目撃したことについて、Xという人物がそれに気づき、重大な秘密を見られてしまったと深刻な危機感を抱いたとしよう。その一方で健太君は中学生らしい好奇心で、謎の追究に取りかかったとする。そんな健太君の存在をXは抹殺《まっさつ》したがった。だが、彼もしくは彼女は、高木さんやぼくと同じような常識も持ち合わせていて、露骨《ろこつ》な殺人の手段は決して得策ではないと計算した。そして選んだ方法が」

「表面フラッシュ現象を利用して焼き殺す……」

「うん。これこそぼくが指摘した、成功の確率がきわめて低いがゆえに、成功した場合における犯人の隠《かく》れ蓑《みの》は完璧、というやり方だよね。たとえば健太君を、一時的に鬼の儀式の仲間に誘い込むような言い方をする。そして彼に、なにやら意味ありげな紫づくしの格好をさせ……もちろんこれらの衣装道具はXが用意するわけだ。そして、鬼石の上に蠟燭《ろうそく》を百本あまりも立てさせて、その輪の中に入って秘密儀式めいたことをさせる」

「その過程で、蠟燭の炎が起毛素材の衣服に移るように……」

「そういうこと」

「でも、本気でそんな仕掛けをする人間がいるんでしょうか」

「言葉尻《ことばじり》を捉《とら》えて申し訳ないんだけど、本気じゃなかったからできたんじゃないかな」

「……」

「そしてXは、それが思わぬ効果を発揮したことを知って異様に興奮した。こんなやり方で人が殺せるなら、今後もこの手が使えるかもしれない、とね」

「じゃ、朝比奈さんは、蒲田で起きたというきょうの焼死事件が鬼死骸村の出来事と関連しているというふうに」

「その可能性は大きいんじゃないかと志垣警部に話しておいた。しかも須崎啓太郎氏の死は、稲場亜紀子という同僚女性社員による他殺ではないかという強い指摘もあったそうだしね」

「もしもその火事が稲場亜紀子によって仕組まれたものなら……」

「健太君を炎に包んだのも、彼女のしわざだという可能性がある、ということさ。警部はいま、その女性のことも含めてタナカ精器の関係者について大特急であたりはじめているらしい」

「いつものブルドーザー的突進がはじまったってわけですね」

志垣のいかつい風貌《ふうぼう》を思い起こしながら、高木がたのもしそうに言った。

「あの人が本気を出したらすごいパワーですからねえ」

「ただ、会社が正月休みに入っている時期だからね。なかなか調査もはかどっていないみたいだけれど」

と言ってるそばから、朝比奈の胸ポケットに入れてあった携帯《けいたい》電話が鳴った。

「噂をすれば、かな」

そう言いながら朝比奈は通話ボタンを押し、それがやはり想像どおり志垣警部からのものであったことを、高木に目で合図した。

「よう、朝比奈君、面白いことになってきたぞ」

そのダミ声の張り上げ方だけで、志垣の調査の進捗《しんちょく》状況がわかった。大きな進展があったのだ。

「きみはいま気仙沼にいるんだってなあ」

「そうです。さっきお話ししたようにバス停鬼死骸のそばで焼け死んだぼくのファンの少年の調査が目的なんですけど、グルメの高木さんのお誘いでフカヒレ寿司を食べるツアーというのが途中に入っちゃいまして」

「そりゃ、高木君はいいカンしとったかもしれんぞ」

「え、どういう意味ですか」

「タナカ精器の須崎啓太郎という中年サラリーマンが焼け死んだ件だ。早川という社員の告発をもとに、須崎氏や早川氏と同じ営業一課に所属する稲場亜紀子について連絡をとろうと思ったら、彼女の自宅の電話にはかんたんな不在メッセージが録音されていた。それで、この時期だからおおかた実家に帰っているんだろうと思ってな、焼死事件であたふたしとる同社の馬場という総務部長に稲場亜紀子の実家の連絡先をたずねたんだ。そうしたらきみ、どこだったと思う」

「まさか気仙沼だっておっしゃるんじゃないんでしょうね」

「そのとおりだよ、朝比奈君。気仙沼だ！」

志垣の声がいっそう大きくなった。

「稲場亜紀子が帰省している実家は、気仙沼にあるというんだ。バス停鬼死骸のある一関からは、車で一時間ばかりの距離の気仙沼にな」

「……」

「おい、朝比奈君。これは偶然かね。それとも必然性に満ちた一致なのかね」

「たぶん後者でしょう」

電話口から聞こえる志垣警部の大声にあおられるように、朝比奈もまた、えもいわれぬ興奮の波に襲われてきた。

「それからもうひとつ、タナカ精器の馬場総務部長が興味深いことを教えてくれた」

志垣がつづけた。

「焼け死んだ須崎啓太郎の直属の上司は増岡史也という課長なんだが、警察から事件の通報を受けた総務部長は、真っ先に増岡氏をつかまえようと思ったが、自宅も留守《るす》だし携帯もつながらない。そして、ようやく夕方になって携帯でつかまえることができて、馬場部長が事件を話したら、ひどくそれに驚いた様子ではあったらしいんだが、きょうは私用で東京を離れているので、すぐには戻れないという。直属の部下があわれな死に方をしたというのにな。

それで馬場氏は、いまどこにいるのかとたずねたら、福岡の親戚《しんせき》のところにいるという。ところがだ、その背後に駅のアナウンスが流れてきたというんだよ。気仙沼、気仙沼、とな」

「驚きましたね」

ため息をつきながら、朝比奈はつぶやいた。

「そこでも気仙沼が出てくるんですか」

「馬場氏は、なんでまたそこで増岡課長がウソを言わねばならないのか、ひどく疑問に思ったそうだ。そして馬場氏は、同じ営業一課の早川氏が警察に他殺の可能性ありという告発をしたことも承知しておってな、そこで急に空想を働かせたというわけだ。こういうタイミングで居場所のウソをつくということは、裏に何かあり、とな」

「どうやら事件は鬼死骸村から気仙沼に舞台を移した感じがありますね」

「そうなんだ。場合によっては、和久井を連れて、明日にでもそっちへ行くことになるかもしれんが、きみらはどうしてるかね」

「明日は、小説の舞台になりそうな場所を取材しながら、また一関方面へ戻るつもりでいましたけれど、警部がこっちへいらっしゃるなら、もちろんお待ちしていますよ」

「まあ、事の展開次第だな。私も想像力を働かせるだけ働かすところがあるが、真相はたんなる失火にすぎなかった、ということもあるわけだし。……ところで、なんか電波の調子が悪いが、ひょっとしてきみは、いま車で移動中なのか」

「ええ、ちょっと気仙沼のそばの唐桑半島というところへ」

巨釜半造という地名を出してもピンとこないだろうと思い、朝比奈はそう言った。

「高木君と男ふたりで深夜のドライブかね」

志垣は電話口で笑った。

「あまりゾッとしない光景だが」

「いや、そうではなくて、第一の目的は取材です。そして第二の目的は人助けができる可能性があるかもしれないと思って」

「人助け？」

「ひょっとして、今晩リアス式海岸の断崖《だんがい》から飛び込み自殺をする男がいるんじゃないかという気がしてまして」

「おいおい、なんだよそれは」

「ま、たぶん取り越し苦労だと思いますから、そのことはまた明日にでもお話ししますよ。こんどの事件とは関係ないことですし、警部の貴重なお時間を費《つい》やしても申し訳ないですから」

それだけ言うと、朝比奈は短い挨拶の言葉を交わして志垣との電話を切った。

そして高木に向かっていまの会話の内容を改めて解説しながら、唐桑半島東海岸の巨釜半造へ向けて車を走らせた。

夏の終わりの旧鬼死骸村での出来事に端《たん》を発した事件が、おもわぬ形の終結を迎えることになる最終舞台にいま向かいつつあることなど、夢にも知らずに……。

2

「あなたは増岡史也という男の怖さを、まだほんとうには知らないはず。少しは感じつつあるかもしれませんけれどね」

野獣の咆哮《ほうこう》が断続的に響き渡る暗黒の岩場では、増岡治恵が稲場亜紀子に詰め寄っていた。

「私は二重人格という言葉を安易には使いたくはない。それはヘタをすると、ジキルとハイドのような安っぽい怪奇小説を連想させますから」

治恵のしゃべり方は、どこまでも冷静で落ち着いていた。

「でも、増岡という男は、まさに二重人格者といってよいかもしれないのです。というよりも彼は、人間すべてが二重人格者である、という論理の持ち主ですから」

「聞いたことありません……そんな話、課長から聞かされたことありません」

首を横に振りながら、亜紀子はそう言った。

だが、ふと思い出されたのが函館山山頂での会話だった。人間は誰でも心に鬼を抱いている、という言葉を。それを二重人格の肯定《こうてい》と解釈するならば、亜紀子だって同じ考えの持ち主だといってよい。

だが、治恵が明らかにしはじめた増岡の真の姿は、亜紀子が考えていたような甘いものではなかった。

「増岡は」

海から断崖を伝って吹き上げてくる風に鬢《びん》のほつれ毛をなびかせながら、治恵はつづけた。

「自分の正体は鬼である、と規定しています」

ドキッとした。

心の中に鬼の部分を抱えている、というニュアンスと、自分の正体が鬼である、というのではまったく違う。

「増岡は変わった哲学を持っています。それは《言葉はすべて偽《いつわ》りである》という哲学です」

「言葉は……すべて……偽り？」

「人間関係の中で用いられる言葉というものは、宿命的に偽りの衣を背負っており、その言葉によって演出される表向きの自分は、すなわちまた偽りの存在である、と。つまり永遠の愛を誓ったはずの妻に対しても、血のつながった子供に対しても、自分は偽りの姿しか見せていない。そして真の自分とは、言葉を用いない自分の心の中にだけ存在するというのです。そして、その真の自分とは、恐ろしいまでに悪魔的な欲望に彩《いろど》られた鬼なのだ、と」

「でも……治恵さんは……」

凍りつくような恐怖を覚えながら、亜紀子はたずねた。

「どうやって増岡課長のそうした考えを知ったのですか」

「鬼日記で」

「え？」

「鬼日記を読んだのです」

「なんですか、その鬼日記って」

「彼が自分でそう名付けている日記です」

「………」

「私は夫婦の間でも一定のプライバシーは守るべきだという考えの持ち主ですから、彼が日記をつけているかどうかたずねたこともなかったし、もしも彼の日記帳がむき出しで置いてあっても、それを覗《のぞ》いてみようとは決してしないでしょう。

ところが、彼の鬼日記は普通の日記帳やノートではなく、ラップトップのパソコンに記録されていました。そして私は、増岡の部屋を掃除《そうじ》に入ったとき、入力途中のまだったその画面を、偶然目に留めてしまったのです。いったん見てしまったら、その全体をすべて見ずにはいられませんでした」

「いつのことなんですか、それ」

「二年半前」

亜紀子は頭がくらくらしてきた。

もしも治恵の言っていることが真実ならば、自分と不倫関係に陥《おちい》るよりはるか前に、増岡は異常な世界に突入していたことになる。

そして、治恵を葬儀の場で見かけたあの一年半前の段階で、すでに彼女は夫の恐るべき真実を知っていながら、淡々《たんたん》として妻の立場をこなしていたことになる。

「そこには、あまりにも恐ろしい言葉がつらねてありました」

ウォォォォンと低い響きを放つ東風穴《こちあな》の咆哮にかぶさるようにして、治恵の言葉がつづく。

「彼はまず、この世の中の人物を二つに分けました。自分の気に入る人間と、そして気に入らない人間との二つに大別したのです」

その考え方は、亜紀子も直接増岡から言われた覚えがあった。函館山から五稜郭方面を見渡しながら、日本人どうしが血を流しあった戦さである箱館戦争を引き合いに出して、許せる人間と許せない人間の二種類がある、というふうに。

それはいかにも議論好きなサラリーマンがやりそうな上滑《うわすべ》りな天下国家論という感じがして、亜紀子はそのあたりから増岡のイメージに狂いを生じてきたのだが、まさかその背景にもっと恐ろしい着想があるとは知らなかった。

「そして増岡は、気に入らない人間は抹殺《まっさつ》すべきだと鬼日記で断言しているのです。たぶん自分の考え方はヒトラーに近いものがあるのではないか、と分析しながら」

「ヒトラー……」

「いちいちここでは申し上げませんけれど、その鬼日記の中には具体名を挙げて、抹殺したい人間の名前が並べてありました。私が直接知っている人では須崎啓太郎さんの名前がありました」

「うそ……」

言葉にならない衝撃が亜紀子を襲った。

では、新庄真由美の推測は正しかったのか。

「それからもうひとり、私がとてもよく知っている人の名前がありました」

その先は聞きたくない、と反射的に思い、亜紀子は耳をふさいだ。そして叫んだ。

「やめてください！　言わないで！」

自分の名前が出る、と思った。

そのとき、いちだんと激しい咆哮を東風穴が放った。

だが、それでも増岡治恵の口から出た言葉をかき消すには至らなかった。

「増岡治恵」

彼女はそう言った。

自分自身の名前を、まるで他人のそれのように客観的に言い放った。

そして亜紀子の耳にも——両手でふさがれていたにもかかわらず——その名前ははっきりと捉《とら》えられた。

「増岡の抹殺リストには、私の名前も記されていました」

「………」

愕然《がくぜん》としながら、稲場亜紀子は自分の耳をふさいでいた両手をゆっくりと下ろした。

「課長が奥さ……いえ、治恵さんを」

「ええ。あれこれ気に入らない理由が述べられてありました。それをここで繰り返したくはありませんし、彼のそういった見方を私のほうから一方的に否定するつもりもありません。ただね、稲場さん、そこに書かれていた理由というのは、普通の夫婦ならば、せいぜいが夫婦ゲンカの原因になる程度のものなのよ。もっとエスカレートしても離婚どまり。わかる？　増岡という人間は、妻が気に入らなくなったら、ケンカをしようとか、離婚してやろうではなく、殺してしまおうという発想が先に立つ人なの。

会社の須崎さんに対してもそう。年上の部下である須崎さんに対して増岡が抱いていた敵意なんて、どこのサラリーマン社会でもあることよ。そんなレベルなのに、あの人は気に食わないから殺してやろうという発想になるの。たしかに鬼だわ」

増岡治恵は、初めてそこで感情のこもったため息を吐《つ》いた。

「自分自身でそうだと述べているように、恐るべき鬼だわ。あの人は人間ではなく、鬼なのよ」

「でも治恵さんは、そういった日記を目にしたあとも平気だったんですか」

亜紀子はそうたずねずにはいられなかった。

「私だったら、頭が変になってしまうと思います。自分の夫がそんな考えの持ち主で、抹殺リストに妻である私の名前が載《の》っていたら」

「狂ってしまうかもしれない、とは思ったわ。一時的にはね」

哀しそうな自嘲《じちょう》の笑いを、治恵は浮かべた。

「ただ、私は母親として二人の子供も守っていかなければならない。狂っている場合ではないの。もしも私がそこで崩れたら、子供たちはどうなるの。そう考えていけば、精神のバランスを崩してはいけないことが論理的に導かれるでしょう」

「そうやって理詰《りづ》めで考えていけるんですか」

「いけるわ」

きっぱりと治恵は答えた。

「私はね、秘書をやっていた時代に英語を一生懸命勉強していたから、それで少しは救われた部分があるのよ」

「どうしてですか」

「日本語と違って、英語の成り立ちはとても論理的だから」

まっすぐ亜紀子を見つめて、治恵は言った。

「その英語を学んでいたことで、私はずいぶん助けられました。けっきょく、物事を理詰めで考えていく習慣を身につけていなければ、人生の危機から自分を救い出すことはできないんだと、そのことが英語の学習を通じてよくわかったの。自分の心を守るためには、論理的な思考システムを頭の中に作り上げておかなければならない、と」

「じゃ、英語をしゃべれない人は救われないということなんですか」

「いいえ。私が言っているのは、英語能力の有無《うむ》を意味するものではないのよ。英語を成立させている論理構造をそのまま日本語に持ち込んで、それで自分の日本語を操っている基本システムを変えてしまえばいいことなんだから」

淡々と語る増岡治恵の話を聞きながら亜紀子は、この女性はなんという人なのか、と思った。

たしかに彼女が外資系の会社への転職をめざし、一生懸命英語の勉強をしていたという話は増岡から聞かされていた。しかし、増岡の口から語られた妻の姿は、一時期の意欲的な向上心もさめ、子供の教育にしか頭の回らない、つまらない女というイメージでしかなかった。

ところが、きわめて明快な日本語を操る彼女を目《ま》のあたりにしたら、どちらの言葉が真実なのか、それは一目瞭然《いちもくりょうぜん》だった。

「日本語には偽りの入り込む余地があまりにも大きすぎる」

風に躍る髪を片手で押さえながら、治恵はつづけた。

「その点では、増岡は正しいことを言っていると思います。偽りをかんたんに許容する日本語の構造で動く日本人は、とても嘘《うそ》に鈍感《どんかん》。そしてその人間関係にも、また見せかけだけの偽りが多すぎる。これも事実。だけど、そこを認めたからといって、彼の暴論を許容するわけにはいかないわ」

「治恵さんは……」

頭の中がごちゃごちゃになりながら、自分もここはしっかりと理詰めで対応していかなければならないと思って、亜紀子はたずねた。

「私を守るために行動されていると言われましたけれど、私はなぜ課長から殺されるおそれがあるんですか。私は増岡課長から愛されてはいなかったんですか」

「いないわ」

そっけないほど明確な答えだった。

「彼がなぜあなたと不倫の関係をはじめたのか、それを知ったらあなたはかなりショックを受けるはずよ。でも聞きたいわね」

亜紀子の気持ちを完全に先回りする形で、治恵は言った。

「彼は私を狂わせるために、あなたとつきあいはじめたの。私を精神的に痛めつけるために」

「そんな……」

「ほんとうよ。そのことも彼はパソコンの鬼日記に打ち込んでいましたから」

そこまで聞いたとき、亜紀子の瞳《ひとみ》にどっと涙があふれてきた。

その涙の原因が、亜紀子には自分ではっきりとわかっていた。

いま治恵の口から語られた不倫の動機とは、まさしく亜紀子自身が心に抱いていたことではないか。じつに卑《いや》しい、じつに低俗な、唾棄《だき》すべき発想から亜紀子は増岡の妻をいじめようとしていた。ところがその妻とは、亜紀子が想像もしていなかったような強靱《きょうじん》な論理の持ち主であったのだ。

亜紀子は、これほどまで自分を恥じたことはなかった。自分という人間に対する情けなさと、それから増岡治恵への申し訳なさで、涙がとめどなくこぼれて止まらなくなった。

そばにいる新庄真由美がどんな反応を示しているか、そんなことを気にするゆとりもなく、亜紀子は片手で口を押さえながら、嗚咽《おえつ》をこらえきれずに声をあげて泣き出した。

「ショックでしょうね、稲場さん。でも、耐えなければだめよ」

治恵は、過度に感情を込めず、きわめてさらりと言ってのけた。

「あなたが受けるべきショックは、まだこれだけではないんですから」

その言葉の真意がわからず、亜紀子が涙に濡《ぬ》れた目を治恵に向けたそのときだった。

「治恵、嘘はもうそれぐらいにしないか」

黒いシルエットとなって重なりあう樹々の間から、増岡史也の声が聞こえた。

3

唐桑半島の東海岸、巨釜半造の近くまでやってきた朝比奈耕作と高木洋介は、まず巨釜と呼ばれるエリアを先に訪れた。

扉を堅く閉ざした土産物店の奥に広がる駐車スペースには森閑《しんかん》として車の姿は一台もない。

その駐車場の一角に掲げられた「巨釜半造案内図」という絵地図を懐中電灯の明かりを回しながら照らしてみると、林の中の小径《こみち》を下りていったところに展望台らしきものがありそうだとわかった。

そこで朝比奈は高木とともに、林の中を急傾斜で下っていく小径を進んでみることに決めた。

志垣警部からの電話連絡で知らされた、気仙沼に舞台を移したかにみえる事件の展開も気にはなっていたが、その一方で朝比奈は、寿司屋で隣り合わせた黒いとっくりセーターの男のことも、妙に引っ掛かっていた。

その男が、断崖絶壁から身を投げるイメージが脳裏にこびりついて離れないのだ。

「なんだか不気味なところですねえ」

懐中電灯を持った朝比奈の先導にしたがって後をついていく高木が、不安げな声を出した。

「夜聞く海鳴りの音も気持ち悪いけど、この林がまたなんともなあ……」

海に突き出した岬《みさき》のほうへ下り坂の山道は、びっしりとした樹林に覆われ、それらが闇の中で幻想的な黒のシルエットをうごめかせている。

この林は『魚つき保安林』としてとくに保護されているものだった。魚つき保安林というのは、森林そのものが海中の魚介類の保護育成に有効だから、そう名付けられている。

土砂の不要な流出を防ぎ、魚の餌《えさ》のための養分を提供し、さらには太陽の方角に応じて海面に木陰を作るため、それが水温のほどよい調節になったりしているからである。

その魚つき保安林の中を、懐中電灯一本の明かりをたよりに、朝比奈と高木が白い息を吐きながら駆け降りていく。

あまりにも闇が深くて、樹々の間から海の姿を覗《のぞ》くことはできないが、日中であれば、この先端には折石《おれいし》と呼ばれる高さ十六メートルの柱のような奇岩が海面から屹立《きつりつ》している姿が望めるはずだった（左頁写真参照）。

かつてこの一帯を襲った大津波のときに、ポキリと上部が折れてしまったので折石の名前がある。

その折石を一望する場所にある展望台まできたが、そこに人影が見当たるわけでもなく、また遺書や揃《そろ》えた靴などが見つかるわけでもなかった。

「考えすぎかな」

息を弾《はず》ませながら、朝比奈がポツリとつぶやく。

海面から16mの高さでそびえる折石

「でも、いちど気になりだしたら、確かめずにはいられないのが朝比奈さんの性分《しょうぶん》なんでしょう」

「まあね。とりあえず展望台のところに自殺の形跡がなかっただけでも安心したよ。これ以上は、この暗がりでは何も確認できないから次へ行こう。大地が吠《ほ》える半造のほうへ」

こんどは上り坂となる駐車場までの道を、朝比奈は元気に駆け出した。ふだん和机の前に座って書き物をしているわりには、足腰がタフである。

しかしその朝比奈も、その途中の山道で『半造へ至る　0・50㎞』との分岐の標識を見つけても、さすがに歩いてそちらへ行こうという気にはならなかった。

そして駐車場に戻った朝比奈は、氷点下の寒さにもかかわらず汗ばんでしまった額《ひたい》をぬぐってからエンジンをかけ、半造方面へと車を回した。


「あれ……」

半造の駐車場スペースまでやってきたとき、助手席の高木がまずいぶかしげな声を出した。

「こんな時間に車が停まっていますよ。それも一、二、三……三台も」

「ナンバーをチェックしよう」

そう言って、朝比奈が車をゆっくり巡回させながら、三台の車のナンバープレートを次々にヘッドライトで照らし出した。

一台は地元のナンバーの自家用車だったが、残りの二台は他県ナンバー――一関ナンバーでしかもレンタカーだった。

「朝比奈さん」

高木がぽつりとつぶやいた。

「なんだか匂いませんか」

「うん」

緊張した面持ちで、朝比奈もうなずいた。

「一台だけだったら、それこそ自殺を真っ先に疑いたくなるけれど、三台とはね」

「どうします？」

「どうします、って……もちろん、行くに決まっているよ。その前に高木さん、おたがいの携帯電話の電源を落としておこう。そして、よけいな口は利かずに忍び足で行ったほうがいいみたいだ」

「ぼくもそんな気がします」

自分の携帯電話の電源をオフにしながら、高木が言った。

「なんだか、ひさしぶりに朝比奈さんといっしょに修羅場《しゅらば》を体験しそうな気がするんですけど」

「チミケップ湖のキャンプ以来かな」

「ですね」

高木は緊張で喉仏《のどぼとけ》をゴクンと上下に動かした。

「懐中電灯はひとつしかないけど、こんどは高木さんが持って」

「いいんですか、ぼくで」

「うん。基本的には明かりなしでいきたいけど、あまりにも闇が濃い感じだから、照明は必要だと思う。でも、ハンカチか何かで包んで、極力明るさを落としていこう」

「わかりました」

高木は、朝比奈の指示どおり、ダークブルーを基調とした自分のハンカチを懐中電灯のレンズ部分に巻き付けて縛《しば》った。

「いやあ、ホントどきどきしますね」

まだ助手席に座ったままの態勢で、高木が言った。

「車三台ということは、少なくとも三人がこの闇の奥にいることを示しているわけですからね」

「鬼死骸村の事件が巨釜半造で決着をみる——そんな予感がしなくもないけど……とにかく行こう。じゃ、明かりをつけて」

高木が懐中電灯のスイッチを入れるのと入れ替わりに、朝比奈は車のヘッドライトを消し、エンジンを止めた。

そして、キーは抜いておいたが、いざというときのためにドアロックはかけずに車を離れた。

「速足で、でも足音を立てないよう、駆け出さずに行こう」

朝比奈の指示にうなずくと、高木洋介はハンカチを通したブルーの弱い光を放つ懐中電灯を照らしながら先頭に立って、断崖のほうへとつづく道を進みはじめた。

4

「課長……」

突然の増岡の出現に、亜紀子は涙を拭《ふ》くのも忘れて棒立ちになった。

増岡の手にはペンシル型の懐中電灯が握られており、その明かりによって、初めてあたり一帯に人工的な照明が投げかけられた。

とはいっても、その光の束はきわめて細くて弱々しく、それを持つ増岡の顔を不気味に見せる効果しかなかった。

彼は黒のハイネックセーターの上に、いつも会社への通勤に使っているダークグレーのコートを羽織《はお》っていた。しかし、その襟元《えりもと》に鬼の牙のペンダントが下げられているのが亜紀子の目に留まった。

「亜紀子」

新庄真由美も含めて三人のいる場所へゆっくりと歩を進めながら、増岡史也は言った。

「ぼくは、きみのことが心配でここまでついてきた。たぶん、こんなことになるんじゃないかと思って」

「止まりなさい」

増岡の妻治恵の声が、夫の言葉を鋭く遮《さえぎ》る。

「それ以上稲場さんに近づかないで」

「おいおい、それはないだろう」

増岡の声は笑っていた。

ペンシルライトの弱い光に照らされた顔も、それに合わせて歪《ゆが》んでいた。

彼は、亜紀子まであと五メートルほどの距離のところで立ち止まっていた。

「稲場君はぼくの部下なんだぜ。それだけじゃない。治恵、きみにきちんと話したとおり、彼女はぼくの恋人なんだ。いや、もう新たなる妻にすることを決めている女性なんだ。その彼女に近づいていけないという法はないだろう」

「あなた、いままでそのへんに隠れていたならば、私の話が聞こえていたでしょう」

「ああ、聞こえていた」

「だったら、もうどんなに嘘をついてもムダだということが理解できたはずよ」

「あいかわらずきみは素晴らしいよ、治恵。素晴らしい嘘つきだ」

増岡は、おおげさなゼスチャーで両手を広げた。それに合わせてペンシルライトの明かりが、蛍《ほたる》が飛ぶような弧《こ》を描く。

「そのテキパキとした、一寸のムダもないしゃべり方を聞いていれば、誰だってきみは聡明な女性だと信じ込むに決まっている。まさか天下の大嘘つき、それも病的なまでの大嘘つきだとは誰も思うまい。とりわけ稲場君のようにまだ人生経験が少ない若い女性には、治恵、きみのしたたかな嘘を見抜くのは難しいだろう」

「課長……」

亜紀子は混乱した。

ほんの一分前までは、治恵の言葉を百パーセント信じていたのに、増岡の登場でまた亜紀子の心は揺《あや》れた。

その人格を危ぶんで別れようと決心した男ではあったが、しかし、これまで二年以上にわたって何度となく抱かれてきた男でもある。その男と女としての日々の積み重ねが、ここで急に説得《せっとく》力を持ちはじめていたことに、亜紀子は気がついた。

治恵の論理はたしかに完璧だった。しかし、しょせん彼女は二年前に会釈《えしゃく》程度の挨拶を交わしただけの関係なのである。その彼女の言葉に打ちのめされ、涙までこぼし、それどころか声を上げて泣いた自分が、急に愚《おろ》かに思えてきた。

(私……催眠術《さいみんじゅつ》にかけられていたんじゃないのかしら。治恵さんの言葉に、ただ踊らされていただけなのでは)

そんなふうにさえ思えてきた。

できれば新庄真由美に客観的な意見を求めたいと思ったが、真由美は真由美で顔をひきつらせて緊張をあらわにしていた。

ドーンと特別大きな大波が断崖にぶつかる音がしたのち、圧縮された空気が猛スピードで地中の空洞を駆け上がってくるシュルシュルシュル、という予兆音がする。

そして間を置いてから、極《きわ》め付《つ》きの咆哮が東風穴から飛び出した。

グワワワワオウ、オオオオオンと。

「亜紀子、ぼくにはきみの気持ちがわかっている」

猛烈な野獣の雄叫《おたけ》びが収まってから、増岡が言った。

「男があまりにも積極的な態度に出たとき、女はふと身を引いてみたくなるものだ。そのタイミングの見計《みはか》らい方をぼくも誤って、不必要なまでにきみを拘束《こうそく》しようとしたことについては謝る。しかし、それもこれも、早くきみをぼくの腕の中に抱きとめ、そして治恵の毒牙《どくが》から守ってあげたかったからなんだ。それは、とりあえず彼女の夫という立場でいるぼくの責任なんだ」

「それは逆よ、稲場さん。彼の言葉にだまされないで」

「亜紀子、だまされるんじゃない。女房の言葉こそ偽りだらけの悪魔の言葉だ。もっともらしい衣《ころも》を装ってはいるが、そこには悪意に満ちた虚偽の世界しかない」

「稲場さん、彼のでたらめに耳を傾《かたむ》けちゃダメ」

「女房は焦《あせ》っているからそう言っているんだぞ、亜紀子。ぼくが真実を語りはじめたら負けるとわかっているから焦っているんだ。さあ、こっちへくるんだ、亜紀子」

「私のほうへきなさい、稲場さん」

稲場亜紀子をはさんで、増岡夫妻が自分こそが真実を述べていると綱引きをはじめた。二人の白い息と白い息が、バレーボールでもやるように亜紀子の頭越しに黒い空間を飛び交った。

亜紀子は、片方が口を開くたびに、その声がするほうに顔をふり向けた。もうどちらの言い分を信じてよいのかわからなくなってきた。

「ねえ、真由美」

思いあまって、亜紀子は真由美に助けを求めた。

「どうしたらいいの、私」

しかし、真由美は無言で首を横に振るだけである。

「稲場さん」

また治恵が呼びかけた。

「増岡こそ焦っているのよ。彼は、私がパソコンに記録された鬼日記をすべて覗いていたことを、いま初めて知ったはずなの。だからパニックしているのよ」

「ぼくのどこがパニックしてるんだい」

すぐに言い返して、増岡は短く刈り上げた髪の毛を片手で撫《な》でた。

「もしもぼくに焦りがあるとすれば、それはきみがいつ亜紀子に危害を加えるのか、とそのことだよ」

「じゃあ、聞きなさい」

治恵がいちだんと声を張り上げた。

「パソコンに記録された事実をもっとしゃべってあげるわ。増岡は、ほかの十二人の仲間といっしょに『鬼の牙』という会を作っているのよ」

「鬼の牙?」

反射的に亜紀子は叫び、そして反射的に右手を胸元にやった。

しかし、そこにはもちろんあのペンダントは掛かっていない。

「そのメンバーは、サメの牙で造られたペンダントを鬼の牙と呼んで一つずつもち、そして増岡の主張する悪魔主義を信奉する。世の中には存在してよい人間と悪い人間がいて、自分にとって都合の悪い人間は抹殺してもかまわない」

「治恵、きみの妄想《もうそう》はそこまで重症になったのか」

いかにも哀《あわ》れだ、というふうに増岡は首を振った。が、治恵はやめなかった。

「そして、ときにその連帯感を盛り上げるために、悪魔的な舞踏儀式も行なう。十三匹の鬼が集《つど》い、踊り、祈りながら、気に食わない存在の人間の死を願う儀式を。その儀式が行なわれる場所は、会の名前にちなんで鬼死骸村——かつてそう呼ばれていた地域がセレモニーの舞台に選ばれた」

「鬼死骸村！」

亜紀子は叫んだ。

「そんな偶然ってあるんですか。私たち……ここにいる真由美と私は、そこを舞台にした小説を書こうとしていたのに」

「鬼死骸村には鬼石という大きな石があるわ」

(鬼石……)

稲場亜紀子の脳裏に、東北新幹線の中で見かけた朝比奈耕作の声がよみがえった。

『鬼死骸村』そして『鬼石』という言葉を発したその声が。

愕然となっている亜紀子の目の前を、はらり、はらりと白いものが落ちてくる。

雪だった。

すっかり星が姿を消した天空から、雪が舞い落ちはじめてきたのだ。

『鬼の牙』のメンバーは人の死を願う悪魔集団。その鬼石の上で殺人祈願の儀式を行なう」

治恵はさらにつづけた。

「ただし、死を願うといっても呪いをかけるという形式的なものではないの。『鬼の牙』は黒魔術集団ではなくて、明らかな殺人集団」

「殺人！　人殺し？」

「そうよ。ただし、普通の方法で人を殺すのではないの。未必《みひつ》の故意《こい》、もしくはそれ以上に確率の低い方法で狙った標的に罠《わな》を仕掛ける。詳《くわ》しい話をいましている時間はないけれど、その最も回りくどい方法で自分の気に入らない人間を死に追いやろうと考えている。それが十三人のメンバーが考えついた恐ろしいアイデア。

そして、その恐ろしい殺人計画の最初の犠牲になったのは、皮肉なことにメンバー個々が狙っていた標的ではなくて、たまたま鬼の儀式を見てしまった鬼石の近所に住む中学生の男の子。彼は、鬼を演じた十三人のメンバーのうちの一人が、うかつにも鬼の衣裳《いしょう》にはさんでおいた免許証を田んぼの隅に落としてしまったことに気づき、その人物に直接アプローチをした。その好奇心が命取りとなって、彼は焼き殺されたわ」

「焼き殺された……ですって」

「ええ、鬼石の上でね。こういう格好をして、蠟燭の輪の中でこういう儀式をすれば、きみも鬼の仲間に入れると言って衣装まで用意して渡し、彼が炎に巻かれて死ぬのを狙った」

「おやおや、治恵」

頭に降りかかる雪を払いのけながら、増岡史也はいっそう哀れみを込めた表情で首を左右に振った。

「きみは自分で実行した犯罪だから、そんなに詳しく話せるのだというミスに、まだ気づいていないのかい」

「あなたがパソコンの鬼日記に、きちんと記録として残したから知っているのよ」

「どこにそんなものがある。見たいもんだね」

「うちに帰れば見られるわ。ただし、あなたが私をちゃんと生かして返すつもりなら」

「ひどいねえ、ひどい話だ。妄想に満ちた作り話を語るだけなら、きみの精神状態を疑えばいいことだが、いま話したような中学生を犠牲にする殺人が実際に行なわれていたとしたら、ぼくは夫として、そして二人の間に作った子供の父親として、どう対処すればいいのか」

「稲場さん」

治恵は、もういちど亜紀子に呼びかけた。

「さっきも言ったように、私はどうしてもあなたに危機感を持ってほしかった。だから、写真を郵便受けに入れたり、コートのポケットに入れたりしたのよ。増岡があなたと関係を持ったのは、愛があるからではなくて、私を精神的に苦しめるための手段であるだけ。それで私を狂わせようというのが彼の狙いなの。でも、稲場さんだって、いつ増岡の気が変わって標的にされるかわからないのよ。もしもあなたが増岡の悪魔的な性格に気づいて逃げようとしたら、すぐにあなたが罠にかけられるわ」

「いいかげんにしろ、治恵」

増岡が強い声で怒鳴《どな》った。

「ぼくの我慢にも限界があるぞ。だいたい、函館までつけまわして、ぼくたちの乗っていたレンタカーを写真に撮り、それをネタに亜紀子を脅《おど》すなんて、あまりにもやり口が偏執的じゃないか。いったい治恵はどこまで……」

「待って！」

増岡の言葉の途中で、突然、亜紀子が叫んだ。

「ちょっと待ってください、課長！」

「……なんだよ」

ふっと気を抜いて、増岡が亜紀子を見る。

そしてそのとき、暗闇に乗じて治恵の右手がコートのポケットに入り、そこからそっとスプレーの缶を取り出した。その缶の蓋《ふた》は、すでに取り外されている。

その動きに、亜紀子も増岡も、それから新庄真由美も気づいていない。

「どうしたんだ、亜紀子」

「私……私……」

稲場亜紀子は右手を胸にやってあえいでいた。

極度の興奮による激しい呼吸が、ダウンジャケットの上からでもはっきりわかるほど、彼女の胸を上下に揺すっていた。

「私、私、いま、いま、いま、いま」

次の言葉がなかなか出てこない。

急に勢いを増してきた雪が、亜紀子の髪の毛だけでなく、睫毛《まつげ》に、鼻に、そして唇《くちびる》に降りかかっている。が、亜紀子はそれをぬぐうのも忘れてあえいでいた。

「課長、私、いま、やっとわかったんです」

「何がだい、亜紀子」

「ほんとうに恐ろしい人物が誰だったのか、初めてわかったんです」

増岡治恵の顔に、まずい、という表情が浮かんだ。そして治恵の指が、用意してあったスプレー缶のボタンにかけられた。

「そうか。やっとわかってくれたかい。誰だ、言ってごらん」

「………」

しかし、亜紀子は返事ができない。

呼吸困難に陥ったかのように、ヒー、ヒー、ヒーと笛の音《ね》に似た音が彼女の気管から洩れてくるばかりである。

その様子を、横から新庄真由美が恐ろしいものを見るような目で眺《なが》めている。

「さあ、亜紀子、言ってごらん」

増岡史也が一歩近づいた。

「心配しなくていい。ぼくがついている。だから、誰がきみにとっていちばん恐ろしい人物だったのか、口に出して言ってみるんだ」

その問いかけに応じるように、亜紀子は口を開けた。だが、まだ言葉が出てこない。

あまりの興奮のために。

それを見て、増岡がまた一歩亜紀子に近づいた。

すでにその距離は二メートル弱。ちょっと手を伸ばせば触れる近さになった。

治恵の右手に握られたスプレー缶のノズルの先が、稲場亜紀子のほうに向けられた。

「もしも恐ろしすぎて自分から何も言えないのだったら、ぼくのほうからきいてあげよう。いちばん怖い悪魔は……いや、鬼は、ぼくのことかい」

「………」

亜紀子は答えない。

「そう、違うんだね。じゃあ、そこにいるうちの奥さんのことかい」

「………」

まだ、亜紀子は答えない。

それを見て、増岡はさらに詰め寄った。そして、再度念を押した。

「さあ、亜紀子、言葉に出せなければ、指でさすだけでいいんだよ。きみの最終結論はどっちなんだ。人の死を願い、すでに中学生の男の子を焼き殺した鬼はぼくなのか、それとも女房なのか」

「ち……ちがうわ」

ついに亜紀子は必死の思いで言葉を発した。そして、つづいて堰《せき》を切ったように叫んだ。

「鬼は、鬼は、真由美なのよ。そうでしょ、真由美、あなたがやったことなんでしょ！」

5

稲場亜紀子の叫びに、新庄真由美は棒立ちとなった。

そして、増岡史也も目をむいてその場に立ち尽くした。

強い降りになってきたと思った雪が、さらに本格的な横殴《よこなぐ》りに転じてきている。海側から吹きつける風に乗って、それはむしろ下から吹き上げてくる感じに近かった。

いままで闇の黒しかなかった空間が、雪の白で満たされはじめた。

しかし、亜紀子も増岡も治恵も真由美も、その猛烈な勢いの雪にさらされながら、雪の存在をまったく忘れているかのように、その場にいるおたがいをじっと見つめ合っていた。

亜紀子は、真由美とそれから増岡を交互に見ながら、うわずった声でまくし立てた。

「なぜ課長は、治恵さんが函館で私たちのレンタカーを撮影したって知っているんですか。私がおかしいと気づいたのは、それです」

「だから……それは」

つっかえながら、増岡は答えた。

「そこで聞いていたんじゃないか。亜紀子と治恵が話しているのを木の陰で」

「私も治恵さんもそんなことは話していません」

「いいや、話していた。新幹線の中でコートのポケットに写真を入れられたと」

「たしかにそういう話はしました。そして、それが課長といっしょに行った函館の写真であることもしゃべりました。でも、具体的にどんな場面を写されたかということは、いちいちここで話題にしていません。まして、課長が運転していたレンタカーが写真に撮られていたことなんて」

　増岡は絶句した。

「そのことを課長は誰から聞いたんですか。答えてください、誰から聞いたんですか」

「……」

　問い詰められても、増岡は返事ができない。

「私のコートに突っ込まれたあの写真を実際に見ているのは、撮影をした治恵さん以外にはふたりしかいません。私と、真由美のふたりです。そして私はもちろん課長にそんな話をしていません。だとしたら、その情報を提供したのは真由美以外にいないじゃないですか。

　しかも真由美は、金森倉庫群の前に停めたレンタカーが撮影されていることに私が激しいショックを受けたのを見ています。一ノ関駅のホームで、私が倒れ込みそうになるぐらいのショックを受けたのを。……そうよね、真由美」

　新庄真由美は、目の中に雪が飛び込んでくることにさえ反応を示さない。それほど硬直していた。

「真由美は、私の見ていないところで、そのことを課長に連絡したんでしょう」

「ちょっと待ってくれないか亜紀子、それはあまりに早とちりだと思うが」

「だったら課長、なぜここで真由美が何も反論できずに立ち尽くしているんですか。彼女の反応がすべてを物語っているじゃないですか」

「…………」

「それに、そもそも課長はどうやってここにこられたんですか」

最初の衝撃を乗り越えて、亜紀子の口が回りはじめた。

「この時刻に私たちがこの場所へきているということを、どうやって知ったんですか。少なくとも、私の自宅からここにくるまで、後ろから車がつけてきた様子はなかったと思いますけど」

その追及にも、増岡は答えられなかった。

亜紀子は治恵のために、彼らの自宅の留守番電話に半造での待ち合わせのことを吹き込んだ。仮に増岡が自宅の留守番電話をチェックしてその事実を知ったのなら、すぐにそう言えばいいはずだった。

だが、増岡は答えに窮《きゅう》したまま黙りこくった。

「真由美」

亜紀子は、顔にたたきつける雪を跳《は》ね返す勢いで、親友だと信じていた同僚をふり返った。

「あなたはうちの実家にきたことが一度あるけれど、この巨釜半造へは今回が初めてよね。それなのにあなたは、治恵さんを呼び出す場所がこの半造になるように自分から仕向けてきたわよね。何かの本で読んだことがあるけれど、ここでは大地が吠えるんですって、というふうに。

　でも、そのときまであなたは、一度も巨釜半造のことを話題に出さなかったわ。もしもここがこういうミステリアスな場所だと知っていたなら、二人で書く推理小説の舞台として、最初から提案していたと思うけれど」

「………」

「どうなの、真由美。ほんとうは、こっちへきてから増岡課長に提案されたんじゃないの。巨釜半造に私と、それから治恵さんを誘い出すように仕向けることを」

寿司屋の主人のなにげない会話がヒントとなってここを『処刑の場所』に選択した増岡史也は、真由美が厳しく追及されるのを見ながら、それに口をはさめずにいた。

「アッキー」

　やっとの思いで、新庄真由美が口を開いた。

「私……」

　しかし、そこでふたたび口を閉じる。

　それで亜紀子がまたしゃべった。いや、しゃべるというよりもまくしたてた。

「真由美、推理小説の舞台に鬼死骸村はどうかってあなたは言ってきたけど、そもそもこういう場所をどうやって見つけてきたの。たまたまあなたが選んだ場所で鬼の儀式があったり、中学生が死んでいたりって、そんな偶然があっていいものなの。もしかして、治恵さんの話にあった『鬼の牙』という会の十三人のメンバーの中に、あなたも入っていたんじゃないの。そうなんでしょう」

治恵の理詰めの言葉に刺激され、そして増岡の不用意な失言をきっかけに一気に真相が見えたその勢いは、亜紀子自身が驚くほどのものだった。頭の中が爆発的に回転している感じだった。

「治恵さん」

亜紀子は、こんどは治恵に向き直った。

彼女が痴漢《ちかん》撃退用に用いる刺激性スプレーのノズルを亜紀子に……いや、実際には亜紀子の隣にいる真由美へ向けていることは、まだ見えていない。

唯一の光源である増岡のペンライトが、いまは彼の放心状態を象徴するようにあらぬほうを向いていたし、なによりも横殴りの雪が視野を遮っていたからである。

「さっき治恵さんは、あなたの受けるショックはまだこれだけじゃないっておっしゃっていましたけれど、それは真由美のことだったんですね。課長のパソコンの日記に、真由美のことも記録されていたんでしょう」

「そうよ」

治恵は認めた。

「私は、もうそろそろ私がすべてを見抜いていることを増岡に知らせねば、と思いました。増岡が限度を超えた悪質な罠《わな》を私に仕掛けてくる前に。そうでないと、このままでは子供が巻き込まれると。

それで私は、けさあなたの自宅の郵便受けに鬼石の写真を入れたあと、あなたが増岡といっしょの行動をとるものと思ってマークしていたのです。私があの写真を投函《とうかん》しておけば、あなたはこれについて増岡に問いただすのではないか、と思っていましたから。

そして、そうすれば増岡は、写真の裏に記された手書きの文字から、誰がこの写真を撮ったのかをただちに知るはずです。中学生の死を暗示するメッセージは、私の筆跡によるものだ、と。つまり、私がすべての事実を知って、鬼死骸村にまでそれを調べに出かけていったのだ、と」

「鬼死骸村へ……行かれたんですか」

「ええ」

うなずく治恵の頭も、たずねる亜紀子の頭も、すでに雪で真っ白になっていた。

「ところが私の見込みと違っていたのは」

白い息を雪の中に拡散させながら、治恵がつづけた。

「稲場さんが東京駅で合流したのは、増岡ではなく、新庄真由美さんでした」

「治恵さんは、真由美の顔を」

「調べていました。事前にね。増岡はあなたと関係を持つ前に、会社の総務にいる新庄さんと結ばれていた、と記録されていましたから」

亜紀子はめまいがした。増岡と真由美がそんな関係にあったとは、予想もしていなかった。

自分の身体が汚れた、と思った。そして、心がズタズタに引き裂かれた気がした。

「ただし、それは男と女の関係だけでなく、心に鬼を抱く同志として結ばれていたのです」

治恵の声が、雪のカーテンの向こうで響く。それぐらい雪の降りが濃密になっていた。

「増岡はスポーツマンらしい見た目と違って、とても気の弱い人間なのです。そしてその裏返しで、ささいなことですぐに人を激しく怨《うら》んでしまう人間なのです。増岡は、会社の人間関係で生じた不平不満を表に出さず、じっと内面に溜《た》め込み、心の中で怨《おん》念《ねん》の五寸釘《ごすんくぎ》を毎日毎日打っているような人でした。日記にちゃんとそう記してあったのです。おれの心は、藁人形《わらにんぎょう》の陳列館だ、と」

心の中に藁人形の陳列館を抱く――すさまじい着想だった。

タナカ精器という同じ会社に上司と部下としてともに働きながら、増岡の内面にそのような異常な歪《ひず》みが生まれていたとは、亜紀子は想像したこともなかった。

「増岡は、仕事先の相手だけでなく同じ社内の人に対しても、数多く怨念を抱いていました。そして、その気に食わない人間に抹殺の罠を仕掛けるためには、総務部人事担当者の女性の協力が必要だという計算があったのです。

そこで目をつけたのが新庄真由美さんでした。新庄さんは、増岡と同じ部署の――つまり稲場さんとも同じ部署にいる須崎啓太郎さんからセクハラじみたいやがらせを連日受けており、そこから生じた生理的な嫌悪感《けんおかん》がピークに達していました。その感情を増岡は利用しようと考えたのです。

でも増岡自身が非常に驚いたと記録しているように、新庄さんは増岡以上に」

「もうやめて！」

叫んだのは、新庄真由美だった。

「もうそれ以上、私の心の中を暴《あば》かないで！」

悲壮な懇願《こんがん》だった。

「どうせ私の心の中は鬼でいっぱいよ。鬼が棲《す》みついて離れないのよ」

その涙まじりの絶叫を聞きながら、稲場亜紀子は、人間とは化《ば》け物《もの》だ、と思った。

真由美の叫びは、亜紀子自身の叫びでもあった。人の心の中だけは絶対に見たくないと言っていた真由美の言葉が、これほど痛切なものとして感じられたことはなかった。そして亜紀子は、増岡が強引に掛けてきた鬼の牙のペンダントは、真由美のものを一時的に利用したのではないかと悟《さと》った。

「私……私……あの中学生の子供にひどいことをした。私の免許証を拾って、そして『あなたが鬼のひとりですね』と連絡をしてきたから」

亜紀子は耳を塞《ふさ》ぎたかった。

半造の東風穴が繰り返し放つ咆哮がもっと大きく轟《とどろ》いて、真由美の言葉をぜんぶ消してくれたらいいのに、と思った。

「そして、須崎さんまでがほんとうに焼け死んだと聞いて震えた。自分の中の鬼の力のすごさに……震えが止まらなかった。

私、何度も何度もしつこいいやがらせをしてくる須崎さんに、紫色のトレーナーを贈ったの。これ、いちど私が着て私の匂いがついていますから、それを私だと思って、家の中にいるときに着てください、って。だから、私本人のことはもう追いかけないで、と……。そういうふうに言えば、あの変態《へんたい》おやじが家の中でトレーナーを身につけて離さないことがわかっていたから。

そして私は同時に媚《こ》びるようにして、独り暮らしの彼にもかんたんにできるお料理を教えてあげたのよ。なるべく大きな炎を使っておいしく仕上げるようなものばかりを。たとえばステーキを焼くときにはブランデーでフランベしたほうがいいとか」

起毛処理をほどこした衣料素材が引き起こす表面フラッシュ現象の説明もなしに真由美がそんなことを言い出したので、亜紀子にとってそれは錯乱《さくらん》状態のなせるわざとしか思えなかった。

「私の狙いがわかるでしょう、亜紀子」

しかし、亜紀子にはさっぱりわからない。

「五年前に私のお姉ちゃんが、その事故で大やけどを負って死んだとき、私はものすごく怨んだ。誰を怨んでいいのかわからなかったけれど、そんなひどいことが起きてしまったのをとても怨んだ。だからこれは、お姉ちゃんの復讐でもあるの」

亜紀子にとっては、ますます真由美の言葉が意味不明となった。真由美は完全に頭がおかしくなったとしか考えられなかった。

「死ねばいい、あんなスケベおやじは燃えて死んでしまえばいいと願っていたけど、二度も同じ方法が通用するなんて、ほんとうに想像もしていなかったのよ」

「真由美、もういい」

増岡の低い声が、トランス状態でまくし立てる真由美にストップをかけた。

「おまえはしゃべりすぎた」

その言葉に、亜紀子は本能的な危険を感じた。

真由美がしゃべりすぎたということは、亜紀子が知りすぎたということだった。

もうここまでくれば、誰が味方で、誰が敵なのかは明確だった。

増岡と真由美は連絡をとりあって、亜紀子と治恵が、このリアス式海岸の高台の上で対決するように仕組んだ。それが二人の狙いだったのだ。

増岡は、まさか妻がすべての記録を見ていたとは知らなかった。それゆえに、妻は夫の「不倫相手」である亜紀子に対して、感情的な憎悪《ぞうお》を抱いているにちがいないと思い込んでいた。

亜紀子がひとりの女としての治恵を見くびっていたように、夫の増岡もまた妻としての治恵を完全に見くびっていた。だから二人の女が感情を爆発させ、そこに悲劇が起きることを期待していたのだ。自分たちの手が加わらない形で惨劇が起きることを。

もしも治恵がしっかりした論理性に裏打ちされた思考の持ち主でなければ、増岡の期待どおり、亜紀子か治恵のどちらかが犠牲となるような結末が生じた可能性は大いにあった。そして、加害者になろうが被害者になろうが、治恵の人生はそこで終わってしまっていたはずだった。

それが、妻という女を憎んだ増岡史也の仕掛けた陰湿《いんしつ》な策略だった。亜紀子はその戦略の小道具でしかなかったのだ。

ところが、増岡にとっては予想もしなかった形で妻からの反撃を食らい、すべての計算が狂ってしまった。すなわち——

こんどこそ真由美にしろ増岡にしろ、自分の手を汚した殺人をしなければならないところへ追い込まれた、ということだった。

「治恵さん」

ひとこと叫ぶと、亜紀子は味方である治恵のほうへ駆け出そうとした。

が、その腕をガシッと増岡に強く握られた。

「離して！」

亜紀子は、空いているほうの手で、思い切り増岡のほおをひっぱたいた。

だが、それは増岡の顔を歪《ゆが》めるだけの効果しかなかった。増岡は亜紀子の腕をさらにひねりあげると、彼女を岩場にねじ伏せた。

増岡の片手に握られたペンライトが彼の激しい動きに合わせて上下左右に揺れ動き、雪の中で舞い飛ぶ鬼火にみえた。

「やめなさい」

治恵が叫び、真由美に狙いをつけていた刺激性のスプレーを増岡に浴びせようとした。

が、それより早く、真由美が治恵に躍りかかった。

その衝撃で治恵は地面に倒され、右手に持っていたスプレー缶が弾《はじ》き飛ばされた。猛烈な吹雪とこの暗闇では、それを拾い直すことは無理だった。

そして真由美は、あおむけに倒れた治恵の上にのしかかり、その両手を押さえ込んだ。

「真由美、殺せ！」

増岡が叫んだ。

「かまわないからぶっ殺しちまえ」

「そんな……」

「なに弱気になってんだ。おれの女房だなんて思うな。殺せ、殴り殺せ。そこらへんに大きな石が転がっているだろう。それで頭をぶったたくんだ。石が見つからなきゃ、自分の手で絞め殺せ」

「できない」

真由美が半泣きの声をあげる。

「私、そんなこと自分じゃできない」

「バカ、ここで二人をやらないと、おれたちはおしまいなんだぞ」

「人殺しなんかできないよ、私」

「やったじゃねえか！」

亜紀子の頭の上で、彼女の知る増岡とは思えないような、ほとんど別人格の鬼が叫んでいた。

「おまえは二人も焼き殺したじゃねえか。二人やったら三人も四人も同じだろうが」

「人殺しなんかしてないもん。二人は勝手に死んでいったんだもん」

「裏切る気か、おまえ。鬼の結束《けっそく》を破る気か」

「そうじゃないけど」

「だったら殺すんだ」

「できないってば」

真由美は完全に泣き出していた。

「絶対にできないってば」

「やれといったらやるんだ。おれはいますぐ亜紀子を殺す」

ああ、もうだめだ、と全身に雪のシャワーを浴びながら亜紀子は思った。だけどこんな死に方をするなんて、あまりにもひどすぎる、と……。

増岡に逆手をとられた格好のまま、暗闇の果てから自分に降り注いでくる雪を眺《なが》めていたら、逆に自分が果てしないブラックホールへと吸い込まれていく錯覚《さっかく》に陥った。

そして、それが亜紀子には地獄への転落に思えた。

そのときだった。突然、増岡がガフッという嘔吐《おうと》にも似た音を喉から洩《も》らした。

同時に、亜紀子をねじりあげていた彼の手の力がゆるんだ。

「高木さん！」

どこかで聞いたことのある男の声が、亜紀子のすぐ耳元でした。

「そっちのほうを頼む。もう明かりを隠す必要はない」

亜紀子から少し離れたところで、新しい明かりが灯った。暗闇に慣れた目には、あまりにも眩《まぶし》く、あまりにも力強く感じられる明かりだった。

何が起きたのか、亜紀子にはまったく理解不能だったが、雪の中で揉《も》みあう真由美と治恵のところへ、ひとりの男が飛び出していったのが見えた。

一方、亜紀子のそばでは、誰かが増岡に対して強烈なボディブローの連打を放っていた。

グワッ、グワッ、グェッと潰《つぶ》れた声を数回発したのちに、増岡は何も言わなくなった。

そして、向こうのほうで蠢《うごめ》く懐中電灯の明かりによって、亜紀子は自分のすぐそばに、あの著者写真で見慣れた、カフェオレ色に髪を染めた推理作家の姿があることを知った。

「どうして……？」

夢を見ているとしか思えなかった。

東北新幹線の中で見かけたとき、きっとこの人とまたどこかで会えるという気がしていたのだが、それがこんな形で現実のものとなるとは、まったく信じられなかった。

「ぼくは朝比奈耕作といいます」

亜紀子のほうは知っているのに、相手はきちんと名乗ってきた。

「とにかく詳しい説明はあとでしますから」

その声とともに、亜紀子は朝比奈に背中を支えられながら抱き起こされた。

厚手のダウンジャケットを着ているのに、亜紀子は朝比奈の手のぬくもりをしっかりと肌に感じた気がした。

が、そのふれあいは一瞬だった。

「あーっ」

向こうで男の声がした。

「どうした、高木さん」

「しまった、とられた、明かりを」

まばゆい明かりが、亜紀子の前を横切って向こうのほうへ飛んでいった。

真由美が懐中電灯を奪って逃げ出したのだ、とわかった。

「高木さん、こっちへきて」

亜紀子のそばで朝比奈が大声をあげた。

「男は完全にダウンしている。だけどしっかり様子を見ていて。それから携帯で警察を呼んで」

それだけ短く指示を飛ばすと、朝比奈は、気を失った増岡のそばに転がっているペンライトをつかみ、それを頼りに真由美のあとを追って駆け出した。

6

全速力を出すには、朝比奈の手にしたペンライトの明かりはあまりにも弱々しかった。しかも強烈な勢いで海側から吹きつけてくる雪によって、目をしっかり見開いていることも難しかった。

途中で朝比奈は何度も転んだ。転んでもペンライトだけは放すまいとしているため、よけいに支えが利かず、膝や腰を岩場や木の根などにイヤというほど打ちつけた。

だが、それは逃げる真由美のほうも同じらしく、先のほうで懐中電灯の光が彼女の転倒を表わすように不規則に何度も揺れた。

新庄真由美が逃げているのは駐車場のほうではなかった。おそらくそれは意図したものではなかっただろうが、彼女の逃走経路は、半造エリアから巨釜エリアへと通じる遊歩道だった。

精神的に追いつめられた彼女が、白く泡立つ巨釜の断崖絶壁《だんがいぜっぺき》に立てば、どんな行動をとるかは容易に予測できる。その事態だけは回避しようと、朝比奈はできうるかぎりの速さで走った。

だが――

皮肉なことに、転んでも放さずにきた増岡のペンライトの光が、いちだんと弱々しくなったかと思うと、スーッと小さくなって完全に消えた。

電池が切れたのだ。

まったく不案内な遊歩道で唯一の光源を奪われた朝比奈は、闇と吹雪のモノトーンの世界の中で立ち往生した。

それは、増岡史也による新庄真由美の処刑命令とすら思えた。

＊　＊　＊

夜明けと同時に、巨釜半造の両エリアで、宮城県警気仙沼署と気仙沼消防署の合同チームにより、新庄真由美の行方《ゆくえ》について大がかりな捜索活動が開始された。

昨夜来の吹雪は日の出とともに収まっていたが、海は激しく荒れ、ただでさえ煮えたぎる巨釜のあたりの海面は、岩礁《がんしょう》を離れたところですら、ジェットバスの噴流《ふんりゅう》を連想させるような白い泡の流れを随所に見せていた。

やがて午前十時すぎになって、巨釜の岩場で、新庄真由美がそこまで持ってきたとみられる懐中電灯が、電池切れの状態で発見された。

それにより、悪天候をついて消防団員が果敢《かかん》に小船を繰り出し、海側からも捜索にあたったが、その日のうちに具体的な成果をあげることはできなかった。

巨釜の岩礁から百メートルほど離れた海中の岩根に引っ掛かっている遺体がダイバーによって発見されたのは、その翌日、まさに年が暮れようとする大晦日《おおみそか》のことだった。

宮城県警からのその知らせを携帯電話で受けたとき、朝比奈耕作と高木洋介は、バス停「鬼死骸」のあの古ぼけた待合所に並んで座っていた。

二人は、川路健太少年の位牌《いはい》と川路義蔵老人の前に、事件の報告をしてきたところだった。

折《おり》しも旧鬼死骸村一帯には雪が降り、あの鬼石もその姿をすっぽりと純白のベールに包み隠していた。

そこで謎めいた踊りを行なった十三匹の鬼のうち、残る十一名の身元は永遠に謎だった。その具体名はパソコンの鬼日記にも記録されておらず、増岡自身も彼らの素性を知らなかったからである。

いまもなお、日本のどこかでひっそりと怨念《おんねん》の炎を燃やしつづけているはずの十一匹の鬼のことを思いつつ、朝比奈耕作は高木洋介とともに、ゆっくりと待合所の席から立ち上がった。

しんしんと降りつづく雪の中を、ことし最後のバスが鬼死骸の停留所にやってきたのである。

取材旅ノート　鬼死骸村・巨釜半造・厳美渓・猊鼻渓　吉村達也

私のミステリーのタイトルには、地名が冠せられていることが多い。その地名を『架空度』で区分するとつぎの四パターンになる。

①現実にある一般的な地名
②現実にあるが、作者の創造だと信じられてしまうほど風変わりな地名
③現在はないが、過去に間違いなく実在していた風変わりな地名
④完全に作者の創作

第①パターンは、いまさら例を挙げる必要もないだろう。

第④パターンの作者の完全な創作による地名をタイトルに用いたケースは、百を超す自作ラインナップの中で、これまでにたった四つしかない。朝比奈耕作《あさひなこうさく》シリーズの《惨劇の村・五部作》の中の四つ、『花咲《はなさき》村の惨劇』『鳥啼《とりなき》村の惨劇』『風吹《かぜふき》村の惨劇』『月影《つきかげ》村の惨劇』である。

これらの地名は私が作り上げたまったく架空のものだが、現実にあっても不思議ではない自然な響きでもあるため、四つの村が実在すると錯覚された読者も多かったようだ。とくに巻頭の地図において、現実の地図の上にかぶせてこれら架空の村の位置を挿入《そうにゅう》したので、なおさら本気にされたかもしれない。ちなみに、村の名前ではないけれども、花咲という地名については根室《ねむろ》に実在する。花咲岬という岬もちゃんとある。月影というのも探せばありそうだが、どうなんでしょうか。少なくとも地名事典で検索してみたかぎりは出てこないのですが、ごぞんじの方がいらっしゃったら編集部までご一報ください。

さて、第②パターンの、あまりにも変わっているので、まさかそれが実在の地名とは思われないという事例の筆頭は、なんといってもハルキ文庫から出した里見譲《さとみじょう》シリーズの『日本国殺人事件』だろう。日本国と聞いて、これが現実に新潟・山形の県境にある標高五五五メートルの山だと知っている方は、地元以外にはそう多くいないだろう。さらに、山形県鶴岡市内にも日本国という字名《あざ》がある。山形県鶴岡市大字大宝《だいほう》寺字《じ》日本国、だ。

また朝比奈耕作の《島シリーズ三部作》の『血洗島《ちあらいじま》の惨劇』に使った血洗島も、やはり現代日本に実在する。ただし、これは島という字が付いていても島ではない。字面とは裏腹に、のどかな農地が広がる一角に、この凄まじい地名の付いた場所がある。

埼玉県深谷《ふかや》市大字血洗島という。ちゃんとその住所で郵便物が届くんですよ。

島シリーズのほかの二つ『宝島の惨劇』『水曜島の惨劇』のうち、宝島は純然たる島として実在する。鹿児島県の南方海域に広がるトカラ列島のひとつで、奄美大島《あまみおおしま》の北にある。もう一方の水曜島は、太平洋戦争まで日本の統治下にあったトラック諸島の中のひとつで、当時は七曜諸島と称して日曜島から土曜島まで名付けられた島々があった。また同じ海域内に、四季諸島といって春島、夏島、秋島、冬島もあった。いまは、個々の島の名前は現地の呼び名になっているが、諸島名はそれぞれシチヨウ・アイランズ、シキ・アイランズとして、日本名がそのまま残っている。

また志垣《しがき》警部の温泉殺人事件シリーズの中の『猫魔《ねこま》温泉殺人事件』『金田一《きんだいち》温泉殺人事件』といったところも、えっ、そんな場所があるの、と言いたくなるもののひとつだろう。

そして最後に第③パターンの、いまはないが昔は間違いなくあった風変わりな地名をタイトルに用いた例。その第一弾が、里見譲シリーズの『読書村《よみかきむら》の殺人』。読書村は、いまは長野県の南木曽《なぎそ》町の一部となっているが、昭和三十五年の大晦日《おおみそか》まで現実にこの村は存在した。しかし、町村合併の流れの一環に組み込まれて、昭和三十六年の元日に近隣の田立《ただち》村、吾妻《あづま》村と合併して南木曽町になったのだ。では、なぜ読書村という風変わりな名前が付いたのかといえば、この村じたいがもともと複数の村が合併してできたものだった。与川《よかわ》村、三留野《みどの》村、柿其《かきその》村――これら三つが合わさってできたのがヨミカキ村だといえば、由来はもうおわかりだろう。なんとイージーにも、三つの村の頭文字をとって「読み書き」という文字をあてたのだ。

さてさて、前置きがずいぶん長くなった。

読書村と同じように、いまは村としての存在はないけれども、かつてはちゃんとその風変わりな名前の村があったというもうひとつの例が、本作でクローズアップした鬼死骸村である。

それにしても、読書村というのはまだありえても、鬼死骸村という名前の村が実在したとは、みなさんも容易には信じられないだろう。しかもである、村が消滅した後も、バス停留所にはいまもなお、その名を残しているのだ。

次頁に写真を載せたのでじっくりごらんください。私が一九九七年の十月に撮影した現実の光景。間違いなく、JRバス東北と、宮城交通栗原バスの二社が《鬼死骸》という名の停留所を設置しているのだ。

この旅ノートから先にお読みになった方は、すぐにでも具体的な場所を知りたいと思われるだろうが、詳細な行き方については本文中の朝比奈耕作の行動を追ってください。

写真で見てもまだ信じられないこの名前

とりあえず大まかな位置だけ申し上げておくと、東北新幹線あるいは東北本線の一ノ関駅で降り、そこから線路に沿う形でおよそ四キロほど南へ下ったところにこのバス停がある。

ただしバスの本数は非常に少なく、宮城交通のほうが三時間に一本（！）で、上下一日四本ずつのみ。ＪＲバス東北のほうも似たようなもので、上下一日六本ずつのみである。

だから、あなたが実際にこの場所へ行ってみたいと思われるなら、朝比奈耕作のようにレンタカーを借りるか、あるいはタクシーの利用をおすすめする。一ノ関駅まで往復で八キロぐらいだから、待ち時間を入れても、まあ目の玉が飛び出るほどの運賃にはならな

旧鬼死骸村・秋の風景

いだろう。

　で、このバス停の周囲の雰囲気はというと、ぐーんと視点をワイドに引いた上の写真のとおり、鬼死骸という物《ぶっ》騒《そう》な名前とは無縁の、まったくのどかな風景である。このあたりが、明治八年まで鬼死骸村と呼ばれていた地域である。

　しかし、のどかだからこそ、かえって恐ろしい名前が似合う、という考え方もあるが……。

　そして、いったん広角に引いたレンズをふたたびズズッとクローズアップにして寄ると、次頁の写真のごとき大きな石がドンと田んぼの真ん中に居座っているのが目に入る。これが、鬼の死骸が横たえられていたとも伝えられ

鬼の死骸がここに横たわっていたとされる石

る巨石である。

そもそも鬼死骸村とはどのようにして名付けられたのか、当然、みなさんもお知りになりたいでしょうし、私もそうだった。そこで、この現場を見たあとすぐに一関市役所へ向かう。

ハルキ文庫から出した『日本国殺人事件』のときは、舞台となった日本国を管轄《かんかつ》する新潟県山北町《さんぽくまち》役場に事前に取材依頼のアポをとっておうかがいしたが、今回は何も名乗らずに、一市民として（ここの市民じゃないけど）役所で鬼死骸村に関する資料の閲覧《えつらん》を頼んだ。

まず最初に商工観光課に行く。窓口で応対してくれた女性が、絶対に役場内の若手男性から注目の的になっているに違いない、採用まもないといった初々《ういうい》しさあふれた美人のI・Nさん（たぶん、このイニシャルで間違いないはず。なぜなら、商工観光課のところに掲げてあった課員の配置図を見たから。あぶないノリですね、私も）。彼女に鬼死骸村に関して記述のあった資料を一枚コピーしてもらい、いったん帰りかけたが、一階まで降りてふと『一関市史』を閲覧し忘れたことを思い出す。

各地の取材に出かけたときの基本は、まずその土地に関する基本的な情報収集のため役場に行くこと。そして役場で村史とか町史とか市史を閲覧すること。たいがいの場合は、それらの史料は古くて製本がこわれそうなほどぼろぼろになっており、持ち出し禁止の非売品なのだが、ときたま新品を販売していることもあるので、その場合は購入すること――と、決めてある。これ以上正確で公的に認定された資料はないからだ。

で、その原則を思い出してすぐに、通りがかりにあった一階の会計課（まるで関係のない部署だと承知のうえで）の男性に、市史の閲覧ができないかをたずねてみると、まず図書館を教えられる。だが、私に教えたあとで、その人はわざわざ図書館に電話をかけて、市史の有無を確かめてくれる。すると図書館は改装で休館中。そこで、こんどは市役所内の別の部署に電話をかけて、一般の閲覧はふだんやっていないようだが、三階の企画調整課というところで市史を見せてもらえる段取りをつけてくださる。

断っておくが、この方は案内係ではない。会計課で伝票か何かのチェックをしていた中堅の課員である。その人の仕事中に、まったくお門違いの質問をしたというのに、イヤな顔ひとつせずに、ここまでていねいに対応してくれる。前述のとおり、こちらは取材だという目的も告げず、氏名職業も何も名乗っていないのに、である。一関市役所とは、なんと親切なところなんだろうと感心していたら、さらにその感心が感激のレベルにまで達する展開が待っていた。

三階に行くと、すでに電話を受けた課の人が、二人がかりで史料室から市史を運び出しているところだった。私は市史といっても、せいぜいが上下巻の二分冊か上中下の三分冊ぐらいだと思っていたら、なんと七冊。それを出していただいたうえに、企画調整課の片隅にあるテーブルを使ってよいという。しかもである、こちらが市史の記述を書き写しはじめたら、課員の女性がすっと立ち上がって、なんとお茶を運んできてくれたのである。ほんとにいいんですか、いただいちゃって、という感じ。

その後二時間近くかけて、鬼死骸村のストーリーに必要なデータを転記しているうちに、当然、湯呑みのお茶は空っぽになり、また喉も渇いてきた。だが、ここでお代わりのリクエストは、いくらなんでも厚かましいと思っていると、まるでこちらの意図を察したように――それとも物欲しげな目で訴えてしまっていたのか――こんどは若い男性課員が新しいお茶をいれてくれて「どうぞ」と。

いやあ、一関市役所って、なんて親切なところなんでしょうか。それともこちらが、あまりにも当然のように長時間居座っていたから、きっと役所の仕事関係者に間違えられたのか？　たぶんそうかもしれないが、ともかく役所といえば『お役所仕事』という言い回しに代表されるような、杓子定規《しゃくしじょうぎ》のイメージがあるが、この一関市役所は、いい意味でその既成概念を打ち破ってくれるところだった。まさに市民のためのサポート機関といった感じ。霞ケ関《かすみがせき》の高級官僚のみなさんも、こういった庶民にやさしい対応を少しは見習ってほしいものである。

ここで市史をじっくり読ませてもらえたおかげで鬼死骸村に関する由来は、はっきりとわかった。それは本文に譲るとして、その先のミニ取材旅行へ、みなさんをお連れしよう。

この日は、秋というよりも、東京の感覚でいえばもう冬といってもよい寒さで、しかも風が非常に強くて震《ふる》え上がった。市役所を出たのが夕方の四時で、きょうの泊まりは一関市内のホテルだったが、そのままチェックインするのももったいないので、一関市の西方に位置する厳美渓《げんびけい》というところへレンタカーを走らせる。

ここは次頁の写真のように、磐井《いわい》川の急流が石英《せきえい》を多く含む岩盤を削《けず》り取りながら造り上げた渓谷《けいこく》で、一関市内から車でわずか十数分で行けるのが魅力。ここでおもしろいのは、展望台とその向こう岸にある団子《だんご》屋との間にワイヤーが張られていて、そこをケーブルカーよろしくザルが行き来する光景だ。

展望台側で客がほしい団子の数だけ代金をザルに入れ、木づちで板をコーンとたたくと、対岸の店の二階からおじさんが顔を出してスルスルとワイヤーを引いてザルを回収する。そして入っていたお金に相当する数の団子をザルに入れて、またこれが渓谷の上を綱渡りしてくる、という趣向だ。

厳美渓。文字どおり厳しい美しさの渓谷

具体的に本数を書いたメモでも入れておかないかぎり、金額分の団子が届くので、一万円分の団子がドカーンと渓谷を渡ってきた、などということがないようご注意ください。

初日は、そんなわけで一

気仙沼の市内にはレトロな建物がいっぱい

関市内周辺のみしか動けなかったが、
さて翌日はどこにするか。出たとこ勝負の一人旅、一関までできたら、目と鼻の先の平泉中尊寺《ひらいずみちゅうそんじ》に立ち寄らないわけにはいかないだろうが、ここは以前にも行ったことがあるので、けっきょく二日目のコースとして選んだのは、一関市の東方およそ五十キロの地点にある、県境を越えて宮城県に入った三陸の港町、気仙沼《けせんぬま》だった。
なんでまた気仙沼、と思われるかもしれないが、フカヒレ寿司が食べたかったからである。
気仙沼とフカヒレ寿司？　ピンとこない方は、おそらくフカヒレといえば中華料理という硬直した図式にとらわれているからに違いあるまい（なんて、えらそうに言うこともないが)。

じつは気仙沼、フカヒレの生産量は日本一なのである。どうして、と不思議に思うでしょう?

これには、言われてみればなるほどという単純な理由がある。気仙沼はご承知のとおり、日本有数の漁業基地である。そしてここのメインは、マグロ延縄《はえなわ》漁業。ハエナワとはどういうものであるかは本文中でお勉強していただくとして、マグロを獲るためのこの仕掛けに、ついでにサメもバンバン引っ掛かってしまうのである。

当初はサメなんて商売にならねえと捨てていたが、あまりの水揚げの多さに、これを利用しない手はない

水揚げされたマグロを品定めする

朝の光に浮かび上がる気仙沼魚市場

と考えた末に、サメのヒレといえば中華料理ではフカヒレとして珍重されているではないか、と気づき、その加工工場を作って一気に気仙沼はフカヒレの町になってしまったのである。

したがって、このあたりの中華料理店ではフカヒレラーメンが定番メニューになっているのはもちろん、洋食レストランでもフカヒレをアレンジしたメニューが出る。そして、フカヒレ寿司である。

そんなわけで、めざせフカヒレ寿司の気合を入れて、朝も暗いうちから一関のホテルをチェックアウトし、レンタカーを飛ばして気仙沼に向かった。

そして、まずは朝の魚市場を見学。以前、東京築地《つきじ》の魚市場を解説付きで案内してもらったことがあるので、市場関係者の動きについてはよく理解できた。

そのあと、近くの食事処《どころ》で仲買人さんの中にまじって戻りガツオのたたき定食を朝食にとる。めあてのフカヒレ寿司の店は昼近くにならないと開かないので、いったん気仙沼港を離れて、唐桑半島へ向かう。

海水が白く泡立つ巨釜の風景

この唐桑半島は当初取材の予定にまったく入っていなかったのだが、前日、講談社の編集担当である金田さんと電話で話したときに、気仙沼へ行かれるなら唐桑半島がいいですよと教えられ、素直にそのアドバイスにしたがったところ、いや本当にいいところだった。一般の観光地としても、もちろん魅力的だが、ミステリーの舞台として絶好なのだ。

その代表的なスポットが巨釜半造。これは『おがま・はんぞう』と読む。オカマの半造ではない。いったい何かというと、三陸海岸独特の複雑な海岸線にできた岩礁《がんしょう》と、そこに打ち寄せる太平洋の荒波が醸《かも》し出す、なんとも雄大な海の光景を演出する二つの舞台、それが、巨釜と半造なのだ。

右頁の写真は巨釜のほう。巨大な釜に入れられた水がグツグツと煮えたぎるところを連想させるからこの名前が付いたのだが、潮が岩礁の中で白く泡立つ様子は、まさしく沸騰《ふっとう》する釜の中を見ているようだ。この巨釜には本文中にも写真を掲載したが、折石《おれいし》と呼ばれる、海中に屹立《きつりつ》する高さ十六メ

モグラの巣のように見える穴から何が？

映画のワンシーンが似合いそうな消防倉庫

ートルの柱状の奇岩もある。

そして、この巨釜と遊歩道で結ばれている半造というエリアがまたすばらしい。一見すると、巨釜の景観に較べると地味に思えるかもしれない。半造という名は、お釜を半分にした形というところからきているそうだが、じつはここの見どころは景色よりも音である。だから見どころではなく、聞きどころというべきか。そのポイントは前頁の写真。いったい何だと思われるだろうか。穴？　そう、地面に開いた穴である。何の変哲もないこの穴が、どうして『聞きどころ』になるのかと思われるでしょうが、これはモグラや野ウサギの掘った穴ではない。すでに作品を読み終えた方は、この穴の正体は

気仙沼市のシンプルなたたずまい

ご承知と思うが、旅ノートから先に読む方にネタばらしをしたくないので、これ以上は、ここでは秘密にしておきましょう。

この唐桑半島一帯は、死者二万数千名を出した明治二十九年の三陸大津波の被害地となったところである。先に紹介した折石も津波によってポッキリ折れたのが原因でできたものだが、そういった土地柄、津波についての関心は高く、唐桑半島先端近くのビジターセンターには津波体験館もあるし、右頁の写真のようなレトロな消防倉庫にぶら下がる半鐘《はんしょう》も、そうした歴史を映し出している。

さて、なにしろ夜明け前から行動を

起こしているので、唐桑半島をぐるり回ってもまだ昼前である。そこでふたたび気仙沼市に戻り、例のフカヒレ寿司に挑戦となる。

たずねたのはフカヒレ寿司では名の知れた『あさひ鮨』。ここのフカヒレ寿司は二種類あって、姿と呼ばれる、いわゆるカズノコ風にヒレの形がそのまま残っているほうは、鶏ガラスープなどで薄味をつけて煮込んだものにオイスターソースを加えて味の仕上げをする。非常にあっさりとした味わいだ。これはアブラザメという小型のサメのヒレだけを選んで使っている。

もうひとつの錦糸と呼ばれるほうは、フカヒレを糸状にほぐしたものを甘酢に浸けたもので、味はこちらのほうがシャキッと明確である。

それだけでなく、生ガキの軍艦巻きも絶品だし、牛トロといった変わりダネもマグロの大トロなみに頰《ほお》が落ちる旨《うま》さである。取材時点ではすでに季節は終わっていたが、ホヤのにぎりがメニューに載っているのも、いかにも三陸らしい。気仙沼へ寿司を食いに行こう、というのも、けっこうユニークな旅の企画になるかもしれない。

美味堪能《たんのう》のあとは、ふたたびレンタカーのハンドルを握って、気仙沼から平泉方面へ斜めにショートカットするルートを走る。

最終的には平泉中尊寺にたどり着く予定だが、その途中の猊鼻渓に立ち寄ろうと思

船頭さんのしゃべりが抜群におもしろい

ったのだ。

厳美渓と猊鼻渓——「げんびけい」と「げいびけい」というふうに、発音は非常に似通っているが、景色はだいぶ違う。この猊鼻渓には、上の写真のとおり船頭さんによる川下りがあるが、そんじょそこらの川下りとはちょっと違う。結論から先に申し上げると、日本全国で二十あまりある川下り観光の中でも三本の指に入れてもいいだろう。その理由は……次頁の写真を見て驚くなかれ！

どうですか、この魚の群れ！　しかもこの透明度！　これは水族館で撮った写真じゃありませんよ。猊鼻渓川下りの舟端から川の中へレンズを向けて撮ったものである。

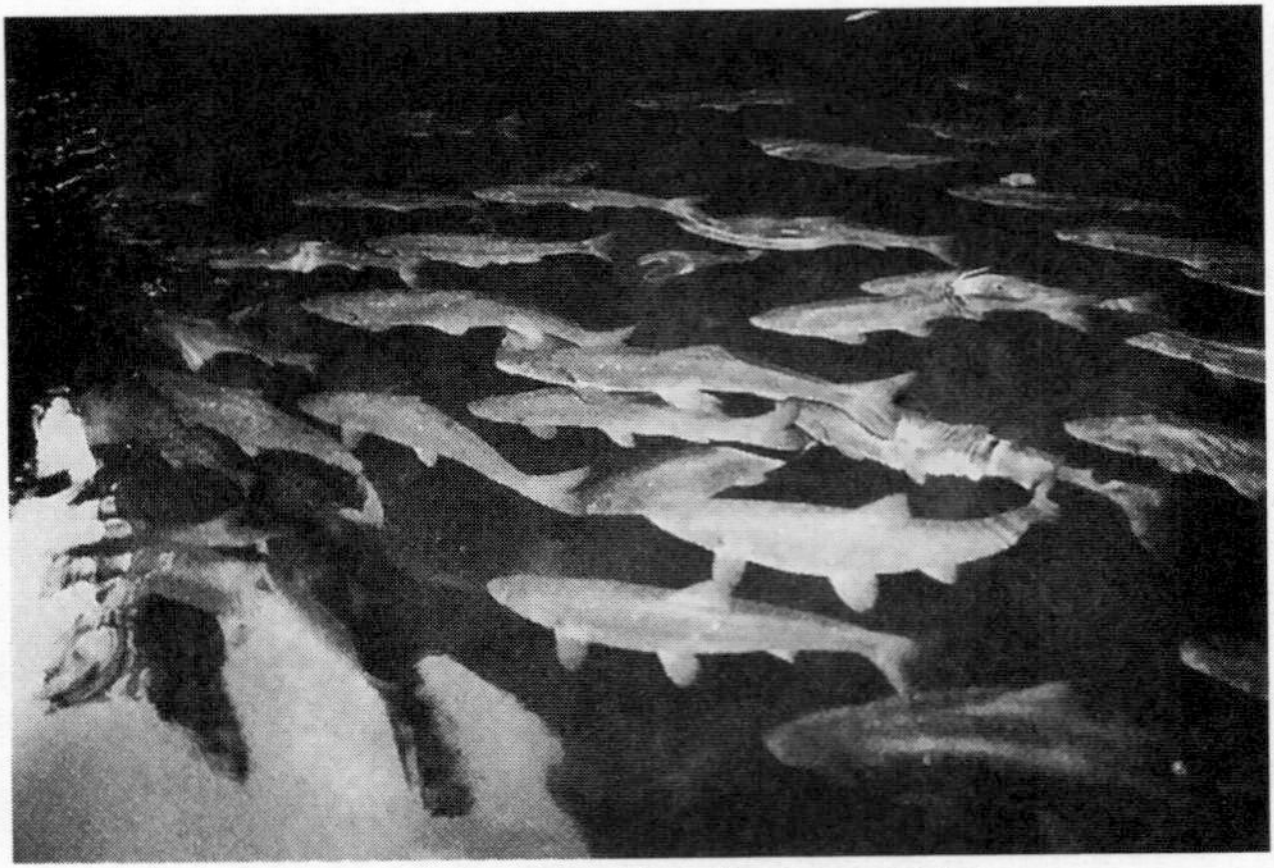

このウグイの群れが舟にずっとついてくる

いま川下りと便宜《べんぎ》的に述べたが、砂鉄川と呼ばれる昔は砂鉄を産出した川を行くこの舟は、船頭さんが長い竿《さお》を川に差して、まず下流から上流へと川上りをする。

非常に流れがゆるやかで、しかも竿が届くほど水深が浅いからこそできるわけだが、そののち、折り返し点でいったん下船して周辺の見物をしてから、こんどはいまきた方向に川下りをする。この往復の間じゅう、ハヤ（ウグイ）の大群が、舟の速度にぴったり合わせて伴走というか伴泳するのである。

なぜそんな習性ができたかといえば、舟遊びの客がエサをくれると、ちゃんとわかっているからだ。舟の速度から遅れることなく、しかも追い越すこともなく、ぴったりと寄り添って泳いでいく。そのさまが、澄み切った水を通して、くっきりと浮かび上がる。なんという優雅な光景だろうか。長良《ながら》川や木曽《きそ》川の鵜飼《うか》いも伴走型の見物で楽しいが、これほどまでに川の中をずっと眺めて楽しい川下りも、ほかにはないのではないだろうか。それなのに、ガイドブックをあれこれ見ても、この水の中の魚たちが演じるすばらしいショーに何もふれていない。だから、意外と猊鼻渓の名は知られていない。

舟下りの最奥部にひそむ大猊鼻岩

しかし、あの有名な平泉中尊寺からこの猊鼻渓までは道のりにして二十キロも離れていないのだ。平泉観光を予定されている方は、ぜひぜひこの猊鼻渓の川下りをスケジュールに加えてみてください。自信をもっておすすめします。

そんなわけで、鬼死骸村をスタートした今回の取材旅行、このあと夕暮れの平泉まで足を延ばしたのだが、一関という、どちらかといえば地味な存在の都市を拠点としても、これだけ楽しい見どころが周囲にあることがおわかりになったと思う。つまり、メインの観光スポットに泊まるというのではなく、そこから少し離れたところに宿をとって、より行動半径を広げるという発想もときにはよいのではないかと思って、ご紹介したしだいです。何かの折りに東北をたずねようとしたとき、唐桑半島とか猊鼻渓といった、それほど全国区ではないところにも足を向けていただければ、と思います。

バス停「鬼死骸」の待合所

解説

大多和伴彦
（文藝評論家）

二〇二二年四月上旬某日――和久井刑事はノート・パソコンの画面に映る自分の顔を見つめながら、およそ一年前のことを思い出していた。実業之日本社の編集者から「吉村達也氏の作品を文庫化するにあたって、思い出を語り合って欲しい」と依頼があり、上司の志垣警部、それに朝比奈耕作と共に、コロナ禍ゆえのオンライン形式ではあったが、旧交を温めながら作品と、そして吉村氏に思いを馳《は》せたのだった（『血洗島の惨劇』解説参照　実業之日本社文庫　二〇二一年二月刊）。

吉村達也氏がこの世を旅立たれてから今年の五月で丸十年になる。それを踏まえた上で六月に文庫復刊の企画があり、再び座談形式での解説を、という依頼が先日あったのだ。いかに事件に関わったとはいえ、自分たちがまたしても出しゃばることにためらいはあったのだが――。

「十年かぁ……。いろんなことがあったよなあ」

と、和久井が小さなため息をついた瞬間、

「カム、カム、エブリバーデ～　ハウ　ドゥー　ユー　エン　ハー　ワー　ユ～

～⁉」

大音声のダミ声と共に、ダンプカーのフロント・グリルのような志垣警部の迫力満点の顔面がディスプレイに現れた。

「警部！　そんな大声出さなくても大丈夫ですって。あと、やっぱりカメラに近づきすぎ」

「おっと、そうだったな。アイム　ソーリー　髭《ひげ》ソーリ～」

「古すぎるダジャレに、なんですかその英語」

「なんですか？　じゃないだろ。俺が先日感動の最終回を迎えた朝ドラの熱心なファンだったのはわかってるだろうに？」

「もちろんですよ。物語に散りばめられた伏線について、毎朝、警部が自分の推理をLINEしてくるの、ほんと迷惑だったんですから」

「そう、伏線！　それが見事に回収されまくっての大団円。そして、最終回直前に深津絵里ちゃんが歌ったあの名曲！　俺は朝から大号泣しちゃったよ」

「朝比奈さんと繋がったら、その話はしないでくださいよ、いい迷惑だから」

「何をいうか？　俺は長年の深津《ふか》っちゃんファンなの。彼女はデビュー間もないころに吉村達也さん原作の連続ドラマで主演だったんだ。関係あんだろ？」

「その話も何度も聞きましたよ。『三十三人目の探偵』が原作の『ハイスクール大脱走』でしょ」

「一九九一年の年明け早々にスタート。カワユかったのだよ、深津っちゃん。ちょうど実年齢では今回二代目のヒロイン〈るい〉が登場したときと同じくらいで――」

志垣の言葉を遮るように、会議サイトの入室者を知らせるチャイムが鳴った。

「遅くなってすみません、ご無沙汰してます」

そういいながら画面の中でいつもの通りカフェオレ色に染め上げた髪に指を入れた男は、朝比奈耕作、その人だった。

「おお、朝比奈君久しぶり。今日も成城学園のお宅からかな？」

直前のドラマ談義がなかったかのように振る舞う志垣の態度に、呆気にとられながら和久井も口を開いた。

「ご無沙汰してます、和久井です。港書房の高木さんもご一緒ですか」

「いえ。どうも彼、今回へそを曲げちゃって」

「なにかあったかね？」

「今回みなさんと思い出を語ることになった『鬼死骸村の殺人』は、高木さんとの取材旅行で遭遇した陰惨な事件だったわけですが、作品を彼の会社からは出せなかったでしょ？」

「確か最初の本は一九九八年の七月、角川春樹事務所のノベルスでしたよね」

「そうなんですよ。その後、翌年の七月に文庫になって。そして、今回もまた別の――」

推理作家の顔は少し曇りがちだった。

「取材中に巻き込まれたとはいえ、最後に事件の首謀者にボディブローをお見舞いして、さらなる悲劇を防いだのになあ……それはそれとして、朝比奈君。今日のために、あらためて事件の現場を訪れてみる、と言っとったが成果はどうだった？　もちろん、フカヒレ寿司とも再会したんだろ。やっぱり『姿』より『錦糸』の方が好みだったかね？」

「そのことなんですけど、実は……」

さらに、顔を曇らせながら、朝比奈はカフェオレ色に染め上げた髪に指を入れた。

「もう一度、一ノ関から鬼死骸村のバス停、そして気仙沼にかけて足を運ぼうと三月中旬にスケジュールを取っていたところ十六日の夜に宮城・福島で震度6強の地震が」

「東京でも大きな揺れでしたね。ぼくの家は停電しちゃって久しぶりに慌てました」

「新幹線が脱線したもんなあ。完全復旧は四月の半ばだって？」

「高速道路も寸断され、あちらに行く手立てを探したんですが。それよりなにより、あの3・11ほどではないにせよ、ライフ・ラインの復旧に懸命の努力をされているところへ、懐旧の旅に出かけるのはなんだか申し訳なくて……。そして、あらためて気づいたんです。鬼死骸村の事件をぼくが発表したのは九八年、つまり東日本大震災より前だったことに」

「吉村さんの取材旅ノートにも、唐桑半島一帯が明治時代の三陸大津波で大きな被害を受けたことに触れられていますが……。あ、もし、震災の時期がずれていたら――」

「ええ。そもそも事件自体が起こっていなかったかも知れない――そう思ったんです」

「あの震災が起きたのは吉村さんが亡くなる前年の春だったから、ご自身も同じことを考えていたかも知れんな。十一年経った先日の集計では、死者は十二都道府県で一万五九〇〇人、二五二三人がいまだに行方不明だそうだ。気仙沼市に限れば、千四百人以上の方が亡くなり、二百人を越す人の帰りを待っている家族がいる。仮設住宅での不自由な暮らしを続けている人たちもいるしな」

志垣警部のダミ声が、自然の脅威の爪痕の記憶を重く甦らせるように響いた。

「忘れてはならない記憶、そして、先日の夜のようにいつまた、そしてどこで起こるかわからない災害への備えも怠らないようにと思いました。でもね、一方で行けなかった取材のための下調べで、嬉しいニュースもあったんですよ。まず、フカヒレ寿司の『あさひ鮨』さんですが」

「よっ、待ってました！　無事だったかね？」

「震災の年のクリスマスイヴには気仙沼南町紫市場に仮店舗を構えて営業を再開、二〇一七年の四月にはその近くに新店舗が完成して盛況だそうですよ」

「そりゃ良かった。死ぬまでには一度、フカヒレ寿司のお相伴《しょうばん》に預かりたいんだよ。和久井くんよ、お供はまかせたぞよ」

「はいはい。当てにせず待ってます」

「『はい』は一度、だろうが。うりゃ！」

とお馴染みの、丸めた指でカメラを弾くデコピンの仕草をお見舞いする志垣。

「やめてくださいよぉ～」

と身を捩《よじ》らす和久井の画像に苦笑しながら朝比奈が続ける。

「それから警部、バス停の方にも動きがあるようです。二〇一六年三月末に路線ルートが変更されて、バス停としての役割は終えました。しかし、二〇二〇年の夏に、旧鬼死骸村の象徴と言える鹿島神社が『岩手六芒星《ろくぼうせい》』を形作るパワースポットの一箇所であることが話題になったのをきっかけに、さまざまな村おこしのアイディアが地元の人々から出されるようになったそうで。なにしろコロナ禍の最初の三ヶ月間、岩手県が感染者ゼロなのは六芒星のおかげ、と囁《ささや》かれたんですから」

「確かに、あの記録は不思議だったよなあ」

と腕組みをする警部。

「その後、地元の人たちは『鬼石』に由来を記した看板を立てたり、バス停留所もおよそ六十年ぶりに改築して村の絵図や記念スタンプも置かれているそうです。『鬼』を切り口にしたあれこれは――」

「ぜん　しゅーちゅう〜‼」

いきなり響き渡る志垣の胴間声。

「んもぅー。いきなりは無しですよ、警部ぅ」

さすがに今度は吹き出してしまった朝比奈だったが、怯《ひる》まずに報告を続ける。

「あのアニメとのコラボ企画の勢いは衰えを見せませんしね。でも、一関市真柴地区のみなさんは決して安直な便乗ではなく、誇りを持って自分たちの郷土の歴史を伝えたいと企画されているようです。ただ、やっぱり――」

「――やっぱり」と作家の後を引き継いで和久井がつぶやいた。「村おこしで鬼死骸村のことがもっと早く注目されて、人の往来も増えていたら川路健太くんは……」

「和久井、そして朝比奈君。『もしあの時こうだったら』と過去を悔やんでも詮ないことじゃないか？　取り返しのつかないことに囚われるよりも、自分の置かれた場所から、毎日が平穏で、少しでも良くなるように一歩ずつ歩いていくしかないんじゃなかろうか？」

警部の言葉にうなずく二人。

「俯いてちゃダメだ。日向《ひなた》の道を目指して歩き出さねばイカン。おん　ざ　さにーさいどぶ　ざ　すとり～と！　なのだよ」

頭を抱える和久井。きょとんとする作家。その様子をまったく気に留めることなく、テンションが上がっていく警部は続けた。

「ところで朝比奈君。今年の二月に氷室君のドラマが放映されてたが」

「BS-TBSの『精神科医《サイコセラピスト》 氷室想介の事件簿——超高層ビル密室殺人の謎——(『Paravi』で配信中)ですね。ぼくも見ましたよ」

「主演の小泉孝太郎という俳優は、以前は『花咲村』と『鳥啼村』の惨劇シリーズで君のことを演じてたはずだが」

「そのことなんですけどね——」

と、推理作家はTV業界の裏話をカフェオレ色の髪に指を入れながら語り始めたのだが、残念ながら紙幅が尽きた。三たび、三人が揃う機会があれば、続きはその時ご披露いたしましょう。

本作品は、一九九八年七月にハルキ・ノベルス、一九九九年七月にハルキ文庫より刊行されました。

本作品はフィクションであり、実在の個人・団体とは一切関係がありません。なお、市町村名、風景や建造物などは執筆時のものであり、現在の現地状況と異なっている点があることをご了承ください。（編集部）

実業之日本社文庫 よ1 12

鬼《おに》死《し》骸《がい》村《むら》の殺人《さつじん》

2022年6月15日　初版第1刷発行

著　者　吉村達也《よしむらたつや》

発行者　岩野裕一
発行所　株式会社実業之日本社
〒107-0062　東京都港区南青山5-4-30
emergence aoyama complex 2F
電話［編集］03(6809)0473［販売］03(6809)0495
ホームページ　https://www.j-n.co.jp/
印刷所　大日本印刷株式会社
製本所　大日本印刷株式会社

フォーマットデザイン　鈴木正道（Suzuki Design）

ISBN978-4-408-55736-6（第二文芸）